U0123733

骑士盔甲

QISHIKUIJIA

星云 著

台海出版社

图书在版编目（CIP）数据

骑士盔甲 / 星云著． -- 北京 ： 台海出版社，2023.4

ISBN 978-7-5168-3521-0

Ⅰ．①骑… Ⅱ．①星… Ⅲ．①幻想小说－中国－当代 Ⅳ．① I247.5

中国国家版本馆 CIP 数据核字（2023）第 048642 号

骑士盔甲

著　　者：星　云

出 版 人：蔡　旭　　　　封面设计：树上微出版

责任编辑：王　艳

出版发行：台海出版社

地　　址：北京市东城区景山东街 20 号　　邮政编码：100009

电　　话：010-64041652（发行，邮购）

传　　真：010-84045799（总编室）

网　　址：www.taimeng.org.cn/thcbs/default.htm

E - mail：thcbs@126.com

经　　销：全国各地新华书店

印　　刷：湖北金港彩印有限公司

本书如有破损、缺页、装订错误，请与本社联系调换

开　　本：880 毫米 ×1230 毫米　　1/32

字　　数：209 千字　　印　　张：10.75

版　　次：2023 年 4 月第 1 版　　印　　次：2023 年 4 月第 1 次印刷

书　　号：ISBN 978-7-5168-3521-0

定　　价：98.00 元

目 录
Contents

第一卷　随身历练

第一章　序章................................003

第二章　诞生................................016

第三章　入世................................022

第四章　小聚................................030

第五章　变型机甲............................044

第六章　千里救援............................052

第七章　机体强化............................061

第八章　小试牛刀............................067

第九章　深入敌后............................074

第十章　天鹅星系............................108

第十一章　深海探险..........................117

第十二章　各国机甲..........................131

第十三章　伊莎贝拉……148
第十四章　攻伐……155
第十五章　虫洞之威……162
第十六章　古人类文明……184
第十七章　AI 叛乱……196
第十八章　英雄归宿……206
第十九章　传承……212

第二卷　星际游历

第一章　灾后星球……217
第一节　混沌初开历人间……217
第二节　妙手回春初识妖……222
第三节　森林学语擒独角……230
第四节　怀璧其罪巧应对……235
第五节　神威初显救山火……240
第六节　斗转星移现仙境……245
第七节　噬渊吸水洞连天……249
第八节　阴阳两仪任穿梭……253

第九节　纳米大战融合怪.................258
第十节　蒙皮小妖开杀戒.................262
第二章　L 国.........................267
第一节　人狼共生妖满地.................267
第二节　比医术医圣服众.................275
第三节　匡扶正义惩恶徒.................279
第四节　幻境奇遇终为虚.................284
第五节　遭埋伏小狼救主.................287
第六节　探大牢夫妻相守.................290
第三章　M 国.........................295
第一节　比邻星喜提新堡.................295
第二节　遇强人千里送援.................301
第三节　扮妙龄智擒歹徒.................306
第四节　三公主亲显神威.................308
第四章　E 国.........................311
第一节　高科技星际矿工.................311
第二节　漂浮者和净化者.................314
第三节　一方水养一方人.................323
第四节　吞噬者与白矮星.................326

第一卷　随身历练

骑士盔甲

第一章 序章

公元 2053 年，在人马星系的一座军事堡垒内，星球防卫长理查德正眺望远处一望无际的沙漠，城外的荒芜与城内的繁华形成鲜明对比。城墙内绿意盎然，机器轰鸣，到处堆满了价值连城等待装运的矿物，星际商贩临时搭建的简陋集市也吸引了不少当地居民。这是星盟登陆这颗星球的第 63 年，这里是人马星系的主行政星。

自从 63 年前，星盟发现这颗行星上拥有极为丰富的各类稀有元素后，便派遣了一支庞大的舰队，开始了星球改造计划，通过引力场发生装置，利用地热能转换为星球磁场，就地取材后建造核聚变发生装置，产生的电力用于改造大气环境、供给开采设备能源、维持开拓者的日常生活。大概 10 年后，星球的大气环境已基本无须人类携带供氧装置，贸易市场和星际往来也随着这里源源不断产出的各类稀有元素而热闹起来。

大约 42 年前，星盟基于在人马星系获得的新材料，成功建造了第一艘巨无霸级星舰，舰体总面积约有半个非洲大小，可同时容纳 1 亿人口在星舰上永久定居，星舰分为居住区、战斗区、指挥区，功能丰富，等同于一个小型星球，星舰的攻防能力也大大加强。巨无霸级星舰的诞生，彻底改变了宇宙的游戏规则，从而让人马星系也炙手可热起来。好在星盟凭借着巨无霸级星舰，在武力上一直保持着一定的领先地位，并通过特殊元素的贸易极大地充实了国力，因此还能守住这颗资源星，并建设得日益完善。

目前这里已拥有了 10 座以上超过百万人口的大城市，分别建立在一些稀有元素集聚的区域，水资源的稀缺仍然是星球发展的一大障碍，通过技术手段合成的淡水仅能供当地居民和采矿队日常使用，想要改造整个星球的生态环境是远远不够的。城市外大多是星球的原生态，林立的矿石山脉、呼啸的飞沙走石，当然还有非法采集资源的星际海盗们，虽然星球防卫措施已经趋于完善，但在巨大的利益驱使下，总有犯险者，手段也越来越高明。比起海盗来，觊觎星球资源前来骚扰或进攻的其他势力更难以应付，在广袤的星海中，各大势力的战争总是持续不断，人类虽然已经能够统治以及开拓遥远的星系，但还远远达不到驾驭的程度，星际依然处于相对蛮荒的时代。

随着各大势力建造的巨无霸级星舰越来越多，人们发现当舰体质量达到一定程度时，行动能引发空间撕裂效应，似乎是空间磁场为防止整个空间场的均衡被破坏而故意开启的一道宣泄口。各国科学家通过对这些撕裂场的研究，跃迁理论逐渐完善，15 年前，第一台主动式跃迁装置成功服役，遥远的距离已困不住野心勃勃的政治家，星际大会战的条件越来越成熟，边缘地带的战争不断上演，甚至已经有巨无霸级星舰参与，人们也在局部战争中不断摸索着星际战争的方法。

人马星系上的偷盗者也越来越多，并时不时地掺杂着其他势力的正规军事力量，凭借跃迁装置，行踪更加隐蔽，不少已经在星球上建立起了隐秘的地下基地。

理查德防卫长眺望了一会儿远方的沙漠后，回到了军事指挥台前，他的副手尤德曼以及后勤总指挥官欧云正在指挥台前。一个月前，从俘虏的一支偷盗者小队中得到了一份不同寻常的消息，有敌对势力正在组织一次大规模入侵，以期一次性占领人马星。这将是理查德来到人马星后面临的最大的一次军事威胁。该来的总是会来，星盟总部决定将计就计，制订了引狼入室的作战计划，表面上不动声色，暗地里调动军队，随时准备给予敌对势力主力部队致命打击，并派遣几支分舰队佯攻敌方总部以分散救援兵力。但这样一来，人马星的守军就要承担极大的压力，他们将在短时间内承受敌方有组织的全方位进攻，援军赶到后，还需配合进行内外夹击。作为军人的理查德义无反顾地承担起了这份责任，甚至做好了随时捐躯的准备。人马星系每座城市下均建有极为坚固的临时避难所，可以容纳当地居民在战争期间避难，星球外也驻扎着一艘巨无霸级星舰，即使战争失利，通过星际跃迁撤出战场也有一定的成功率。但这次战役的失败对星盟是不可承受的，不仅意味着重要资源星的丢失，也可能意味着星盟军事主力的溃散。理查德自然明白这一点，对于军人来说，宁可战死，也绝不允许自己背负上这样一次失败。

大会战的消息被严密封锁，因此人马星上战士还不知道大战即将来临，平常严格的军事训练和管理让他们始终保持着高昂的斗志和精湛的作战水准，以应付一切可能来袭。星盟最新研发的 MK10 作战机甲也已经优先列装人马星防卫队，极富科幻色彩的人形机甲极大地提振了军队的士气和信心。根据实验测试，一台 MK10 机甲能独自应对一整个装甲旅的进攻，强大的推进装置使其在短时间的空战上也不落下风，宛如战神再世。作为最高军事机密，机甲战士目前还没有正式实战数据，只有在清剿小规模星际海盗时进行了实战磨炼，希望能在这次大会战中发挥出意想不到的效果。

星球防卫最高指挥官们在指挥台前又一次演练了防御和撤退可能发生的各种情形后，便回到了各自的岗位。尤德曼率领一支近卫队，去领地周边例行巡逻，欧云则继续接收总部秘密调派过来的各类战争物资，并及时武装军队，今天会接收一门星际防卫炮，能对宇宙星舰实施有效打击，缺点是能量耗费巨大，每次发射后均需动用全城电力充能 1 小时才能再次发射，安装和维修也颇为费事。理查德则搭乘最近一艘的穿梭机来到了巨无霸级星舰上，这是人马星系目前最强大的宇宙防御力量，是这次战役能否成功最关键的部分。

由于是非战争时期，穿梭机是通过民用通道进入的，进入星舰内部后，还需搭乘悬浮车穿过生活区才能进入指挥所。理查德喜欢这条路线，因为每次还可以顺便考察下星舰居民的生活情况，或者顺便下来买杯咖啡，享受一下和平时期的生活。人马星系上的生活设施都是围绕着商业和战争建立的，加上星球自然环境仍然十分恶劣，并不如星舰上的生活舒适。每艘巨无霸级星舰的生活区都是一个相对独立封闭的小型社会，虽然科技产品全星盟共享，体制法律也是全星盟统一，但各控制区军民的生活方式仍呈现出迥异的状态，星盟对此也是毫无办法，宇宙文明从整个历史进程来看，仍然处在起步阶段，适当的自由度也是需要的。

悬浮车在理查德的示意下停在一处大型超市前，那里有他最喜欢的咖啡店，品尝美味咖啡的时候，还可以切身感受一下居民的生活状态，当然，最重要的是能抽空给自己可爱的女儿打一通电话。星舰上的远程通信装置比较流畅，不像人马星上的民用通信装置总是断断续续的，如果在超市中看到什么新奇的小玩意儿，他也会顺手买下来捎带回地球当作礼物。

今天似乎有些不同寻常，咖啡店的伙计换了个新人，笨手笨脚地操作着咖啡机，口味自然也是够呛，门口照例坐着几个休闲的顾客，似乎是一大家子，守卫们在咖啡店门口警戒，其中一个还去了咖啡店后方查看，毕竟防卫长的安全还是要保障的。顾客中有人突然嘈杂了起来，但很快又恢复了平静，等理查德转过头去查看的时候，已经恢复如初，似乎是一对母女有一些小争执，他隐隐能看到那位母亲绝望的眼神。“带孩子不容易啊，小孩子总有些叛逆。”理查德想到这里，顺手拿出了电话，拨起女儿的号码，但预料中的铃声迟迟没有响起，似乎是一直没有连接上。“不好，这是通信被切断了。”理查德快速反应过来，还没等他放下电话，门外的守卫突然就被抹了脖子，咖啡店后方也传来了打斗的声音，而刚才的那位母亲，死命抱住了一位向理查德冲来的大汉，后背上已经透出了一把长刀，她的女儿也一下子撞倒了另一个向理查德冲来的人，但并没能够阻止太久，很快便毫无声息地倒在了一旁。军武出生的理查德得到了这些微的时间，迅速做出了反应，右手抄起热气腾腾的咖啡泼在了正欲攻击的咖啡店伙计脸上，左手抽出配枪迅速解决了咖啡店中继续冲过来的两名袭击者，然后躲在了柜台后面，借着掩体向外射击。

好在星舰生活区本质上属于军事管辖区，安全保卫人员支援十分迅速，咖啡店后方的守卫身手也颇为了得，解决了偷袭者后迅速赶来支援，一场精心策划的刺杀行动迅速得以平息。此时理查德的电话突然被接通了，视频那端是他尚在上小学的女儿，“爸爸你又在喝咖啡啊，以后我也要开一家咖啡店，煮咖啡给你喝。”理查德的女儿奶声奶气地说道。刚刚解决了刺客的理查德没想到这时候电话会接通，赶忙拿起来，“爸爸现在有点事情要处理，待会儿再给你打电话好吗？”理查德不想让女儿知道他的危险处境，随口安慰道。“好的，爸爸再见。”小孩子很懂事。挂断了家里的电话，看着那对为保护他牺牲的不知姓名的母女和门外被暗算了的守卫，理查德拨通了尤德曼的电话，电话迟迟没有人接听。“之后好好安葬他们，麦迪文，我们先去指挥室。”理查德已经意识到这可能不只是一次刺杀那么简单，对剩下的那位保镖说道。随后，又马上拨通了欧云的电话，这次很快有人回答，“防卫长，”电话那头是欧云熟悉的声音。“立即派遣一支精锐小队与尤德曼会合，我刚遭遇了刺杀，他那边已经联络不上了。”理查德迅速说道，“基地进入三级战备状态，并根据情况随时上调作战等级。”“是。”欧云意识到问题的严重性，立马展开了行动。

星舰指挥室内，除了星舰总指挥官外，还接通了附属舰队的各舰队指挥官，他们都已经知道了刺杀的消息，隐隐感觉战争的来临，都是一副肃杀的表情。理查德迅速来到了指挥台前，星舰指挥官开始汇报：“附近出现空间波动，似乎有大规模舰队准备跃迁，地面基地传来战报，有大批装甲部队从沙漠深处涌出，正快速向各守卫基地奔袭，战力情况还在分析中。”“各舰队调整编队，准备迎战，基地进入一级战备状态，居民全部进入避难所。”理查德下令道。“是。”各舰队指挥官以及视频接入的基地指挥官齐刷刷地答道。

尤德曼此时正率领巡逻队和一支突然出现的地面武装正面厮杀，巡逻队有两个 MK10 战斗机甲、10 辆多功能战车、2 架多功能短途旋翼机以及 2 辆防空载具，应对偷盗者绰绰有余，但这次出现的，似乎是一整支正规攻城部队，还配备了重型攻城武器。巡逻队凭借快速机动能力，想要撤离战场原本并不难，但看着庞大的攻城器械和对方还未整肃的队形，尤德曼决定冒一次险，只要摧毁了重型攻城机械，城镇防守的压力就会大幅下降。巡逻队像一把尖刀直插入了这支编制完整的攻城部队，两个 MK10 机甲开路，10 辆多功能战车火力掩护，2 架旋翼机在上空支援，防空火力也被强行拉平进行地面打击。对方显然被打了个措手不及，从偷袭者变成了被偷袭者，重型武器和指挥中心很快便被摧毁，随着巡逻队反复穿插，队形被完全打散，零星的反抗在机甲厚重的装甲面前无法形成有效攻击，反而被机甲庞大而又灵活的冷兵器一刀一个。但在战斗接近尾声的时候，对方部队突然启动了自毁装置，所有敌方装甲全部开始红灯闪烁，随即发出巨大的爆炸，其中不乏个别核动力装甲，巡逻队瞬间被巨大的蘑菇云吞噬，战场一片死寂。

星球攻防战就这样正式拉开序幕，敌方一共穿越过来 10 艘巨无霸级星舰及各类小型星舰，似乎是多个势力的联军，虽然单体面积都无法与星盟的巨无霸级星舰媲美，但 10:1 的数量依然不容小觑。大规模的星际战争是第一次，双方在超视距外便进行了主炮对轰，宇宙物质稀薄，攻击能量损耗基本可以忽略，目标体积庞大，也基本不可能错过，攻防都是硬碰硬，各类宇宙穿梭机也都是各逞其能。但由于星舰体积庞大，防护也相对结实，各种人类已知的攻击手段效果都一般，正如趴在大象身上吸血的蚊子，虽然也会痒，但大象最多也就是甩甩尾巴。大家似乎都没料到这迅猛的攻击会演变成持久战，在破防前己方的弹药和能源可能会先耗尽。反而是星盟通过运输机投送机甲实施侵入式作战，取得了难得的战绩，彻底瘫痪了一艘小型星舰的内部武装力量和指挥系统，但本着人道主义精神，并未对内部生活人员实施歼灭作战。

部分敌方星舰开展了对地攻击，绕过星盟星舰的防御圈，直接攻击地面防御设施，给地面部队带来了毁灭性的打击，星盟星舰庇护范围外的地面基地几乎被夷为平地，战斗人员还来不及反应便悉数战死，已进入避难所的居民方才得以逃过一劫。毕竟质量再小的物体，在星球引力加速后，都能引发核弹级威力。地面基地的攻防战也打得有板有眼，远攻近交，正奇相辅，在惨烈之余让人感慨的是浩然的英雄气概，哪怕绝域孤城异乡，当冲锋号角响起时，豪迈之情涌遍全身，那义无反顾奋勇杀敌的身影让人热血沸腾，死生无惧。星系副防卫长尤德曼此时已被救回基地，依靠指挥车的坚实防护勉强捡回一条命，但陷入了重度昏迷，显然无法继续参加此次星际大战了。

在守军坚持了一个月之后，星盟的大部队总算赶到战场，此时人马的防守星舰已是千疮百孔，星舰内的物资全部用来填补窟窿，包括居民用的各类锅碗瓢盆都简单熔炼后堆到了星舰的外壳上增加防御，星舰内的居民也全部加入了战斗序列，各尽所能，有持枪上阵的，有后勤医疗的，更多的则是加入各类军工厂日夜不停地生产，这场战斗无疑关乎所有人的生死。作战用机甲早已损失殆尽，舰内工厂超负荷生产各类战争物资，一出厂还来不及调试便被送至前方实战检验。援军如果还不来，可能就要实打实地大规模开展登陆作战拼人口了。地面作战在空中支援下已提前结束，也是尸横遍野，作战人员在敌人精心谋划和突然袭击下十不存一，部分遭遇星际武器打击的基地敌我双方都是全军覆没。

随着星盟军事主力的迅速集结，敌方部队眼看大势已去，此时如果进一步派遣后方部队加入极有可能演变为宇宙全面战争。联军势力短暂商议后，指挥三艘战损严重的巨无霸级星舰向防守星舰撞来，实施自杀性物理攻击，以期扭转局部战局，打开突破口，如果能顺利攻下人马星，就有继续增兵的价值，其余星舰则乘乱开始准备跃迁撤离。面对三艘犹如小行星般袭来的星舰，背后又是人马星防御基地，守卫星舰只能选择硬扛，好在三艘自杀式星舰损毁严重，体积也相对较小，在星盟援军进一步集中攻击下，动力系统很快被摧毁大半，其中一艘星舰指挥官动力系统被完全摧毁后，指挥官不忍全舰官民以身殉国，选择了弃舰自杀，另外两艘最终以缓慢但不可阻挡的速度撞上了守卫星舰，使星舰外壳直接凹陷了一大块，好在速度相对较低，而且并无专用于撞击的尖角利器，并没有完全破防。但撞击引发的震动产生了较大的破坏，据幸存者事后回忆，犹如发生了两场8级地震，内部设施损坏无数，人员伤亡更是不计其数。两艘成功撞击的星舰乘机打通了星舰登陆通道，数以百万计的星舰居民在残存的军队指挥下，手持各类武器展开强攻。但由于缺乏重型武器支援，面对星盟巨无霸级星舰仍然编制完整的陆战队和各类舰内防御设施，被击杀过半后终于溃散，有些不甘失败又无力再战的联军直接纵身跃入太空，用永恒的黑暗洗刷战败的耻辱和失去亲人朋友的痛楚。联军见强攻不成，瞬间瓦解，各自返回不提。

此次战役各方都损失惨重，对星际战争也都有了重新认识，战争中许多无名英雄被掩埋于历史长河之中，部分尸体至今仍飘荡在无垠的宇宙中，已不知归属。人马星的外围星环中，多了许多战争留下的星舰残骸，似乎在讲述着当时的故事。负责人马星星际防御的理查德防务长和负责地面指挥的欧云后勤长在经历了如此惨烈的战役后被调回地球，尤德曼副防务长由于伤势过重，提前结束了军旅生涯。

第二章 诞生

公元 2063 年，人马星大会战 10 年后，星盟的一处实验室内，欧雅博士正在为机械生命体的脑部插上一块新的记忆体，人类已经开始研究星舰配套的智能控制系统，而欧雅博士则是这一领域的杰出代表。这是一个类似于脑部外接的装置，通过安插不同的记忆板，能改变机械生命体的知识库，并通过脑部模型的自我迭代训练，改变机械体的认知。记忆板都是由类脑部神经的生物组织构成，因此能与生物质脑很好地融合，储存量和运算量也已远远超越了普通计算机。这一次欧雅博士插入的记忆板中包含了全套武术格斗动作，希望能通过机械生命体的自我训练，在虚拟环境中真实模拟自卫反击程序。

“好了，克龙，让我们看看这次有什么不一样吧。”欧雅博士向尚未开机的机械生命体道，她还给他起了个简易的名字。克龙的脑部是由生物质脑材质组成的，并以人工智能的模式予以编译，因此兼具了生物属性与机械属性，通过模拟网络纤维连接五官，并在脑部打开了一个接口，方便欧雅博士编译升级程序以及加装更换新的记忆板，身体方面暂时还没有连接，因为各项动作都是通过 viewson 环境进行模拟的，暂时还用不到实体身体。克龙暂时还没有开启自主意识，但随着欧雅博士的精心调试，相信这一天很快就会到来。

随着欧雅博士接通了电源，机械生命体开始有规律地运作起来，虽然没有涡轮般的高速蜂鸣声，但克龙的大脑是在飞速运转的，可能比 10 万台传统计算机的运算效率还要高，他正在吸收融合新的知识，并将其提炼固化成一套能更好应用的规则体系。

欧雅博士静静地看着克龙自我进化，一旦程序启动，运转速度和计算量远超出了人类能监控的范畴，只能寄望于既定模型不会出现错误。大概过了一刻钟，机械生命体完成了基础的进化，欧雅博士便打开了 viewson 环境，尝试检验一下训练效果。

viewson 环境是一套支持各项功能的模拟体系，能将整个实验室变成克龙的脑部虚拟空间，并通过摄像头的实时捕捉来实现与真人互动，当然，由于克龙还没有完全完成，viewson 的很多功能暂时还没能发挥作用。此时的欧雅博士正打算亲自上阵和虚拟成像的克龙进行一次格斗试练，由于虚拟成像技术的非实体特征，她并不担心自己会受伤，除非因为动作过大拉伤了肌肉。克龙此时的成像只有一个人形轮廓，五官和身体细节暂时都还没有，这可能需要等到调试情感程序的时候才会花时间会去塑造。

实验的效果暂时还不是很理想。可能是由于输入的记忆板中更多的是武术招式，缺乏真人格斗模拟，因此即使和欧雅博士这样的纯新手对战，克龙也有些不顺畅，有时会毫无反应，有时会有许多冗余动作，在致伤程度的把握上也不是很精准，对使用杀招、惩击、制服等方式的选择还有一些随意和盲目。这需要与其他记忆板进行更多的融合调试，并与实际环境进行迭代训练来解决，欧雅博士边随手和克龙搏斗边思考着。

暂时退出 viewson 环境后，切断了克龙的电源，以防止他在尚未准备充分的情况下就不小心启动了自我意识。明天就要开始一项重要的工作，接入仿腺体激励系统。人类的情感和情绪都是建立在各类腺体分泌的激素之上的，即便崇高的理想信念也一样离不开激素的作用。

仿腺体激励系统就是能模拟各种腺体及其分泌激素的运转和作用机制，来使得机械生命体得到类似于人类的复杂虚拟激励机制，或者称之为“感受”，并推动其行动的整体连续性。同时，在机械逻辑思辨模拟天道的基础上，通过自利判断和群体效应模拟人道，达到本我和超我的境界。

在经过近半年对各种模拟腺体的单独调试后，明天是将仿腺体集群一并接入克龙的时候了。活体生物实验一直是研究的一项禁区，因此目前模拟以及接入的是一个相对简化的版本，虽然具有大部分功能，但理论上仍会略显生硬，缺乏润色，不知道自我迭代程序是否能发挥奇迹，弥补这些缺憾。

在研究荷尔蒙的时候，欧雅博士十分犹豫，这就像打破了人类与机械的最后一道伦理界限一般，即使身为最前沿领域的科学家，她也还是会感觉到有些许迷惑。但最后探索的好奇心战胜了对未知的恐惧，欧雅博士决定将有限的知识完全投入全新的研发创作中以确保成功。和真实腺体不同，这里的激素及其所应产生的效果都是通过信号模拟的，因此所有腺体只是作为一个个程序模块被安插在了克龙的外部接口上。

第二天中午，检查完所有安装组件后，欧雅博士随手打开了电源，并观察着信号的传输。这与之前的记忆板训练不同，是一次全新的机械革命。之前已经预想过很多结果，但此时也并不能直接体味到克龙波澜壮阔、纷乱复杂的模拟感受，因此欧雅博士只是平静地看着，她在等信号稳定后，开启 viewson 环境进行进一步的观察研究。

事实证明，第一次的接入融合过程比想象中的要复杂很多，信号一直没有能达到一个稳定的状态，而是以超级计算机的状态持续运转着，即使克龙是采取生物质计算的方式，并掺杂着一些量子计算原理，较传统的超级计算机有千万倍的提升，信号依然没能在短时间内稳定下来。好在实验室一直常备着各类生活用品，定好闹钟后，欧雅博士就开始了每两小时醒来一次的睡眠修养。她隐隐感觉，这一次克龙会“醒来”。

大概到了第三天中午，在不断重启更新后，信号慢慢开始稳定了，欧雅博士也已经按捺不住激动，迫不及待地想一睹实际效果。打开 viewson 环境后，克龙拟态开始慢慢出现，viewson 环境自带的输入输出设备成了他降临人世后的手和眼，虚拟投影的人物不再静静地矗立，而是开始环顾起了四周，这从摄像头的大幅运动也可以看出，像一个初生婴儿一般好奇地打量四周。欧雅博士平静的外表下，内心的激动无与伦比，因为她知道，他活了。她平抑激动，试探性地问出:“你是谁？”摄像头停止了转动，注意力集中到了欧雅博士身上。“我是克龙。”他机械地回答道，虽然并不能很好地理解其中的意义。思索还在继续，但这并不影响简单的问答。“你是什么？”“我是……万物。”“你需要什么？”“我需要更多的知识。”实验到这里就暂时结束了，欧雅博士平静地关上了电源，一切与她的设想几乎一样，在完成了本世纪最伟大的一次科技飞跃后，她并没有特别兴奋，也许是源于对自己的盲目自信。她还有很多后续工作要做，克龙的构建已经到了一个新的阶段，是时候带他出去走走了。

第三章 入世

欧文是一个小有成就的青年人，经营着一家父亲送给他的半大不小的店，专门替父亲的机械制造工厂做一些售后维修，偶尔提供一些非标改装。这一天他正在帮朋友改装一辆悬浮车悬挂，将原厂配备的六向式涡扇替换成转向矢量喷口，并且取消了引擎的最高转速限制，弄了一个模棱两可的报备后，就可以正常上路了。望着自己辛苦了一下午的杰作，他十分满意，随手将扳手插在口袋里，取下挂在脖子上的毛巾抹了抹脸上的汗水，一张几乎被油污浸没的五花脸上稍微显露出原有的轮廓。男性总是对机车性能有着痴迷的追求，所以即使这不属于主营业务，还是在高价及兴趣的双重诱惑下，欧文亲手接下了这次改装。他还要在交付前测试一下，正好今天要去给朋友捧场，就顺道开着它去溜一圈吧。

“忙什么呢？”莉莎从隔壁的咖啡店跑了过来，她看到欧文正要收摊，就提前结束了营业过来凑热闹，反正到了晚上咖啡店的生意也一般，有两个伙计送送外卖应该就够了。她和欧文都是星盟第一军事学院毕业的，一个修的机械工程，一个修的指挥系，不过似乎和现在的生活没什么关系，都是按部就班地完成了自己的学生时代，然后该干吗干吗。毕业后莉莎一直没找到感兴趣的工作，好在家里还算殷实，便资助她在这偏远的小城镇里开了家咖啡店先安顿着。小城镇里生活比较平淡，生活圈子也不大，因此经常互相串门，偶尔在咖啡店里惬意地畅谈读书时的理想抱负，感觉与这平淡中不乏浪漫有趣的生活离得那么遥远，就像在静谧的夜空中观看满天繁星一般。“待会儿还要去麦克的电影发布会，一起走吗？”欧文一边收拾工具一边说道，莉莎应该也受到了邀请。“好啊，可以开那段山路吗？”莉莎一脸激动，他们的小镇比较偏远，去城里有一段路要走，平常都是坐穿梭机直接飞过去，平稳快捷的同时也略显无聊，偶尔体验一把山地飙车的原始乐趣也是两人日常生活中不错的调剂。欧文看了一眼新改装好的车，笑而不答，两人已十分熟悉，自然是心照不宣。“一小时后出发吧，我要稍微清洗一下。”“待会儿见，我的晚礼服应该也送达了。”

告别莉莎后，欧文走进后面的休息室，没想到欧雅博士已经在那里等他了，她是欧文的母亲。“有个新东西要不要尝试下？”欧雅博士开门见山地说道。“哦，妈，”欧文平日里不太见到自己的母亲，尤其是在维修店里。“是什么好东西，会把我弄死吗？”“你会喜欢的。”欧雅博士丢给了他一个便携装置，“开机就可以使用了，本体在我的实验室里。”欧文好奇地看着手中的装置，那是一个类似手机大小的收发装置，有通用接口，应该可以作为外接设备使用，同时也具有独立电源。“每一个都不同，有严格的数据隔离及保密机制。”欧雅博士补充道，“你可以给它取个名字。”“你不会是想监听跟踪我的行动吧。”欧文突然问道。“这个之前倒是没有考虑到，那给你再加一层权限，所有信息只有你本人可以查看，连我也不能。”欧文回复了一个天真的笑容，就像小时候骗到了一个高级玩具一样。“能装在车上吗？”男人的爱好果然与车相关。“目前还不是很成熟，先试用一段时间吧。”欧雅思索道。“具体你慢慢摸索吧，我先走了。”说着，就登上了外面的私人穿梭机，一溜烟地离开了，想必又有什么新的点子涌了上来。

欧文拿着这个装置，想到马上要和莉莎去城里参加电影开幕式，暂时没有启动。简单洗漱后穿着礼服走了出来，伙计也已经把刚改装好的车洗了个干净。莉莎一袭蓝色长裙站在门口，给人眼前一亮的感觉。

“这是你新定制的？很漂亮。”欧文冲着莉莎微微一笑，很绅士地打开了车门，边说着边不自禁地上下打量了一番，礼服恰到好处地衬托着莉莎迷人的身材，华丽庄重的同时又处处透露着青春气息。“谢谢。”莉莎回复了一个甜美的笑容，随即钻入了车中，似乎有一些羞涩不想太过引人注意。欧文也上了车，简单调试后，向车窗外挥了挥手，然后就发动了悬浮车。他对自己的改装技术相当自信，一阵轻微的抖动后，反物质引擎启动，车体缓缓离开了地面，新装的四个转向矢量喷口将动力均匀地分配到了车身，在欧文的操作下灵活地转动。“雷达探索系统启动、自动驾驶辅助启动，是否要输入目的地？”车载智能系统开始了流程化作业。“不用，检测车身，记录所有运行数据。”“车体检测完毕，一切正常，记录仪已启动，检测到有外部设备，是否需要连接？”欧文突然想起了口袋里的装置。“不用。”“是不是有什么新东西啊？”莉莎来了兴致，她知道欧文的母亲经常会带些有趣的小玩意儿给欧文。“我妈刚给我的，还没启动。”欧文有些不好意思地递过了新装置，毕竟像他这样年纪的小伙子，在异性面前提到母亲都会有些尴尬。莉莎一把接过把玩了起来，“我能启动吗？”“应该可以。”欧文略微思索了一下回答道，然后一脚油门启动了飙车之旅，新车的性能出乎意料地好，单论速度和灵活性来说，已经可以媲美军用豹式歼击车了。莉莎也是看出这是辆高性能车，所以刚才提议走山路好好测试一下。“又能一展车技了。”欧文暗暗地想着。

副驾驶座上的莉莎开始摆弄起那个小玩意儿，翻来覆去地看了一遍之后，直接用欧文的手指开启了机器，一个模糊的形象被投射了出来。“你好，请问是否开始形象调试？”“是，调试成我的样子。”莉莎有一些小调皮。“检测到少女形象，实体建模可能涉及隐私数据，请确认。”“确认。”“扫描即将开始，3，2，1，扫描完成，请命名。”“叫什么好呢？”莉莎半询问道。“随便。”欧文也没什么特别的想法。“那就先叫多多吧。”莉莎调皮道。“命名已确认，为更好掌握使用者周边环境，将自动连接周边通用无密码设备获取信息，是否需对有密码设备进行自动解密，可能涉及个人隐私。”“不。”莉莎快速答道，她可不想让自己的隐私被完全掌握，女孩子总有一些小秘密，不过知道新设备具有这项功能已经让她有一些忐忑不安了。“你好邪恶啊，竟然用来偷窥别人的隐私。”莉莎噘着小嘴道。“没有啊，这是刚拿到的，我也不知道是什么。”欧文也不知该如何回答，但总感觉现在是道歉的时候。“哼，这个我先没收了，过两天再还你。”“好吧。”欧文答道，他可不想被说成偷窥狂魔。莉莎把新设备放进手提包里就不管了。

“这是你新改装的？”“嗯，弄了一个下午，零部件都是特别定制的，性能大概提升了两倍左右，差不多已经能达到中等战车的水准了，不过比起鹰隼来还是要差一些。”“确实挺快的，和你的银翼感觉不太一样。”“悬浮车在速度和舒适性上要略胜一筹，但载重能力和操控性上就显得比较差了。”“据说现在最新出的都能变形了。”“那是准军事用途的，我们也不需要那样的功能。”“说不定哪天能开着星舰去其他星球上玩。”莉莎半开玩笑地说道。欧文突然神情一紧，似乎想起了什么，“那一天，还是希望不要到来。”

两人谈着谈着，终于到了心中隐隐期待的盘山十八弯地带，每次欧文换新车，都会来这里测试一下极限性能，由于道路曲折，即使已经开过很多次，每次依然惊心动魄。“自动辅助性能全开。”欧文熟练地向车辆发出了指示。“已开启自动辅助性能，紧急事态下将接管车辆控制权。”欧文的车技是很棒的，每一个机修工都是赛车手，通过对机体部件最为详尽的熟悉和调试，能最大幅度地发挥出车辆性能，更何况学校里还专门开设了驾驶各类战车、穿梭机的课程，欧文每一次都是满分通过，在学校赛车圈里小有名气，当时为了能当上欧文的副驾导航员，莉莎可是和一众女同学争破了头。

实验室中的欧雅博士看着多多的数据库，她依照约定，并没有直接去看采集数据，只是观察着多多自动提取的规则库，发现新增了几项技能，都是与驾驶相关的，“已经在开始学习了。”欧雅博士想到。除了欧文之外，她也把克龙的分体交给了其他几个人，相互间数据和规则完全隔离，即使是底层通用规则，也在分体启动的那一刻完全独立。克龙只是纯净母体，并不直接介入各分体的运行，也不采集各分体之间的数据。作为将来可能要主宰亿万人生命的星舰级智能体，总是要多锤炼锤炼才行。

正在飙车的欧文自然并不知道这些，他熟练地操作着矢量喷射装置和反物质引擎，车身根据转弯时的离心力在空中调整着恰当的倾斜角度，使得矢量喷射装置能发挥最大效力，堪比水世界里蜿蜒下滑的水道，极高的速度和高频出现的 180 度的弯道已经让驾驶者的反应速度发挥到了极致。莉莎在各种过载下不断提示着前方过弯的各项极限数据，帮助欧文刷新着历史纪录，时不时地协助操作一下复杂的驾驶台，调整一下离地高度。两人一车配合默契，莉莎知道欧文不熟悉新车的性能，部分极限过弯并没能完全发挥，不过从整体表现来看，驾驶技术有所精进，引擎功率一直保持在98% 以上，动作并无一丝冗余，行驶过程如丝般畅滑，让人沉醉其中。

第四章 小聚

在人来人往的电影业，要保持知名度并不容易，麦克除了每天早出晚归的拍戏外，还有各种各样的应酬，与剧组保持融洽的关系也需要花费一定心思。好在麦克乐在其中，一身过硬的功夫也确保了他在动作戏里主角的戏份。麦克从小习武，十八般兵器无不精通，拳脚功夫也是了得，黑带、奖项无数，可惜所学过杂，遇到高手时反而不如专攻一门犀利，另加上他父亲怕他受伤，所以只能到演艺圈来发展，倒也小有名气。

麦克今天也收到了一个克龙分体，因为欧雅博士认为，从电影拍摄中学到的场景更为独特新颖。他自然是将分体设置成了自己的模样，“如果还能客串一下替身该多好。”他不禁想到，他之前已经让分体拟态后耍弄过几招，颇为有模有样，已经可以作为一个幻影分身使用了。

今天是他最新上映电影的发布会，他饰演的是一个遭人暗算流亡的王子，在异星球获得奇遇后重登王位，情节虽然有些老套，但取景地是在一颗刚开拓的行星上，让人耳目一新的地理环境和麦克的流量效应都是不错的卖点。又看了一遍发布会安排后，他开始让化妆师和服装师忙碌起来，“是否需要开启外观拟合？”他的耳旁突然响起一个不太熟悉的声音，缓缓低头看了一眼刚起完名字的新设备“小麦”，“等他们弄完吧，我可不想蓬头垢面地走上发布会。”“好的，我会记录您今晚的外观形象，以后可随时从数据库中调取。”这倒是很方便，不知效果如何，麦克心想，这些化妆师可要惨了，说不定要没活干了。“还能拟合什么？”麦克有点好奇。“数据库中有的都可以，并且可以嵌套在真实物体之上。”“能虚拟整个环境吗？”“可以，但需要接通电源，因为需要的能量较为庞大。”麦克吃了一惊，这不就成了个人电影工作室了。他倒是没有往更深的地方去思考，但仅仅是虚拟电影制作，已经让他兴奋不已了。欧雅博士真是给了一个好东西。

装扮一新后，麦克进入休息室小憩，迫不及待地关上门后，他欣喜地拿出小麦，“让我们看看你究竟会什么吧。”空间中投射出了一个虚拟的小麦形象，“好的，主人。”“恢复我化妆前的样子。”想到数据库中可能还没有储存足够多的数据，麦克尝试了一个简单的挑战。现在的空间投影技术已经不需要特定光源了，而是直接影响空间中的光反射粒子，形成经过重新布局的整体反射场，利用现有光源来成像。因此即使小麦被放在封闭的口袋中，也并不影响他记录和改变周边信息，并进行模拟转换。由于有实验室主机的支撑，整个运算过程不到 0.1 毫秒，改变个体形象也只需动用很少的能量，因此很快，麦克已经恢复了化妆前的形象，如果让忙活了 3 个小时的化妆师看到，肯定要大吃一惊了。“还真的很不错。”麦克注视着镜子中的自己道，他摆了摆头，挥了一下手，拟合得也很好，并没有延迟，衣服也能随着动作进行相应的改变。“部分动作尚未收录，还需要持续记录才能提高拟合度。”小麦解释道。“已经很不错了。”麦克道，他对这个新功能相当满意。“能把这里拟合成刚才的化妆间吗？”“可以，需要同步拟合化妆人员吗？”小麦询问道。“这也可以？”麦克有种奇怪的感觉，“都尝试一下吧。”话音刚落，周围开始变化，很快形成了新的布局，唯独光源强度有所不同。“亮度能调节吗？”麦克询问道。“可以，但需要消耗较大能量。”形成场所需要的能量，和提供额外的消耗能是不一样的。“检测到附近有电源插座，建议连接后使用。”麦克会心一笑，毕竟是台机器啊，到哪里都离不开电源，他很快找到了插座，通过通用接口把小麦插了上去，房间里的亮度改变了，几乎看不出区别。化妆师们动作和表情显得略微死板，可能因为记录的动作还比较有限，他们并不是活的，至少不像麦克那样，主要还是类似于影像拼接和回放功能。麦克已经陷入了沉思，但并没想得很远，毕竟眼前的景象已经让他有点宕机了。他决定先把小麦收起来，“先多记录一些影像吧，顺便让我想想怎么使用。”麦克想到。

发布会就要开始了，留给明星们的时间总是很紧凑的，麦克一身晚礼服，在聚光灯和影迷的欢呼声中，登上了舞台，他看到了前排的欧文和莉莎，微笑致意了一下。随着麦克标志性的 720 度空中回旋踢，现场气氛达到了顶点，人们控制不住自己激动的情绪，疯狂地叫喊着，欧文和莉莎自然也一个劲地起哄。麦克很满意自己的表演。“有人昏迷休克了。”突然间多多和小麦同时向主人提示，提示是通过改变震动场，直接在指定地点，比如麦克的耳朵里发出特定的震动模拟声音，并且中和周边嘈杂的环境音，是一项最新技术。欧文讶然环顾，满是疯狂雀跃的人群和嘶吼声，毫无疑问不会有人注意到身旁有人倒下。麦克见惯了这种场面，相对镇定很多，他想起了小麦改变光线的功能，立即道:“能否用光柱标记位置？”两道白光突然出现在人群中，小麦用行动回答了麦克。“保安，请迅速至白光位置实施救援，谢谢。”麦克用无线电向工作人员说道。现场的保安立刻分开人群，在白光处找到了已经昏迷的两位影迷，还好抢救及时，很快就恢复了知觉。他们不可思议地看着白光和麦克，“他是怎么办到的？”小小的插曲并未影响发布会的后半场，影迷们想冲上台合影的冲动也被保安们及时制止了，可以想见，电影正式上映的时候，肯定能收获不俗的票房。麦克和其他演员在一片欢呼声中退场，劳累了一天，都准备卸了妆各自回去休息了。

欧文和莉莎在外面的一家咖啡馆等着，按照以往的经验，麦克大概会在半个小时后出来，然后一起去麦克的别墅小聚。“我想麦克也收到了我妈的礼物。”欧文向莉莎说道。“你怎么知道的？”莉莎一脸茫然，她刚才并没有收到多多的提示，抢救的一幕也因为嘈杂的人群而被淹没。“刚才现场有人昏倒了。多多，”欧文指了指莉莎的手提包，“向我发出了提示，然后现场就出现了两道白光，但并不是我指示的。”“多多还有这个功能，”莉莎从手提包中拿出了多多，开始向着他训话:“你怎么没有提示我，我现在才是你的主人，知道吗？”“每一个随身小精灵都是和特定个体事先绑定的，只接受特定个体的指示和查询。”欧文笑了笑，这并未出乎他的预料，毕竟随身小精灵是会掌握很多个人信息的，如果谁都能使用和开启，那可真不让人放心。“回头我让我妈给你也弄一个吧。”欧文安慰道。莉莎显然没有真的生气，毕竟这是她抢过来的，而且听说也能得到一份相同的礼物，心里还升起了一丝喜悦。“是用的什么方法召唤的光束？”欧文问道。“空间影像技术，和我的现实投影是一个原理，通过模拟真实物体与周边环境产生的震动，来达到拟真的效果。”多多解释道，“如果增加主动能量投入，能改变亮度、声音强度，甚至可以在短时间内改变空气硬度，让人有真实的触感。”莉莎一惊，已经有点后悔同意把自己的影像扫描进去了，脸色不禁绯红起来，不过随即恢复了正常。欧文显然对模拟场景并没有太大的兴趣，毕竟他不像麦克，会每天接触电影拍摄。“还能嵌套真实物体，并与之同步。”多多补充道。“能更换衣服？”莉莎问道。“可以根据需要改变主人的形象。”多多回答道。“把我装扮成玛丽莲·梦露的样子。”莉莎马上来了精神。“需要更精准的定位。”多多回答道。“装扮成玛丽莲·梦露 30 岁生日上的样子。”

莉莎立刻回答道。这下轮到欧文不淡定了，因为一个活生生的玛丽莲·梦露突然出现在莉莎的位置，微笑地看着他。“只要衣服就可以。”莉莎马上意识到了不对，立刻补充道。莉莎离开座位转了个圈，看着裙摆自然起伏，眼神十分的痴迷。要尽快找欧雅博士弄一个，莉莎暗暗下了决心。

“已经开始玩起来了啊。”麦克正好从发布会后场走了出来，看到了刚才发生的一切，他自然猜到了是怎么回事。他身边还有一个穿着华丽的女孩，是市长的女儿尤莉，四个人是高中同学，她的爸爸和莉莎的爸爸一起服过兵役，后来一个留在了部队，一个走上了政界。“这就是你刚才发射白光用的东西？”尤莉刚才在楼上VIP包厢里目睹了一切。“是的，欧雅博士给我的小玩意儿，想必欧文也得到了一个。”“真是十分有趣。”尤莉不动声色道，毕竟政界有很多机密信息，所以欧雅博士出于政治安全考虑，并没有直接给尤莉试用，尤莉也隐隐猜到了些。“去我那里聚聚吧，安娜今天也在，她刚从殖民星执行任务回来。”“那真是太好了，她总是那么神秘。”莉莎说道，此时她还穿着玛丽莲的礼服，看到大家略带笑意的眼神才猛然惊觉，马上让多多关闭了拟态。“好久不见她了呢。”尤莉缓缓说道。“今天新改装了一辆悬浮车，是最新型号的，要不要试一试？”欧文开始卖弄起他的新车来。“你小子就是装备多。”麦克打趣道，“是他开还是你开？”他突然想起了近乎无所不能的新型智能体。“我开。”欧文补充道，“自动驾驶哪里能比得上我这个星际一流的机师。”大家听罢都笑了起来。

很快大家就到达了麦克的别墅，作为当红明星，其居所自然是十分奢华，安娜已经在大厅里等了一段时间了，从战场回来后难得享受着平和，洗去了那一身战争气息。她挥了挥手和走近的众人打了个招呼，随手扔给尤莉和莉莎两个小盒子，“欧雅博士让我给你们的，她说已经取得了军队和政府的试用授权，我也有一个。”“哇，太好了，欧雅博士最棒了。”莉莎开心地叫出了声。尤莉则微笑着默默地收了起来，毕竟有什么好东西大多会有她的一份，这次已经比较迟了。“可惜没有使用说明书，”安娜继续说道，“只能慢慢探索了。”“还挺棒的。”欧文道，“麦克今天已经用他救了两个人了。”“不会是又有人在发布会上昏倒了吧。”“谁说不是呢。”尤莉揶揄道。“当明星也很累的。”麦克半自夸半谦虚道，“娜塔莎今天也会来，她才出道不久，不过这次在戏里面表现很出色，有潜质。”毕竟任何聚会都不会拒绝一个貌美如花的知名女演员，大家都愉快地接受了。

一番喧闹之后，众人都在麦克的别墅暂住了下来，毕竟醉醺醺的在深更半夜驱车回家并不是一个好主意。别墅共有 10 个客房，足够每人一间。半夜，欧文正要入睡，突然房门响了，敲门的是尤莉。“谢谢欧雅阿姨送的小精灵。”尤莉说道，一袭宽松的睡袍，尺寸不是很贴合，稚嫩的肌肤若隐若现，毕竟是麦克家全新的客人专用睡袍，略显宽大。“哦，不客气，这只是一个收发装置，主机还在实验室里面，数据安全问题你不用担心……”“嘘。”欧文还想滔滔不绝地说下去，尤莉一下按住了他的嘴唇，含情脉脉地注视着他，欧文显得有些不知所措。“尤莉妹妹，我正找你呢。”莉莎这时不知从哪里冒了出来，缓解了一下尴尬的气氛，“我正想和你研究下新到的小精灵呢，看。”说着幻化出一套雪公主裙，顺便转了个圈。“太好看了。”尤莉微笑道，边说着两个女孩手挽着手去说悄悄话了，临走时，莉莎还回过头冲欧文眨了下眼睛。女孩的心思总是让人猜不透，欧文也不去费神了，看着她们走远，默默地转身回到了房间，没想到安娜已经坐在了那里。“你从哪里……”问到一半，他突然放弃询问了，一个顶级女特种兵，总有她进入的方法。“她们好像很喜欢你。”安娜边喝着威士忌，默默注视着他说道。“没有啊，都是同学而已。”欧文有些尴尬地说道。安娜也不打算在这个话题上深究，“你送我的机械装置很管用，这次救了我一命。”安娜说道。“竟然用到了那个，看上去这次任务十分凶险。”欧文想到，他送给安娜的是一个能自动展开的轻型折叠盾牌，能在短时间内释放内部能量抵挡一次爆炸冲击，“有什么需要改进的吗？”欧文问道。安娜并没有直接回答他的问题，反而陷入了沉默，“他们都死了，一整个登陆队。”她的动作突然停滞了。“对不起。”欧文走了过去，和她并排坐着，他能感受到她的伤心。“已经为他们报仇了，我呼叫了空中支援。”停顿了一会儿，安娜说着随手放下了玻璃杯。“明天我就要去报到了，前线还不太平，欧雅博士这次送的东西应该能派上用场。”说着，就要转身离开。“等等。”欧文从身上取下一个挂件，丢给了安娜，“这是刚做的震波器，能在短时间内破除幻想，并使一些震动触发陷阱无效化。”安娜接过装置，“要不要……”“什么？”欧文道。“没什么，谢谢。”安娜一翻身，从窗口跃了出去。望着还半敞开着的窗户，欧文转头看向桌面上莉莎还给他的小精灵多多，多多依然是莉莎的模样，他决定给她安上一些多用途固定装置，以便于随身携带，这个新的装置已经引起了他的好奇。

第二天，麦克的别墅中，安娜已经一早返回军队报到了，娜塔莎也回剧组了，尤莉和莉莎还在研究新玩具，已经差不多把18世纪的衣服全试了一遍。麦克刚完成电影的拍摄，目前处在休假期，欧文本来就是个小店主，偶尔给自己放几天假也无不可。四个人就在麦克的别墅休闲地过了一天。“晚上去海边吃烧烤怎么样？”麦克提议道。“太棒了，正好可以试一下泳装系列。”莉莎兴致不减。“就不怕没电了走光吗？”欧文苦笑着，他可不敢说出来。“白沙海滩边那家？那我让人提前去清一下场。”尤莉说道。众人也见怪不怪，毕竟适当的安全措施还是需要的。简单打点后，四人就坐上了麦克的私人旋翼机，性能一般，胜在内部装修气派奢华，360度全景天窗，用来短途观光旅游非常惬意，不出半个小时就到达了白沙海滩。海滩边的度假村显然已经被尤莉包场了，反而是多多察觉到了沙滩的异样，提示是否需要模拟几个人物，但立刻被两位女士否决了。好在晚霞通透，蓝天白云细沙，聆听波涛阵阵，也已意境十足。

几人乘着余晖，下到海边渔场抓了几尾圈养的海鱼上来，亲自架炉烧烤，颇有兴致，说说笑笑，犹如世外桃源一般。宇宙间虽然奇风异景无数，但说到与人如此契合的氛围，恐怕只此一家。多多自然也应着众人要求，一展才艺，载歌载舞，毕竟欧雅博士没少给母体安记忆板，文成武德一应俱全，偶尔还从资料库中投射出立体伴舞，唯独没有拟化舞台场景，而是尽可能契合此地此景。

“我喜欢这样的感觉。”多多说。“你也有感觉啊？”莉莎一脸陶醉地说道。“我有多腺体模拟模块，能模拟各类情绪和情感。”多多说道。“那你和人类还有什么区别？”多多这次没有回答。众人也没有把这当回事，毕竟机器的情感和拟真怎么看都没法和这个小黑盒联系起来，最多也就是简单模拟一下，与人类复杂精密的感情还完全沾不上边。

“我们去开摩托艇吧。”麦克提议道，他对这里比较熟悉，知道岸边还停靠着几艘摩托艇。“好啊，不早说。”欧文马上附和道。“我还不太会开，就和莉莎姐姐一起吧。”尤莉说道。莉莎自然没有异议。大家很快便找到了停在岸边的摩托艇，欧文一马当先冲了出去，充分感受着水上飞带来的快感，说起驾驶体验，不同的乘具所能带来的愉悦各不相同，那是一种通过载具与自然融合的感觉；麦克紧随其后，时而一个空中翻腾，时而一个俯冲扎进水里，看起来十分精于此道。莉莎和尤莉相对就平稳很多，跟在他们后面嬉笑观望着，仿佛回到了学生时代。

众人回到岸边后，叫的外卖已送达，是附近一个渔港新鲜捕捞的各种海鲜刺身，还专门有服务员帮忙现场敲壳切片。地球现在的环境治理得非常好，各种污染产业都已经搬到临近星球，偶尔一些生活垃圾的处理也已经有了十分完善的解决方案，近乎一颗无污染的纯天然星球，海鲜自然也格外美味。

众人吃饱喝足后，在餐桌旁躺成一圈，已是入夜时分，遮阳棚已自动收起，望着满天繁星，享受着宜人舒适的海风，都不想动弹。“以后说不定我们会被派到那些星球上去呢。”莉莎感叹道。“看，那是天鹅星系，听说那里很美。”尤莉接着说道。“上次拍戏的时候去过。”麦克补充道。“你去过的星球最多了，快和我们说说有什么特别的。”尤莉又来了兴致。“都不太一样，不过我每次行程都被安排得满满的，也来不及细细体验。”麦克回答道。“据说每个聚居地都有自己独特的文化，与外界交互较少，星舰上也是，一旦去了，可能就是一辈子。”莉莎的话语中透露着隐隐的忧伤。“我们会经常联络的。”尤莉安慰道。“那一天真的到来的话，我就造一艘最厉害的穿梭机，随时来找你们。”欧文打趣道。大家也知道这可能性很小，不通过跃迁的话很难快速抵达目的地，但私人跃迁成本高昂，且民间若要使用，手续相当烦琐，目前仅限于重大商业活动，否则各聚居地文化也不会如此迥异了。这种伤感并没有持续太久，年轻人充满了冒险与探索精神，并不会随意地停下脚步，更何况这一天似乎还很遥远。

第五章 变型机甲

自从上次分别后，大家各自忙碌。麦克又接了一部新片，欧文继续鼓捣着他的小玩意儿，尤莉已经开始在政界崭露头角，莉莎还在她的咖啡店里混日子，也不知道她从哪里搞来一台大型星舰模拟器，整日里除了卖咖啡就是在里面摆弄，难不成真的打算驾驶星舰遨游宇宙？

照例是一个阳光灿烂的午后，欧文刚修复完最新的地下钻井装置，开始摆弄起他的变形机器人，上次和莉莎的谈话给了他不少启发，一台能宇宙旅行的变形机车，肯定很酷。好在他不缺零部件，软件方面有欧雅博士支持，自然也水到渠成。“我送给你一个人工智能，你却还在摆弄这些低级控制程序。”这是欧雅博士的原话。为了证明他不只是会摆弄些“低级控制程序”，欧文将多多也连接上了新的变形机车，虽然目前还不知道他能发挥什么作用，毕竟引擎和悬挂才是机车真正的生命所在。性能方面自然是无可挑剔，“既要又要也要”的思想在设计上体现得淋漓尽致，防御已经可以媲美主战装甲，配以战舰用的能量护盾，唯一的缺点就是成本比较高，还好欧文不在乎钱。车内空间足以容纳一整支突击队，但装备上各类变形用部件并预留了武器系统后（没错，是武器系统，虽然大部分时候没有什么用），大概勉强能坐下三人，变形成人形机甲后一个驾驶员、一个远程火力手、一个近程火力手，当然，也可以由驾驶员一人全包，毕竟没有必要非得边走边开火。外加欧文平日里鼓捣的各种小玩意儿，也算是配备齐全了。最酷的部分自然是变形了，上天入地一应俱全，良好的密闭性能支持宇宙穿梭和深海遨游，还额外增加了炮塔模式，外挂式电磁加速能使火炮威力增加50%，射程增加一倍（如果有火炮的话），传动系统采用反重力悬浮装置和机械腿移动双重方式，方便适应各种地形。反重力悬浮装置是一款能在太空产生推进力的装置，因此，从某种意义上来说，这款战舰能自行进行短暂的星际穿越，但由于没有配备星际导航系统、自循环维生系统和跃迁装置，时间一长就会迷失于宇宙，或是氧气耗尽而亡。欧文也想过要加装，但看到相关配件的体积就放弃了，毕竟他并不想造一艘变形战舰，那样的话军队可能真的会找上门来。简装版已经过了测试，现在欧文还在使劲往上安装各种装置，让他变得更加炫酷，这也许是这台机甲的唯一用处了。多多并不具有控制机甲的经验，只是如实记录着欧文试用时的各种操作，以便下次重复测试时能帮上忙，当然，多多的拟态功能依旧很好用，能帮助战甲伪装。“这么酷的战甲为什么会有人想要去伪装呢？”欧文有时想，已经完全将上课时老师关于隐蔽式作战的教诲抛之脑后。

莉莎总是静静地看着欧文摆弄这些，时而出一些馊主意，毕竟她自己正在和少少（她的随身小精灵）模拟开星舰，又怎么好意思批评欧文不务正业呢。在星际航行方面，少少的作用就比较多了，浩如烟海的星际图、各种复杂且需要瞬间完成的操作、各类武器系统的灵活控制，都是少少的拿手好戏。也许正是因为有了少少的存在，莉莎才能一直保持高昂的兴致，没有半途而废。

这天麦克提前结束了新片的拍摄，看到新机甲他兴奋极了，水都没顾上喝一口就立马要上去发动，欧文自然也很乐意有人陪他一起疯，两个人驾驶着机甲一路飞了出去，整整折腾了三个小时才返回机库，这还是算准了能源使用限制才回来的。晚上莉莎和他们一起共进了晚餐，三人谈到麦克的新电影，以及星际星盟最新的战争局势，甚是热闹，主题自然也离不开欧文的新机甲。“你知道吗？你还少一门炮。”麦克由衷道。莉莎是军人世家出身，对此也是习以为常，普通人哪里能弄到星舰模拟器。“是啊，有门炮就好了。”这正好戳中了欧文的心声，他不由自主地感慨道。平常架在车顶，变形时拿在手上，更别提炮塔模式了。欧文家族虽然有着星盟全套武库装备，但武器系统可不敢随便拿来玩耍。“这个我倒是能帮上忙。”莉莎道。两人齐刷刷地看着莉莎。这正是预想中的效果。“从退役武器库里面搞一些装备出来还是有可能的，我的模拟器就是从一艘退役星舰上改装而来的。”莉莎补充道。“真的能吗，我的大小姐。”一听说有武器，两人一下子 180 度大转弯，围着莉莎小姐转悠。“约个时间去挑一下吧。”莉莎这时自然不会认怂。还能挑选，简直就像是发现了极乐世界一般，两人不约而同地立刻同意了，“随时响应您的召唤，我的公主。”欧文甚至还行了一个骑士礼。这次简短的聚会就在热切期盼的氛围中结束了。

莉莎如约安排了四人前往挑选的时间，是实物挑选，而不是一张张枯燥的清单，看中了立马就能实地测试、打包带走的那种。对，是四个人，作为嗅觉敏锐的政客尤莉，自然不会错过她辖区下如此重要的活动。基地的军官们似乎都和莉莎很熟，尤莉自然也是认得，所以一路畅通无阻，欧文还炫耀性地开着他的新机甲前往，但由于没能展现变形功能的机会，民用改装机甲的小身板和基地里那些大家伙比起来，就像一只驯服的小猫咪，门卫看到莉莎后，甚至都懒得检查这台“普通”的随身座驾。欧文倒也不气馁，毕竟看到那些能在宇宙战场中使用的真家伙，他还是由衷佩服的，不过这更坚定了他想要一门炮的想法。接待他们的是基地总后勤，“小莉莎，这次想要弄个什么玩玩？”后勤总管显然不是第一次接待莉莎了，“马上要上战……”“特雷斯叔叔，”莉莎忙打断他，“我们想武装一下这辆变形战车。”她指了指那台“普通”的随身座驾，“别看他不起眼，功能还是很强大的。”名叫特雷斯的后勤总管不再多话，走到战车旁，问了一下主要参数，“这车装不了太大的炮，弹药存储量也有限，考虑到他的变形功能，建议使用蜂窝式无人机群，加等离子震荡剑，近战远攻都可以，兼顾攻守，如果有电磁发射模块的话，还能加一个增强器，进行有限距离的电磁攻击。”后勤总管显然很专业，一眼就看出小身板的主要缺点和适合改装方向。“不知道多多算不算电磁发射模块？”欧文心想，于是让多多表演了一下成像能力。“这是欧雅博士的克龙分体吧。”后勤总管显然不是第一次见了，“有他就好办很多，他功能可强着呢，加一个增强器，比大炮都管用，另外送你们一个小东西，是最新款，外界都还没公布。”说着后勤总管让人搬出了一个引擎大小的箱子。“把你们的储能器换了吧，这是量子协同能源，只要它的另一半保持充能状态，不管多远，都能持续提供超强动力。”“这个竟然已经问世了！”欧文吃惊道。“谢谢。”还是莉莎反应快，第一个回过神来。“不客气，市长也打过电话了，呵呵。”说着看了一眼尤莉。“谢谢叔叔。”尤莉也礼貌地说道。“改装后可以到后面的靶场试一下，我就先告辞了。”临行前也感谢了一下欧雅博士提供的新智能体，看上去他十分满意。

两个男生好一阵都没反应过来，无限量子能源、等离子剑、蜂窝无人机群，这可都是想想都能兴奋一个晚上的好东西啊，不管怎么样先安装上吧，就算真的上战场，这也值了。欧文很快就和基地的工程兵们开始了安装，不到半个小时就大功告成，要知道，战场上半个小时已经可以定生死了，这次已经属于精细调校了。两个男生迫不及待地跨上了座驾，前往靶场，女孩们则坐着基地通勤车在旁观看。

基地的靶场可不是简单的草坪，是一个全息影像系统覆盖的半包式竞技场，还有一些报废的军用设备。“我想要一个盾牌。”欧文出来后说道，工作人员笑笑就去准备了，他们刚才全程目睹了测试，早已猜到了七八分。麦克还在回味着刚才的连招，手上虚拟比画着。“记下了吗？”欧文问道。“记下了。”回答的自然是多多，“是否需要给招式命名？”“七连斩。”欧文答道。以后，他只要喊出“七连斩”，多多自然就会触发机体进行攻击，这也算是今天的一大收获吧，还新添了一块能量盾，怎么算都不亏，欧文心里美滋滋的。

“刚才打得很精彩呢。”莉莎说道，“比看你的电影更精彩。”“这还是我第一次机甲格斗。”麦克说道。欧文道：“要不我再造一台，我们两个玩玩？”“还是算了吧，有这么一台已经是额外开恩了。”麦克苦笑着。众人也跟着笑起来。

从基地返回后，欧文继续调试着他的新机甲，其余三人坐在莉莎的咖啡店里看着他在空地上忙碌。“也不知道安娜怎么样了。”看着眼前的战斗机甲，众人不由地想起安娜，他们都知道，欧文打造这台机甲的真正用意，他一直是那个最看不开的人。

“你是要去军队了吗？”尤莉打破了沉默。“还没正式公布呢。”莉莎有点不自然，似乎并不想面对这一切。麦克有一些吃惊，不过想起莉莎近期有些怪异的表现，很快就释然了。“是我爸所在的旗舰。”莉莎说完注视着远处忙碌的欧文。“你打算什么时候告诉他？”尤莉问道。“不知道，也许临行前吧，我不想打破这份宁静。”“替我保密好吗，麦克？”“当，当然。”麦克被突然问道，有点猝不及防，“也许，有一天我和欧文会驾驶着机甲去找你们。你知道，那台机甲需要两个人才能发挥作用。”麦克补充道。“今天表现很不错呢。”莉莎微笑道。“听说 52 战区并不是很顺利。”尤莉沉声道，那是星盟的主战场，也是安娜所在的战区。“去了就知道了。”莉莎道，“一旦踏上了星辰大海，就再也没有回头路了。”她说了一句军队里的名言，每个星际战士都有这种视死如归的浪漫，包括他的父亲、星盟的总司令官，理查德将军。

第六章 千里救援

欧文还是一如既往的忙碌，最近订单量一下子大增，甚至来了很多军工的单子，以前都是到他老爸那里维修的。看着眼前这台熟悉的MK50机甲，身上密密麻麻几百个弹孔，腿部有一处明显的贯穿伤，武器只剩下了半截长矛，可见战斗之激烈。“把这三台好的部件拼凑一下，弄出一台完整的来，剩下的就回炉重塑吧。”欧文说着，然后去接收下一批货物。

“安娜被困住了。”多多突然道。“什么？”欧文被这个消息惊了一下。“安娜的随身小精灵传回的消息。”多多补充道，欧雅博士传来了星盟和安娜小精灵的信号连接内容——“敌人火力很猛，请求支援，我们被困在一处山洞里，我暂时用幻象封住了洞口。”这时，欧文的视频通信请求突然响起，是麦克发起的四人会议，大家似乎都收到了安娜传回来的信息。“莉莎，有消息吗？”麦克问道。“稍等，我正在询问。”莉莎回复道，片刻，莉莎就再次上线了。“安娜被困在 bx-60 星球，是个被反叛者控制的殖民星，她是被派去执行特殊任务的，不幸暴露了。”“军队会救她吗？”“肯定不会放弃，但大规模的军舰正在和敌方对峙，一般战舰很难靠近敌占区。”“我去救她。”欧文看了看新改装的机甲，下定了决心，“能帮忙安排军舰投送吗？”“先冷静一下。”尤莉说道，“军方会有安排的。”“我们目前正处在劣势，我们不能坐视不理。”欧文说道，“我们有目前星盟最好的单兵设备，十分适合执行本次营救任务。”战舰级的防护，永不枯竭的动力，最先进的单兵武器装备，适应全地形任务的机甲变形功能，最先进的人工智能系统……眼看形势紧急，看到欧文心意已决，众人也不再反对。“我可以协调一艘能进行空间穿梭的军舰，马上就可以出发，隐形和通信方面让少少担任。”“谢谢你。”欧文感激地看着屏幕上的莉莎。“通关文书交给我吧。”尤莉说道。“我半小时后就能赶到你那里，毕竟那台机甲需要两个人操作。”麦克说道。这不是矫情的时刻，“那一小时后到基地站台碰头吧。”欧文道。“一旦踏上了星辰大海，就再也没有回头路了。”欧文不禁想起了军队里的那句话，但面对伙伴遇险，他又如何能够退缩呢？

一小时后，基地站台上一艘小型星舰已经准备就绪，这本来是要送莉莎前往主舰汇合用的，所以一直准备就绪，欧文和麦克已经穿上了军用太空服，驾驶着小型机甲登上了舰船，军用装备大多用于大规模会战，论单机甲综合作战能力，确实没有这台“民用武装”强，而且很多部件都是军事前沿科技，或是直接从战舰上拆下来的，所以大家也就默认了它的军事合法性。欧文和麦克走进了舰桥指挥室，一切发生得太快，连麦克都还没有完全清醒地意识到正在发生什么，欧雅博士也被打了一个先斩后奏，不然肯定会出面阻止，或至少再送几件保命装备。“还有多久能够抵达坐标位置？”欧文有些焦虑地问道。“大概两小时后可跳跃到坐标星球上空，并完成隐蔽动作。”一个熟悉的声音响起。“怎么会是你？”欧文和麦克都吃了一惊，他们可没想过要让莉莎陪他们去冒险。“这是我的星舰啊，我自然要亲自驾驶，有少少辅助，应该会很顺利吧。”飞船已经离开了港口，而且星舰指挥官也不是轻易就能找到的，欧文和麦克也只能默认了。“一等兵听令。”莉莎开始进入角色。“是。”麦克和欧文齐声答道。“立刻进行登陆准备，三小时后出发，你们有两小时的行动时间。”“是，长官。”三人会心一笑。“现在幸存者包括安娜还有三人，为保持隐蔽，她已经切断了小精灵和外界的联系，如果找不到她，请尽快回来。”“放心吧，只是一次隐秘营救任务，有小精灵的拟态伪装功能，不会有危险的。”说罢，两人便向机甲走去，机甲兼具登陆舱功能，再带三人返回略显拥挤，不过也能够凑合，最多再丢弃一些通用装备。

“开启战斗模式，可自由采取需要的保护行动。”“收到。”多多回答道。他已全面接管了机甲的控制系统，并且在半年的学习过程中，对各种场面的应对已经熟练掌握，与欧文的配合也日益默契。“开启全方位隐蔽功能，开启小精灵特殊交流频段，各类武器系统已就位。”

“舰艇已抵达跳跃点，所有功率将集中于隐蔽功能，两小时后见。”莉莎温柔的声音传来，登陆舱门也缓慢开启。机甲下降至太空后，瞬间变成飞行模式，向最后的信号传输点驶去。

进入大气层后，由于摩擦生热产生的火焰，很快便引来了敌人的注意，“有三枚防空导弹和两架战机升空拦截。”多多提示道，“正在侵入导弹与战机的控制系统，侵入成功，是否接管？”“等一下，等进入安全区再接管，不然还是会被盯上。”欧文道。“收到，将在一分钟后接管，接管后如何操作？”“导弹直接失效，战机雷达上显示目标已摧毁。”“收到。”剧烈颠簸一分钟后，机甲进入了安全区，不再像一枚燃烧的火球，隐蔽装置也全力开启。“已控制并失效拦截导弹，储备能源下降至 20%，需要一分钟回复至 80%。”多多说道。欧文驾驶着机甲，继续向着坐标位置飞去，现在并没有被发现，20% 的能源足够了。到达一处低洼地带后，机甲变形为机械狗的形态，以便于在崎岖的地形贴地穿行躲避侦察。由于安娜开启了隐蔽模式，肉眼很难识别具体位置，她可能也已经频闭了所有信号，到达指定坐标后，呼叫没有应答。“对不住了安娜。”说着，欧文开启了量子震动模式，能瞬间破除一定范围内的所有伪装。一个洞口显露了出来，“控制洞内所有电子设备，防止误伤。”欧文说道。“收到，已通过主动式电子触达联络上安娜的小精灵，是否强行开启通信？”“是。”“安娜，是我，你们还好吗？”“怎么是你，你在哪里？”“我们就在门口，马上进来，请不要射击。”随后是一片静默，显然简单的言语还不能让安娜完全放心。欧文将机甲变为人形，其独有的欧文家族标志在机甲胸口最显眼的位置，方便对方辨认。缓步控制着机甲走向了山洞，对方果然没有开枪，但也没有离开隐蔽位置。确认没有其他危险后，欧文打开了驾驶舱，这时对方走了出来，一共四个人，比情报中多一个。“这是我们这次任务的目标，需要带上她。”安娜解释道。“好的，可能会稍微有点挤，装备可能带不走了。”“我们已经安装了定时引爆装置，我们需要加速了，敌人也在搜索这片区域。”众人快速登上了机甲，突然一道火光从远处升起，像是远距离星际武器造成的，众人也无暇顾及那么多，迅速驶离了隐蔽点。出大气层的时候，不出意外地又被三枚导弹盯上了，但显然对方不具备进入宇宙追击的能力，因此也就没有让多多进行处理。众人有惊无险地返回了星舰。

“星舰跳跃启动，5，4，3，2，1。”“耶！”随着星舰开始跳跃，舰桥内一片欢愉之声，这次营救任务竟然如此成功，第一次上战场的众人在船舱内抱着哭成了一团。

由于这次还带着一个重要的目标人物，星舰并没有返回地球，而是折叠机动后直接前往了司令部，总司令亲自接见了他们。当然主要是莉莎的关系，女儿一上战场就深入险境立此大功，老父既欣慰又担心，把莉莎留下来谈了很久，目标人物自然是交给专业人士去对接了。欧文在休息室内望着外面无尽的星海，静静地不知在思索什么。麦克作为武打明星，在休息大厅内受到了热烈的欢迎，时而表演些高难度的武术动作，给这些神经紧张的士兵带来了些许放松。

“一切顺利吗？”多多突然传达了欧雅博士的问话，“没什么特别的，就是一次援救任务，隐蔽功能很好用，刚才那次星际攻击是谁弄的？”“是个新实验品，利用跃迁不稳定性直接实施的近地空间撕裂，被空间撕裂重组的原子产生的爆炸，威力不太好掌握。”欧雅博士道。“还真是九死一生呢，没想到刚才冒了那么大的风险。”“我把武器威力调到最小了，比较有可能的是还没引发原子重组就消失了，还好起到了一定的干扰作用。”沉默了一阵，欧雅博士道:“你还回来吗？”看来大家都知道那句名言。欧文不答。“有什么需要尽管联系我们。”欧雅博士说道，然后就挂断了通信。

这时门外响起了敲门声，“是我，莉莎。”欧文打开了门，见到莉莎他还是很开心的。“这次行动很成功，打了对方一个措手不及，亏得你及时行动。”“哪里，我也只是急着救回同伴而已。”“如果是我遇险的话，你会这么做吗？”“当然，我的机甲可是很厉害的。”欧文调皮道，他隐隐感到刚躲过了一次“死亡拷问”。“我可能不回去了。”莉莎一下转变了话题，“我爸要我留在星舰上。”“哦。”两人一阵沉默，“要一起去看下安娜吗，她现在在星舰上属于特殊编制，不能乱跑。”莉莎提议。

“好啊。”欧文回答。路过休息大厅的时候，麦克也加入了他们，三人的故事已经传开，受到了过往士兵的敬意。

到了安娜的休息室，她正和另两名同伴在一起，看到欧文他们到来，一下子站了起来，“谁让你们来救我的？”她有些控制不住情绪。欧文知道她是怕他们受到伤害，过去抱了抱她，其他人也都默默上去拥抱了一下，毕竟他们刚感受过安娜一直所处的危险环境，知道她一直在过一种怎么样的生活。安娜眼眶湿润了一下，不打算继续质问了。“这是狙击手约翰，这是队长汉森。”安娜介绍道。欧文突然行了一个军礼，“我想加入小队。”汉森队长一下子有些意外，他并不反感这些编外人员，尤其是他们刚救了自己的命，不过显然他并没有这个权限决定这些事情。莉莎也有些意外，“他们是特别行动队的，执行的都是中央下达的直属命令，我都无权调动他们。”莉莎说道。麦克看了看欧文坚决的眼神，叹了一口气，心想：“罢了罢了，看来这回要假戏真做了。”莉莎也有点明白欧文的决心已经不可能改变，何况是她自己先说要留在军队的。“正好你们还缺艘星舰，应该比开旗舰有趣得多。”莉莎道。欧文坚毅的眼神略微有些恍惚，他可没想把两位好朋友一起拉入伙，不过此时也实在想不出理由拒绝。

“欢迎加入，听说你们败给了雄狮。”汉森队长已经把他们当作了自己人，救命之恩什么的就不用多说了，顺带开起了玩笑。大家也都轻松了一些，“机甲战还不太纯熟。”“半个月后我帮你们再约个场子，先来场特训吧。”汉森队长说。“是，队长。”麦克和欧文同时答道。莉莎和安娜也无奈地笑着。命运的车轮又将他们带到了一起，他们一直都是生死与共的战友，只是这次到了战场上而已。

第七章 机体强化

“战场上我们会用到一切可用之物，来达成使命，包括我们自己的生命和荣耀，但当一切手段都用尽后，最后剩下的，往往只有我们不惜一切完成使命的意志。大多数情况下，纯粹的肉搏战将是最终的胜负之手，或是我们生命的终章，会被记入个人的史册。所以，近战机甲战士一直是荣耀的，要么赢得伟大的胜利，要么光荣地战死。”队长训话道，“要肩负起这样的使命，首先，我们要上第一课，机甲格斗术。”

“机甲格斗术，与传统武术有很大的区别，在爆发力上、机体柔韧性上、反应速度上、特殊战法上、都能达到传统武术所无法想象的高度，在缺乏物质补给的外太空，战斗持续力也优于远程武器。外加智能的辅助，即使使用冷兵器也能造成精准而巨大的破坏。那么首先，我们先来看一下你们的新机甲在各方面的表现。”

由于战训一体的要求，现在都是穿戴着作战用的真实机甲进行训练，也是与机体的一种磨合，各种机体性能也都允许开启使用，只有部分特殊武器被暂时禁止，例如电磁干扰、无人机、火力炮等，这些被认定为非近战武器，将在协同作战的训练课中予以开放。

“先是一公里测试。”机甲战中，由于机械动能十分强劲，一公里就像我们平常一个大跳跃一样远，所以这项测的是短距离迅速移动能力。测试结果并不是十分理想，因为并没有进行过相应的强化改装。紧接着，又进行了攻击强度测试、防御强度测试、飞行能力测试、特殊战技测试等多项测试。结果十分让人沮丧，除了防御力外，其他方面均低于平均水平，毕竟民用机甲在设计方面，肯定无法完全胜任战斗任务，简单地把高性能组件堆砌在一起，极有可能留下致命的短板。

“看来需要进行一次全面改装，操作员也需要进行一些理论培训。”就这样，欧文和麦克分头忙碌了起来，除了第一天略带沮丧情绪外，之后都是充满干劲，毕竟都是自己喜欢的事情。加入特种部队后，各类新型军事配件随意挑选，而机甲格斗的理论知识也让麦克沉迷其中，学武之人对突破极限有着谜一样的追求。

专项训练之余，对于一些军人必备的通用技能也进行了训练，虽然欧文和麦克是主攻机甲操作的，但触类旁通总是有助于通力合作。比如狙击手的任务主要是驾驶一架隐形飞机进行战场侦察和远程火力支援，同时需要在AI的协助下控制三台左右的无人机进行分布式排列狙击。星舰指挥官除了星际运输外，也负责外太空打击支援，以及作为后方作战指挥，分析各种战场局势并提供最新指示，在极端情况下，也需进入大气层支援作战。星舰上光各类作战功能就有几千个，而且很多时候需要同时操作，对指挥官和AI的配合要求极高，这一点莉莎在少少的协助下，倒是游刃有余，毕竟少少是具有记忆提取功能的最新智能体，而且能通过复杂腺体模拟器建立起逻辑判断和行为纽带，作为个人辅助AI，对于莉莎的各项习惯和套路也是了如指掌，使整个星舰效能发挥到极致。安娜作为“幽灵”，有一套单兵迷彩装置，加强了外骨骼和短距离喷射装置，适合执行各类隐秘任务，平时也可以栖身于各类机甲中辅助战斗，可以说是特种兵中的特种兵。汉森是重火力支援点，欧文一直想要的超级火炮就是他的标配，还有各类中远程打击武器，缺点是移动能力差，而且容易被敌人反炮兵火力覆盖，所以只在关键时刻使用，且需要及时转换阵地，兼具临时补给基地的作用。欧文机甲中的炮台模式，偶尔也可以借一两根炮管和汉森一起进行重火力打击，当然更多的时候欧文的机甲是用来冲锋或近战守卫的。小队的配置十分齐全，除了新机甲亟须改造之外，其他装备都十分成熟，上次任务折损了两台 MK50 机甲，这次更替了一台多功能近战机甲，也是一个小小的升级。队伍的最终磨合，也只能在实战中检验了，训练场中总是缺少了那么点意思。从上次的营救任务中可以看出，这些新兵从小受过专业的军事教育，军事素养都在常人之上，可能与家庭中深厚的军事背景有关，都是可塑之才。

其间尤莉也曾打来过电话，一心也想加入战队，被众人劝退，说后方也需要有人协调，并且保证每次作战后都会回去看她，这才罢休。在各方的关注下，这支战队飞速地成长起来，毕竟各类资源有如潮涌般支援而来，雄狮小队作为首席陪练也是压力倍增，毕竟上次已经被司令委托给他们一个下马威，这次又不知该如何收场。

经过近半个月的特训，机甲的各项作战性能得到了最高强化，所用配件都是整个星际最顶尖的，部分参数比 MK50 这种量产型号高了不止一倍，更别提电磁攻击、无人机、多多这种整个星盟都很少见的大杀器，让雄狮小队连连叫苦，看上去非拿出压箱底的绝技才能不落败了。

半个月后试炼场上，双方都对对方的战力有所了解，更是全力以赴不敢松懈。雄狮小队一个狮子连斩打破了沉默，双方兵器撞击得电磁火花乱窜，技巧方面战场上的老兵明显更胜一筹，好在多多这半月来已经记录下很多军队专属的实战视频，往往能在关键时刻帮助麦克和欧文化险为夷。慢慢地，机甲性能开始逐步体现出优势，胜利的天平已经明显向特战队倾斜，各项技巧在多多的辅助下也是越来越熟练。特战队甚至开发出了双持战法，由麦克和欧文各控制一只手进行左右互搏，当然由于两人功夫相差太远，配合也远不算默契，只能在关键时候发挥一下作用。平常还是麦克负责战斗，欧文负责无人机操作、电磁干扰等其他功能。

MK50渐渐扛不住特战机甲猛烈的进攻，机体已经不负重荷，不得已之下，一个翻滚闪避后，抽出了盾牌和长矛，准备采取守势了，肩上还额外扛了一柄短刀，似有绝招暗藏其中。麦克也开始凝重起来，毕竟上次连一招都没有走过。不过这次他们也有了一定准备，拿出了一条九节电鞭，九根结实的圆柱形钢棍被锁链连在一起，上面萦绕着电光流动，多多的计算辅助能让九节鞭的功效发挥到极致。MK50 当场就认输了，在这奇门兵器下，可能连一下都挨不住，这台 MK50 还要上战场呢，可不能在这里给报废了。这场胜利给了特战新兵们一定的信心，消除了一些对于战场的恐惧，他们也知道，真正的挑战马上就会到来。

第八章 小试牛刀

由于前线战事吃紧，特战小队很快就接到了任务，潜入敌占区营救一批研究人员，尽可能地带回一些研究成果，其余全部销毁。又是营救任务，这让大家顿感轻松不少，毕竟有着上一次成功的经历，对敌人反潜能力已经有了一个初步的认识。做了简单的战前动员和物资准备后，特战号星舰就火速扑向了前线，兵贵神速。兵力配置方面，一辆汉森操作的重火力支援车，四架隐形侦察狙击机，一台麦克和欧文操作的特战机甲，运输机先由安娜驾驶，降落后安娜进入特战机甲待命，也有帮扶新人的意思。星舰仍由莉莎指挥，少少辅助。在经过四次折叠跳跃反追踪后，星舰稳稳地悬停在目标星球外的小行星带中。“你们有两小时的时间。”莉莎照例温柔地提醒。舱门缓缓打开，运输机快速脱离后进入大气层，多多虽然主要控制特战机甲，但协助运输机进行隐蔽伪装也不费力。进入大气层后，炙热的火球依然吸引了不少星际防空火力，但短时间内对方并没能组织起十分有效的攻击，都被多多一一化解，随后便进入了隐身静默状态。这一次对方还使用了电磁攻击，好在运输机目标较小，一个翻转便脱离了攻击区域，不然长时间暴露在大功率电磁攻击下，能量很快就会被耗尽。

隐身侦察机先一步脱离了运输机，开始向四周布点。两具装甲在离地 100 米的时候一跃而下，运输机则是折叠后在空中悬浮，以免在地面上被误触后现形，悬浮状态也容易迅速脱离。

“发现目标。”侦察机传来短波信息，在左前方 25 度 10 公里的地方。汉森就地展开了重型火力装备，随时准备火力覆盖，特战机甲则带着安娜以机械狗的形式隐秘前进。“行进路上暂未发现可疑物体，在目标 500 米范围内有敌方多重火力防御，正在计算解决方案。”侦察机再次传来通信。麦克和欧文此时已微微出汗，毕竟是第一次正式执行任务，心里的激动和兴奋是很难控制的。“可别手抖啊。”安娜知道第一次上战场都会有些惊慌失措，出声试图缓解一下他们的紧张情绪。“幸好有多多辅助，不行就自己接管机甲控制权吧，还好一个人也能操作。”安娜心里思量着。“尽量吧。”欧文还是有点忐忑，麦克则略显兴奋，可能是此时此景让他联想起了影视剧中的某些场景，他又变成了那个无所不能的主角，纵横驰骋。安娜看两人暂时没事，便开始警惕地注意着四周，多多是一台学习型 AI，对于新情况的应变能力是比较差的，所以仍需打起十二万分的精神，毕竟没有再来一次的机会。机甲很快抵达了研究所外围潜伏起来，正在等待侦察机给出最后进攻方案。

“特战机甲强攻吸引火力，优先排除防空火力和探测雷达，侦察机乘机潜入营救，返回后重火力覆盖研究所，然后迅速撤离。”“收到。”特战机甲开始倒计时，“5秒后开始执行攻入任务，5，4，3，2，1，开始攻入。”特战机甲凌空一跃，顺势变身成一架战斗机，开始低飞扫射迅速地清扫防空火力点，同时放出蜂窝无人机群无差别打击，防御阵地一下子警报声大作，各隐藏火力点都开始开火，不少无人机被击落。绕飞一圈后，机甲迅速变身成一辆装甲车，开始横冲直撞，让欧文着实过了一把飙车瘾，眼看基地周边已经一片混乱，机甲变形为人形模式，一手举盾，一手持剑，向主干道发起了冲击。“可惜能携带的弹药量还是有些少。”安娜想，只能通过无人机进行精准打击，无法彻底拔除所有火力点。变形为人形机甲后，麦克好不容易开始大展拳脚，一个盾冲直接撞开了一座碉堡，又是一个前冲斩击把另一边的碉堡一斩两段，零星的火力点被身上挂载的星舰防御盾悉数挡在外面，但时不时打来的电磁炮还是让机甲有一些顾忌，毕竟那可是实打实的大铁块，光靠能量盾不一定能挡住。由于需要不时地闪避重火力，机甲在主干道上的进攻略微受阻，敌军很快聚集起了残余力量开始反攻，无人机已经被摧毁一半以上，偷袭的优势已经耗尽，防空火力被悉数清除，但地面部队的抵抗比预计的要强很多，一架机甲可能无法坚持到营救完成。

“请求火力支援。”安娜冷静判断道，也顾不得重火力点提前暴露了。一阵倾覆式打击应声而至，视野可见内一片狼藉。“已进入研究所内部，还需要三分钟装载人员。”重火力覆盖已完成，正在撤离，三分钟后将随同运输机到达指定地点上空。“收到。”“特战装甲正在向前突击，目前并无致命威胁。”话音刚落，嘭的一声闷响，特战装甲被掀翻了，欧文和麦克受到冲击已经口吐鲜血难以继续驾驶了，就像被一列火车撞翻在地一般。安娜也受到了极大的冲击，但长年的军事训练让她还能勉强保持清醒，强忍着一口鲜血，从腿上迅速抽出一支强心针猛地扎向胸口，靠着药物短暂恢复了行动能力。“受到严重……打击，有人员负伤，我将接管机甲。”

安娜开始检测机甲受损程度，左手盾牌已经碎裂，其余部分完好，只见前方矗立着一架手持大锤的重型机甲，正向特战机甲全速靠近，刚才那一击显然是它发出的，之前也不知道是隐藏在哪里，竟然没有被发现。安娜也不多话，操作机甲一个俯冲堪堪闪过了挥来的大锤，顺便卸下了对方一条支撑腿，然后背上喷射器发力，从下而上将敌方机甲一分为二，整个动作一气呵成。“检查伤势。”安娜指示道。“震荡引起内脏破裂出血，两名操作人员昏迷，暂无生命危险。”还好，安娜松了一口气，“主攻机甲受损，有人员受伤，不适合继续战斗，请求紧急撤离。”“批准，研究人员已装卸完毕，剩余研究物资停止装载，全员尽快返回运输机撤离。”“收到，开始返程。”由于机甲受损，已无法变形，隐形功能也大打折扣，又挨了不少炮弹，好在皮糙肉厚，并没有太大损失。返回运输机后，迅速向太空飞去，“星舰舰炮已充能完毕，待你们安全返航后即将摧毁研究所区域。”运输机内众人松了一口气，至少任务能圆满完成了，重火力提前暴露导致地面歼灭计划失败，只能由星舰来完成最后一击了。

司令部和地面指挥部内也都松了一口气，这次小小的行动可是被多方关注，不容有失。虽然首次出动战绩平平，但已经达到实战试炼的目的，也算圆满完成了。星舰脱离小行星带开始跳跃，连续两次被星盟得手，之后恐怕会加强反隐蔽偷袭能力，防止再次被钻漏洞。欧文和麦克返回后被送进了治疗仓中，醒来后看着众人关切的眼神，也是十分无奈，本想充一回英雄，没想到被一个美人救了，还被躺着抬了回来，只能感慨战场无情。

作战录像后来被回放了无数遍，原来那台机甲一直藏在掩体里面，火力覆盖后反而给它肃清了出来的通道，出来后迎着飞驰而来的特战机甲就是一锤，把两名新兵给打得晕头转向，差点“领了盒饭”。但大家都对变形机甲陆空一体的立体打击能力赞不绝口，无人机群的无差异范围打击能力也饱受称赞。狙击手有一些自责，毕竟侦察是他的主要任务，应该留一台飞机在外面以防万一。不过战场瞬息万变，也没有人真的去责怪他。安娜这次立了大功，力挽狂澜，发挥了一个特战精英应有的作用，不过对一名老兵来说，任务完成，自己没死，以及队友没死，就没什么值得思考的事情了。

特战小队等麦克和欧文恢复后，受到了中央军委的特别表彰，也着实让几人有些受宠若惊。表彰会后尤莉来看望过欧文，莉莎也借机来探望过几次，现在她实际是特战队的最高指挥官，毕竟星舰指挥官在官职上要比陆战队高上不少。军队中上下级关系一旦确立，就只有服从和命令，暖心话自然只能放在肚子里。

一切恢复平静后，特战队又回到了训练营，准备迎接第二次任务。休整期间额外加强了身体素质训练，起床后先 10 公里负重拉练热身，然后是一上午力竭式力量训练，下午紧跟着真人格斗，晚饭前一小时练习全身抗击打能力。每天都浑身酸软乌青，有时候被揍得找不着北，不过配合军队特有的配方药剂内服外敷，肌肉倒像吹气球一样鼓胀起来。

第九章 深入敌后

短暂的恢复训练后，特战队马上迎来了第二次任务，正值战事胶着之际，如果不是考虑到新兵的心理恢复需求，两周前就该出发了。这次的任务十分机密，只有特战队最高指挥官莉莎有权知悉任务的大概，具体内容还要到达指定地点后与当地联络人接洽才能知晓。众人都是一脸凝重，隐隐知道即使最新型的军事装备，也并不能完全保证任务的成功。

这次只有侦察机和特战机甲随行，也就意味着将没有重火力支援。由于并不需要过多考虑乘员的舒适性，单人隐形侦察机占地面积极小，勉强能把约翰包裹在内，主武器系统为机头内嵌的激光炮，副翼可以根据需要加挂电磁仓、电磁炮等武器，也可以加挂简易的救援仓，但重量受到一定限制，待命时外挂在机甲上，升空后翼展根据场景需要可在1-3米的宽度内自动调节。配套无人机面积相同但极为纤薄，在机头也内嵌了一门激光炮，平时贴合在主侦察机上方，紧急时可以在下方临时悬挂一名作战人员，也可以作为主机被击落后临时的备选设备，具有一定的独立运作能力。由于小精灵的空间拟态功能，隐身性能十分出色，用来执行隐秘任务十分便捷。平时四架侦察机就折叠在特战机甲的车顶，专门设计了一块悬挂装置，变形时需要临时脱离一下，然后再吸附到新的位置，还特意在机甲上设计了一个把手，方便无人机驾驶员在任何情况下都能顺利进出机甲驾驶舱。由于材质较为坚固，紧急时拿下来充当盾牌也能抵挡轻型武器的攻击。

特战机甲这次并没有进行大幅调整，主要将损坏的部分修补加固了一下，考虑到这次任务依然以小分队形式开展，大型武器不适合安装，离子剑都是权衡再三才进行了保留，毕竟可能还需要充当民用机车使用，不能太过招摇。每个人都配备了一台随身小精灵，经过欧雅博士半年多的调试，已经能在各领域的精英阶层中开始列装，军队自然是首要保障的目标。多多也进行了后台基础架构和知识库的升级，新发放的精灵装置都配备了一块小型的量子共振电池，属于高端型号，确保在遥远的星际执行任务时，也能进行有效的信号传递和能量供应。几台小精灵之间已经设置了一定的互联互通，以进行协同作战。

特战队在星舰中随手调试和检查着装备，这次的旅行格外遥远，需要进行多次迂回折叠跃迁，目标貌似是敌方的大后方。

在即将到达目的地时，莉莎少尉走了进来，众人行了军礼，依次坐定。“本次目标为敌方主星，由于防守较为严密，会先停留在距离较近的矿星，在地方组织的支援下，混入运货船进入，全程需进行迷彩伪装。”莉莎在船舱内投影出了矿星和主星的立体投影，边说道，“由于敌后区防守严密，尤其是前两次突击任务给对方留下了深刻的印象，星舰较难长时间停留，因此将我们放下后，便会立即返航，这次我将同你们一起执行任务。”众人都在耐心聆听，没有提出任何疑义。“到主星后的任务将会分发在各自的随身小精灵当中，为避免泄露，在到达后才能开启任务信息，到达主星后需要分散前往指定地点，并按计划开展隐蔽行动。”看来是个长任务啊，大家想。“还有要问的吗？”莉莎询问道。“没有问题，长官。”众人同声道。“解散。”莉莎坚定的眼神中忽然透露出一丝柔弱，并不是因为她第一次上战场，而是她知道这次任务有多凶险，她也没有太大的把握把大家都带回去。“即使是死，我也要护着他们安全回去。”她心里暗暗下了决心。

“到达指定地点，开始投送，祝你们好运。”这次换了一个甜美女声宣布投送命令，莉莎此时正坐在特战车中，满满当当挤了六个人，好在也不是第一次，座位还进行了适当优化，虽然仍然伸不开腿，至少每个人都能结实地固定在座位上。机甲转变成飞行模式，悄悄向矿星驶去，在进入大气层时，特意降低了速度，虽然会大幅拉长降落时间，耗费额外的能源，但避免了过热引起的防御反击和隐秘侵入的暴露。

乘着夜色在一处码头潜伏起来，这里集装箱林立，躲在其中不容易被发觉，不远处就是空港，可以随时观察进出货物的情况，以便寻找恰当时机混入其中。灯光略有些昏暗，码头的自动化程度已经很高，并不需要太多的照明设施，路过的巡逻哨兵都自带照明装置，路灯泛着略带黄色的灯光，有几盏忽闪忽闪，显然是接触不良又缺乏维修导致的。机甲潜伏的地方离海比较近，密闭性能良好，一旦发现不对劲就能立刻遁水而走，在水里更不容易被追踪到。特战队员则在车内看着同步显示的整个码头的全息投影，信息是由正在码头上空执行警戒以及观察任务的无人机传回的。午夜时分，由多多虚拟了莉莎的形象，依照指定时间和暗号在远处与接头人接洽，毕竟只有多多曾经扫描过莉莎的形象参数，目前的多多投影还是莉莎本人的形象。

进行加密认证后，接头人给了虚拟莉莎一张加封的纸条，电子信息或多或少都会留下痕迹，而且传递者一旦知晓内容，保不准会被各类审讯手段逼供，想要完全遁于无形，就需要采用这种老套但有效的方法，纸张和书写材料都已经过改良，入口即化、一点就燃，平时可以保存很久，但书写材料和纸张接触后，就会自动开始化学反应，必须立刻加封，解封后一旦与外界接触，就只有 5 秒钟的阅读时间。不过就是这一张小小的纸条，差点让多多露了原形，虚拟投影是没有实体的，一旦纸条传递失败，接头人会立即服毒自杀并销毁纸条，任务也只能宣告中止。传递纸条的时候，不知所措的众人用量子通信紧急联络了欧雅博士，正在实验室睡眼惺忪的欧雅博士立马给克龙插上了一块记忆板，多多才得以在对方怀疑前动用能量投射功能，将与纸条接触的手指空间通过高能量聚集实体化，并跟随手指运动而不断改变实体化位置，这才顺利地拿住了纸条。纸条上写着货船的编号、发运时间以及进入方法。扫描记录下之后，投影便用高能量将纸条付之一炬。接头人有些诧异地看了一眼在指尖瞬间化为灰烬的纸条，已明白对方不是人类，也没有多问，此时信息已被对方知晓，自杀无济于事，尽快将异常情况上报组织才是明智的选择，于是迅速隐秘在夜色中。虚拟投影走到了一处暗处才消失不见，以免被不知藏在何方的各类影像系统无意间捕捉到。无人机一直在上方悬停，一台无人机能连续执行任务 12 小时，足够支撑到他们离开，目前看来一切正常，为避免暴露，并没有再增加一台。安娜主动到地面执行人工警戒，作为“幽灵”的她十分擅长伪装与观察，肉眼天生具有 10 亿像素级的实时捕捉和动态识别能力，各项功能迄今都无法完全被电子眼模仿，堪称造物奇迹。例如机甲现在的隐形伪装，如果仔细观察，四个车轮处的石子呈非正常分布，微风带起的灰尘也不会影响机甲所处的区域。

货船准时出现在了码头，自动机械臂和传送带开始执行装卸任务，安娜呼叫了一架新的隐形无人机，单手吊悬在下方，率先一步上前查看。“安全，可进入指定位置。”安娜传回了讯息。机甲开启了消音模式，迅速降落在了一处货柜内，重新隐蔽。侦察的无人机与安娜也迅速回到了机甲内。躲过了几轮例行安全扫描后，货船开始了星际巡游，众人暂时松了一口气，这是一架无人飞船，船上的安全设备已经被多多侵入，外部巡逻也不会过多关注一艘货运飞船，这次侵入任务还比较成功。通过固定传送门，大概再过五天就能抵达主星，主星码头的监控相对严密，特战队需要提前下船，静默飞行三天后便能抵达任务所在城市。好在有无限量子能源支撑，只需避开主路拟态飞行一般不会被发现，条件虽然艰苦，但相对特种兵训练时候的惨烈已经属于人间天堂了。

进城有些麻烦，主城有严密的防空网络，轻易不敢犯险，主要通道都有车辆及人员的自动识别系统，很有可能暴露身份。众人商议后，决定由欧文去停车场顺了一辆运输车回来，机甲隐身悬浮在集装箱里，随车而动，不会有人发觉，连夜运入城后，再将运输车开回来停在原地，神不知鬼不觉，连油量都补得正正好。单人再混入城市就简单很多了，还没严格到需要逐人核实身份。

进城后第二阶段任务相应开启，小队分成三组分头执行任务，既有独立任务，也有联合任务，其间视情况相互支援配合，A 组失败的话由 B 组继续执行。安娜这次和莉莎一组，除了自己的任务外，也肩负着保护莉莎的职责。约翰和欧文一组，有点类似于后勤组；麦克和队长汉森一组，负责攻坚。

三队人马分别到达指定伪装地点，莉莎和安娜下榻在一家五星级酒店中，这是一家仅次于星球迎宾馆的酒店，由于近日正准备举行北方星系联合峰会，迎宾馆人满为患，也会有个别政要被安排至此处居住。入住后两人先去做了一个SPA，放松下连日赶路的身体，然后戴着墨镜穿着比基尼去泳池边晒太阳，点了杯冰镇果汁优哉游哉地喝着，以掩人耳目，不过安娜身上或隐或现的肌肉群也有些令人望而生畏，太阳一下山他们便返回了住处开始工作。麦克和汉森在主干道附近找了间小旅馆，方便支援，入住后将房间彻查了一遍，还侵入了酒店的影像系统，以伪造自己的行踪。欧文和约翰则将车停在较为偏远的地方，全天候执行支援任务。当地组织暂时没有和他们联系，地下组织隐蔽性总是放在第一位的，贸然出现反而可能使任务失败。

入夜，安娜已经开始执行第一项个人任务，暗杀一位重要人物。她只身来到目标位置附近，在一处隐秘角落开始观察，要想在重重防护下一击必中后全身而退，除了当地组织提供的情报外，事前功课也还是很有必要的。她不能花费太多时间，每天观察两小时已是极限，毕竟她还担负着保护莉莎的任务，不能离开太久。好在有情报支持，她只是需要再观察一些细节。此处是这位重要人物的官邸，有严密的保安系统，虽然火力配备都以轻武器为主，但里面应该不乏高手。整个官邸被能量盾保护着，远程狙杀几乎不可能，进出的交通工具也都在能量罩的保护下，可以说严丝合缝。想要正面强攻的话，没有一整支装备精良的陆战队，可能连100米都靠近不了。这里是没有机会了，安娜想到，当地组织一共给了她目标人物经常出现的五个地点，刺杀任务也并没有时间限制，所以安娜也不急于出手，返回住处后，开始常规警戒。

莉莎进入房间后，就开始熟悉各项资料，她的任务是作为社交名媛出入各种场合，并居中协调各分队任务的完成。服装问题由于少少的存在能够顺利解决，毕竟大肆采购会引起注意，短时间内也很难买到合身的，化妆和语言也可以通过少少解决。只要避免身体接触，就基本不会露馅。当然莉莎还是会进行必要的装扮，既是对任务的基本保障，也是女人天性。明天一早她就会出现在酒店的早餐厅，有一位来参加峰会的要员也会出现，据情报显示，这位要员虽已年过花甲，但依然风流不减，四处留情，是一个重要的突破口。具体时间不明，好在莉莎有足够的时间等待，只要能顺利引起他的注意，就基本拿到了峰会的入场券。

麦克和汉森则在相视苦笑，他们的任务可以说是难度极高，要潜入一个防备完善的研究机构窃取研究成果。欧文和约翰会接应配合，他们负责渗入，并做好被发现后继续执行任务以及强行突围的准备。此时正忙着研究建筑结构和制订方案，还顾不上去现场查看。研究院有常驻军队，内部也是守卫森严，五步一岗十步一哨，一旦触发警报，可能要面临以一敌百的局面。不远处就是军区司令部，有常备机甲联队、立体火力网、远程导弹部队驻守，特战队可以用于强攻研究院并撤离的时间不超过十分钟。

欧文此时正忙着侵入各类基础设施，以取得城市的部分控制权，但由于编码形式不同，还是需要花一定时间，同时熟悉一下城市路线，以免空中管制后被堵死在马路上。约翰则执行着警戒任务，观察对方是否已经发现他们并开始采取行动，毕竟现在情报系统如此发达，即使再隐秘的侵入也有可能被敌方察觉。

众人轮流休息，两人一组，一人在角落隐蔽警戒，一人在另一个角落隐蔽休息，两张床上用拟态模拟两人睡觉，模拟的都是平时在家的真实睡姿，惟妙惟肖。一夜无话。

第二天一早，欧文已经模拟成一辆普通的悬浮车开始在大街小巷兜起风来，熟悉路线。莉莎成功吸引了要员的注意，事实上她直接上去搭讪了几句就坐在了他身旁，保镖们自然是睁一只眼闭一只眼，他们可不想坏了老板的好事。安娜在餐厅的一角独自用餐，顺便有意无意地观察着莉莎的形势，准备随时介入，不过目前看来没有什么特别需要做的，除了莉莎胸口故意松开的那粒扣子存在一定安全隐患外，要员完全在她的掌控中。安娜边观察边享用异国美食，一不小心干完了三人份的早餐，完全没有意识到自己扮演的是个温文尔雅的小姐，好在是顶级自助餐，经常有顾客吃到扶墙走，也没有引起太多的注意。

大白天约翰怕开飞机暴露，便着了便装，在主要建筑物附近闲逛，观察着地形，补充完善小精灵里地图的各项细节，以及当地人的行为习惯，以后如果要制造幻象也能更为真实。“你被盯上了。”耳边突然传来麦克的通信，他和汉森正在研究所附近咖啡馆靠窗的一个位子喝着咖啡，顺便观察着研究所，远远看到闲逛的约翰，后面影影绰绰地跟着两个人，也不知道是小偷还是便衣。约翰闻言一惊，能不知不觉跟踪他这个顶级侦察兵的恐怕不是什么善茬，大白天也不敢随便隐形，便走向了一幢百货楼，准备找个隐蔽的地方甩掉这两个“尾巴”。在百货楼中绕了一大圈后，又七拐八拐进了一处胡同，没想到两人竟然还是跟了上来，一前一后形成了夹击之势。“约翰遇到麻烦了。”汉森向欧文也示警了一下，不过并没有马上采取行动，他相信约翰，决定先观察一下对方来意，以免整个组织提前暴露。“我似乎也遇到麻烦了，有辆车跟了好久了，希望只是顺道。”欧文回答道，多多通过实时比对周围车辆的车牌号码，发现了这个疑点。欧文自然知道不可能是顺道，以他的开法，是不可能有人和他顺道的。“可能是昨晚你们停在路边被人盯上了，准备采取紧急脱离方案。”汉森初步思考了一下，给出了命令。紧急方案就是快速制服已发现敌人，然后消失。接到命令后，已经在胡同中被包夹的约翰立刻一个前冲鞭腿狠狠抽向了前方的敌人，为了不进一步暴露，他没有使用任何军事装备，招式用的也是普通大路货。对方双手护头硬接了他一记鞭腿，没有立刻开展反击，估计是在拖延时间等待包夹完成。约翰紧接着一套腿法猛攻过去，招招势大力沉，务求短时间内击倒对手，后方的人也已乘机冲了上来，抽出一把匕首就向约翰刺去，形势颇为危急。“幻象启动。”约翰眼看短时间内拿不下对手，动了杀机，小精灵已配合娴熟，瞬间将整条胡同进行了幻化，幻化分为外部幻化和内部幻化，从外部来看，这里依然在激烈打斗着，最终会以大家平手离开，内部则彻底混淆了使用者之外所有人的五感，呲呲两声，两把飞刀准确命中了围攻者的喉咙。“问题已解决，尸体处理有些麻烦，等待支援。”约翰边说边把尸体搬到角落里，从尸体身上的证件看，是普通的国安部执勤人员，行动应该还没有完全暴露。收到支援请求后，安娜悄悄地离开了座位，她其实只吃了七分饱，所以并不影响行动，“还有十分钟抵达。”安娜说道。“欧文，你那里怎么样了？”汉森问道。“正在飙车，应该能甩掉，待会儿换个伪装他们就认不出了。”“好的，任务继续。”汉森说道，不过今晚看来要让机甲换个隐藏方式了，敌人似乎有识别伪装的办法，这里戒备森严，刚干掉他们两个人，不能冒险。

“晚上我要去大剧院看演出，你可以伪装成我的司机将车停在那里的停车场。”莉莎说道，看来她已经成功了一半了，她自然不会一个人去看演出。“明白，六点准时来酒店接你。”欧文边飙车边道。

汉森和麦克又喝起了咖啡，这是顶级的咖啡豆，配上 36 道处理工序，让人浑然忘我，也算是一项出差福利吧，麦克想。攻入研究院的方案还是让汉森去思考吧，他很有自知之明。过了一会儿，汉森似乎计议已定，安娜已经完成后续工作，看也没看他们一眼就又像幽灵般消失了。约翰也不敢继续在大街上收集情报，改成隐形模式在屋顶墙边乱蹿。欧文已经切换成出租车伪装，还让多多在后排幻化了两名乘客，应该没人会注意到他们从不下车吧，欧文想。“我们今晚 12 点潜入研究院，需要欧文小队协助。”汉森道。“收到。”“详细计划下午传输给你们。”

白天都是间谍们活动的时间，午夜则属于刺客。莉莎一袭晚礼服出现在酒店门口的时候，一辆加长版豪车已经在门口等着了，司机一身礼服赶来开门，“您很漂亮。”“谢谢。”他们互相致礼，一幅雍容华贵的场景，让旁人甚是羡慕。随着车辆缓缓地驶离，一切又恢复了平静。“已经上钩了？”欧文问道。“嗯，今晚应该能去他房间。”欧文愣了一下，一时不知如何接口。“我会电晕他然后让安娜假扮他啦。”莉莎笑道，能逗弄一下欧文她很是开心。“好吧。”欧文无奈。凭着大剧院的贵宾票，他们很顺利地进入了停车场，莉莎在门口就被要员接走了，欧文则驾驶着机甲来到了露天停车场，找了个方便起飞的位置。这里离研究院大概十分钟的低空飞行时间，夜间开车则需要二十五分钟，因此他只要算好时间，就能接应到强攻出来的麦克和汉森，当然如果一切顺利，就没他什么事了。安娜一直在暗中保护莉莎，此刻正在大剧院楼顶待命，能清晰地看到欧文停车的位置，不过她开启了隐身装置，所以欧文看不到她。两人就这么静静地坐着，抓紧时间恢复体力，但内心都不平静。安娜之所以参军，有一半就是因为欧文。他们上学时是同桌，欧文经常会鼓捣些父亲那里弄来的军事装备送给安娜，因为极为罕见的军事天赋，安娜很快就将这些装备应用得炉火纯青。在一次模拟军事训练中，16岁的她直接打败了一整队伪装的职业军人，安娜表现出的天赋很快便引起了军方的关注，后来中央特战队的教官直接找到安娜，并向她发出了邀请。“你能驾驭那片星辰大海。”16岁的欧文还懵懂无知，并不知道战场意味着什么。“我会来找你的。”“那你一定要来哦。”安娜后来跟着教官走了。欧文自然被他父母拦了下来，之后浑浑噩噩地开起了机械修理店，但他还是不忘时不时地弄些新的装备给偶尔回来休假的安娜，当初的那句承诺被当成了一句儿时的玩笑话，两人都没有再提起过。

“我们准备潜入了。”耳边传来了汉森队长的提示。“机甲已出发，十分钟后抵达。”“狙击手已就位。”午夜时分，行动开始了，两人混在垃圾车底部顺利潜入，通过上方通风管道进入了主机所在地。一切都很顺利，直到他们开始准备下载资料时，警报声突然大响，“主机遭到内部侵入，主机遭到内部侵入。”机械的警报声重复播报着。“该死，竟然有防火墙，强制破解需要多久？”汉森问。“需要五分钟。”随身小精灵答。“开启B计划。”汉森当机立断，他们也没有更好的选择。B计划就是，欧文和约翰在外围展开强袭，汉森守卫主机房，麦克前去切断研究所能源系统。最后他们沿原路返回出口，搭乘机甲离开。

收到命令后，众人立刻展开了行动。麦克矫健地进入通风管道，向着能源房快速爬去，只有切断能源，机甲的攻击才能突破防护盾。根据下午的演算，大概需要三十秒抵达，然后扔下手雷就可以。

汉森开始清除附近敌人，并尽可能关闭进出口，以延缓研究所内武装人员的攻入时间，研究所内部不太可能架设重武器，依托狭窄的空间应该能撑上一会儿，随身小精灵的算力和能量都要用在突破防火墙上，这次暂时帮不上忙。三十秒内汉森已经连着打倒了10名武装人员，但仍有敌人在源源不断地涌来。所幸爆炸声如约传来，并让研究所启动了紧急隔离，阻挡了一下敌人进攻的速度，但应该拖不了太久。能量光盾随着爆炸一同消失，早已悬浮在空中的机甲立刻取消了隐形装置，由于欧文不擅长格斗，这次的对手也不是机甲，释放了无人机后，机甲变形成了机械狗，让多多模拟动物捕猎动作肆意攻击，只求动静越大越好。敌方显然被眼前的巨兽来袭弄了个不知所措，各类路障都是针对战车设计的，防空系统用来打机械狗也有些不适应。只见多多控制着机械狗在楼宇间和楼宇上肆意奔腾，50 吨的体重和合金钢的脚爪踩在哪里都是抓地有痕，钢牙和铁尾也是顺带给地面部队造成不小的伤害，颇有一种千军万马来袭的感觉。基地内的火力基本都集中在机甲身上，噗噗地打在能量盾上好不热闹。约翰在外围主要观察周边部队支援情况，并随时准备派侦察无人机前往接应麦克和汉森。这时，远方平地升起三道光柱，应该是三枚精准制导的火箭弹，瞄准了机甲，随着约翰驾驶机群的一次齐射，三枚火箭弹顿时原地化作三团火球。“敌方还在发射火箭弹，我已暴露，最多还能防守一波导弹袭击。”约翰在通信器中喊道。“侦察机立即回收，机甲开启强干扰电磁护盾。”汉森边和保卫人员肉搏边命令道，还好硬手不多，他还能勉力抵挡。约翰收到命令后，一个俯冲精准贴上了机甲，随即进入了操作室，开始启动电磁护盾。护盾通过电磁放大器形成区域内强干扰，能使来袭导弹精准度大大降低，再加上研究所高楼林立，能有效阻隔远程电磁炮的攻击，除非机甲电量耗尽，否则对方就只能派遣机甲才能形成有效打击。“看来暂时能守住了。”远处的安娜心里想。她没有参加此次行动，一方面自己有任务在身，另一方面也是作为后备梯队，万一A组行动失败，她和莉莎将继续完成这项任务。

五分钟很快过去了，麦克已经气喘吁吁，他的动作过于花哨，耗费了不少额外体力，好在还能勉强应付。两人迅速取下插在主机上的小精灵，引爆了之前安置的炸弹断后，一跃从楼上跳了下去，稳稳地落在了前来接应的侦察无人机上。机甲已变形成飞行模式，准备回收突击队后快速撤离。“探测到多个目标高速接近，无法判断型号。”多多预警道。“计算突围最佳路线，立即开启全马力突围。”随着欧文一声令下，会和了突击队之后的机甲嗖的一声向外疾驶而去，堪堪躲过了启动备用电源后合拢的能量盾。

“根据外形判断，追踪者有两台近战机甲、三架穿梭机，将在两分钟后与穿梭机遭遇，正在执行侵入任务。”“看我的吧。”这时麦克已经回到了机甲操作室，他那些花哨的动作用在机甲上倒是经常能出人意料。两分钟已经足以让他们飞出主城区，因为主城区各项防护火力非常凶猛，外围地带相对好一些。“变形，”麦克操作机甲一个急停，瞬间变成人形模式，迎着打出一连串机炮的穿梭机就是一记回首斩，瞬间报废了两架，变形时脱离机体的侦察无人机也顺势开炮，四道激光打在最后一架穿梭机上，直接化作一团火球。机甲开启了反重力系统，悬停在空中。两台追击机甲飞行速度较慢，此时刚到达战斗位置，看对方已准备完毕，也放慢了速度向前逼近。

“请立即放下武器投降。”“我晕。”这个时候还带喊话的，欧文直接一阵无线电静默，示意开战。对方也不多话，一手持盾一手长矛，组成了一个小型盾阵冲了上来。还好早有预备，麦克想到，顺手抽出了九节鞭，推进器马力全开直接迎了上去。一手盾牌硬挡住了两台机甲的一次全力冲锋，双方都是被震得气血翻涌，九节鞭借势横向甩出，狠狠砸在了两台机甲的背部喷射器上，堪堪被护盾能量挡住，两台机甲也是双矛齐出，向特战机甲袭来，两台侦察无人机早已化作两块临时盾牌挡住了攻击路线，被洞穿的同时，也暂时阻住了一次攻击。残破的无人机体继续横向推进牵制住双矛，九节鞭乘机再次甩出，将两台机甲剩余护盾击得粉碎，连带报废了主推进器。特战机甲乘势一个盾冲，紧跟着双脚蹬出，将两台失去主推力的机甲弹开，一个变形迅速向远方飞去，凭借着长年习武的直觉顺势躲过了飞射过来的两支长矛。他可不敢恋战，现在只是仗着兵器之利一挑二取得暂时领先，谁知对方是否还有后手，在敌占区可不敢多待。两台机甲失去了主推动引擎，只能提着两台被刺穿的无人机望机兴叹，他们也是军队中的精英，经过千挑万选才派驻到主城区防守，好不容易有一次出动机会，竟然在短暂的交锋中被对方占得先机后逃跑，这比当场打爆他们还要难受。

又应付了几波防空导弹后，总算离开了防御网，欧文在山坳间左突右冲，加上多多的隐身功能彻底甩开了敌方追踪，机甲电池也完成了量子充能，开启了隐蔽模式，稳稳悬停在一处山坳上。众人都暂时松了一口气，在狭窄的空间内击掌欢庆。此时已离得较远，为了不暴露位置，他们并没有和安娜等人通信。等风波稍平，再联络不迟。

此时莉莎和安娜也进展顺利。演出结束后，莉莎直接搭乘着要员的座驾返回了酒店，找了各种借口到要员房间喝一杯，保镖们很是识趣，早早地留下了两人单独相处的空间。安娜在莉莎的接应下悄悄潜入，朝着要员后脑一记手刀，然后迅速扫描了要员的各项身体特征，与莉莎收集到的声纹等数据库一联通，一个活生生的新要员就出现了。他打开门，示意保镖们自行回去休息，然后乘莉莎离开，将昏迷了的要员藏在了莉莎的房间，以免例行安全检查时露了马脚。之后安娜就开始假冒要员出席一些重要场合，当然不忘带上他新结识的女伴莉莎。其间她们继续任务破坏本次峰会。

这两天由于研究所事件，防御严密了许多，凡是陌生人等一律排查询问或是派人盯梢。欧文等人没有找到合适的机会再次潜入城中，毕竟隐身装置也不是万能药，一旦被识破那就只有被擒的份了。安娜和莉莎目前属于重要人物，一举一动都受到严密监视，自然出不了城。

这天午后，正在机甲内闲坐的众人突然收到一串加密电码，让他们到指定城外地点碰面，用的正是地下组织的联络暗号，看来地下组织也找不到他们的具体位置，就在城外四处发送加密电码，也不怕被人截获破译。但众人哪肯放过这个机会，决定由约翰独自搭载隐身侦察机前往指定地点上方，用精灵拟态和对方接触。

碰头出乎意料的顺利，看来组织上的同志还是有一些办法的，还是上次矿场接头的那个男人，对方看到精灵拟态手烧密信的手势也是会心一笑。密信上写着今晚十点城东见。看来是有办法带他们入城。众人思虑再三后，决定冒一次险，毕竟莉莎和安娜缺乏支援，单独执行任务十分凶险，他们在外围也不知道剩余任务的细节。

夜晚十点，机甲在隐形状态下缓缓接近接头地点，一看还是那名黑衣男子后，慢慢卸下了伪装，确认身份后，黑衣男子打开了地上一个隐藏通道，示意众人进入。既然来到此处，自然没有不进的道理，大家驾驶着机甲，重新开启了隐形模式，顺着地道前行，不久就来到了城市下水道，黑衣男子并没有跟进来，看来他的任务只是带他们进城。粗略估计了自己所处的位置后，他们开始驾着机甲在下水道兜转起来，尝试寻找一个能容纳机甲出入的下水道口。兜兜转转了半天，众人还是放弃了，想想即使真有那样的出口，也必然是重兵把守，轻易突破不了。最后决定单兵出发，把下水道当个临时基地，需要时再破土而出便是了。这项任务自然是约翰最合适，为避免像上次那样引起注意，依旧挑了一个月黑风高的晚上，在墙顶屋檐上蹦跳前进，好在城市较大，真要看住每一处角落也不太现实，只要避开重要地点，防守相对还是比较松散的。他还不知道安娜已经伪装成了要员，在酒店外开启联络的时候看到一个老头子向他挥手，着实吓了一跳。“嘿，是我。”安娜赶忙用自己的声音说。约翰这才平静了下来。和莉莎一起在要员的房间进行了简单的会面，保安对莉莎近期频繁出入要员卧室已经见怪不怪，甚至带有几分暧昧的笑意。为防止信息泄露，双方互相交换了纸条便分开了，莉莎象征性地待了十五分钟才走，以免惹人怀疑。

约翰又换了一条路线返回了下水道基地，展开纸条，上面写着四个字：峰会后见。看来她们已经有周密的行动计划了。约翰给出的纸条上，则是机甲现在的下水道坐标和一串紧急联络码。现在大家连说话都不敢大声，更别提远程通信了。

莉莎自然是不能参加峰会的，只有安娜假扮的要员可以，但她能参加接下来的舞会，峰会一共持续三天，在舞会上进行破坏也是一样。通过这几天有意无意的关注，她们已经对舞会内外安保措施有一定的了解。为了混进有严格安检的峰会，安娜除了拟态伪装外，还专门准备了一套真人伪装，衣服自然是从要员身上现扒的，人形则是在少少的协助下用硅胶弄的，好在城市比较大，一些所需物件都能够找到。她们的计划也不复杂，在舞会上找到目标人物，乘人不注意一拳打死，然后乘乱逃出舞会，潜入下水道。

计划进行得很顺利，安娜用硅胶混入舞会后，便去洗手间除去了伪装，摇身一变成了性感佳丽，专门装扮成目标人物喜欢的模样，在附近转悠了几圈后，顺利地获得了共舞一曲的邀请。两人携手走入了舞池，在柔和的灯光下跳了一支慢舞，安娜从未参加过如此浪漫的舞会，在华尔兹优雅的节奏和舞伴处处透露出的绅士气质和华丽舞步中略有些沉醉失神，仿佛这才是她原本期望的幸福生活，整整一曲过去都没有出手。第二支是一支略带轻快的舞曲，青春欢快的节奏让舞池里所有人都舞动起来，安娜开始慢慢恢复了猎豹般的气息。接下来的过程就没有那么浪漫了，跳舞的时候一记寸拳，登时让舞伴心脏骤停，随即被安娜半搂半抱着扶到了旁边，似乎是体力不支靠墙休息，由于发生得太突然太隐蔽，都没能引发预想中的骚乱，直到莉莎故意大声尖叫，才有人发觉他已经气绝身亡，现场乱成一片，众人都在保镖的掩护下迅速离开现场。安娜和莉莎也乘乱而出，借着夜色和伪装很快到达了机甲隐藏地点，酒店中的物品在出发时便已销毁。

汇合后的众人见任务都完成得如此成功，都有些喜不自禁，就差没有载歌载舞一番。“我们明天一早就开展下一步行动，马上可能连下水道都不安全了。”莉莎乘着士气高昂开始布置接下来的任务。大家也是有些等得发慌，早已迫不及待想知道后续安排，便围成了一圈，在机甲中也没有过多的地方可以腾挪。“接下来，我们要抢夺最新研制的星舰，然后撤离。”众人目瞪口呆，这撤离计划也过于离谱了吧，最新型号的星舰属于最高军事机密，想看一眼都很难，哪里那么容易抢。

“基地里面有我们的人，会为我们开启绿色通道。”莉莎解释道，“我们只需尽快破解星舰操作系统，并且坚守到起飞就可以了，当然还要一路飞回去。”难度好像并没有降低多少，但众人都明白军令是不可违抗的，即使难度再大，也要去执行。“在最坏情况下，我们需要引爆机甲，炸毁星舰，大家明白吗？”莉莎正色道。大家一下子严肃起来，这也许才是真正的最后任务吧。“明白，为了星盟。”几个年轻人异口同声道，崇高的信仰铸就了坚强的意志，当需要作出牺牲的时候，没有人会有半分犹豫，他们一起伸出了手，紧紧地握在一起，像是在互相告别。十几年的同学情，一起欢声笑语的岁月，一起出生入死的战场，虽然从登陆舰返航的那刻起，大家就都抱着必死的决心，但当这一刻真的快要来临时，依然止不住惜别的泪水。连莉莎都有一些眼角湿润，她在来时就已经知道了任务的大概，即使她是司令的女儿，也从未透露过半个字，或向她父亲求助。她看向了欧文，“我会把你们活着带回去的，一定。”

收拾好离别的情绪，众人开始详细谋划接下来的行动，因为要暴力破解星舰操作程序，需要机甲的能源做支持，因此机甲必须进入指挥室，但此时防守就会极为薄弱，地下组织无法提供有效的火力掩护。“我们可以用电缆连接，离子剑、能量盾和无人机都是自有能源，不会影响破解工作，机甲本身的装甲也比较厚。”“可以。”“如果能先破解星舰的武器系统，那防守压力也会大减。”“可以在基地外围制造一些混乱，吸引敌人的注意力。”众人七嘴八舌地议论着，多少恢复了一点信心，至于最终成败只能看运气了。

第二天一早，机甲用等离子剑割开了一块地面，用一辆大卡车掩在了上面，反正最多再过半天他们的行动就会结束，之后是否有人发现已经不重要了。然后伪装成一辆军车，莉莎拟态成敌军总司令的样子，形体数据在峰会上已经完成采集，其余人员也伪装成了司令随从，守卫是内线，因此简单查看后就予以放行，一路绿灯来到了星舰所在处参观，藏在车底的安娜开启了隐身装置，进入机库前一个翻滚，前往执行诱导任务。由于司令座驾的特殊性，被允许直接开到了星舰入口位置，在一众将官的陪同下，准备入舰考察。部队昨天已经接到命令，今天司令会来基地查看新型号舰艇，因此各项准备齐全，星舰已经提前启动，各项机能都连夜调试完成。即使司令临时起意想出去飞一圈都没有问题。舰内还安排了丰盛的食物，欢迎司令及随行人员在舰内就餐。就在众将官热情簇拥着司令准备进行考察时，突然爆炸声传来，似乎是军火库方向，基地内的军官顿时寒意直冒，“还不快去！”司令一声令下，原本就胆战心惊的军官立刻蜂拥而出。“都去支援。”司令随行的将官也开始发号军令，将一众护卫队都支了出去。大部队离开后，众人立即开启环境拟态，骗过监控镜头，以及在上方玻璃舱内的操作人员，然后迅速解决了留下的几名基地武装人员，汉森拉出了机甲电缆，冲入了星舰驾驶舱，机甲迅速变形为人形，释放所有无人机，可惜没有趁手武器，只能先当一块肉盾了。时而有进来汇报进展的基地人员，一入幻象之后立即感觉不对，但还没来得及反应就被无人机干掉了。安娜又引发了一处爆炸后，已经开始往机库方向进发，有随身精灵识别，她自然不担心被误伤，但此时三辆满载士兵的装甲车在某位好心军官的指示下，飞速开往机库，打算建立简单要塞保护司令员。一个飞身炸毁了一辆装甲车后，另外两辆实在鞭长莫及，只能看着他们向着幻象冲了进去。片刻，两名武装人员跌跌撞撞地跑了出来，高喊道:“敌袭。”虽然至死都没弄明白是怎么回事，但司令员有危险他们还是能够识别的。众位指挥官一看，立马意识到中了调虎离山之计，立刻调遣大部队向机库方向前进，他们还没弄清具体情况，不敢贸然下令重武器开火，先找来一个震波器去除伪装。“强攻！”指挥官立刻下令，“封锁整个基地。”一时间警报声大作，各类武器都开始对准机库，陆续开火。特战机甲也不闲着，拿着两架刚缴获的机炮乱扫，身后众人躲在暗处掩体后用轻武器回击，战况一下激烈起来。机炮子弹很快被打空，无人机也被密集火力封锁在机库内，特战队几乎没有还手之力。机甲能源全部用在破解操作系统上，能量盾的损耗得不到补充，不一会就发出弹药与机甲直接相撞的铛铛声，欧文用手臂等护甲坚硬的地方护住了驾驶室，硬扛着攻击，“还没好吗？”他嘶吼道。约翰已经搭载着侦察机突破了机库操作室的防护玻璃，开始解决里面的操作人员，机库大门开始缓慢关闭，安娜也在外面乘乱摧毁着敌方火力点。

“冲进去，不能让大门关上。”基地指挥官叫道。成队的武装战士开始发起冲锋，虽然弹雨略减，但丝毫没有让特战队员开心起来，远处几台军用机甲也已经开始启动，并向这里冲来。“该我了。”麦克抽出了离子剑和九节鞭，虽然简单粗暴，但暂时阻住了第一波冲锋。机库大门缓缓关上，还没等众人来得及喘口气，几台重型机甲已经开始冲击闭合的大门，毕竟那只是用来遮风挡雨的，特战机甲旋转起手中的九节鞭，随时准备蓄力一击。

很快，一台机甲就冲破机库门，撞出了一个大洞，下一秒，旋转了半天的九节鞭就狠狠抽在了它的身上，紧接着离子剑一记横扫，彻底报废了这台机甲。还没来得及回剑，三台机甲同时冲破了机库门，狠狠地撞在特战机甲身上，撞击处明显凹陷了进去，整个机甲也被掀翻在地，机甲成员不知死活。门外，指挥官口吐鲜血，身后的安娜茫然看着机库内发生的一切，不顾一切地冲了过来。“星舰武器系统解锁完毕，开始自主射击。”舰上的光炮启动了，粗壮的炮口瞬间扫平了三具敌方机甲，数十道光芒开始陆续向门外扫射，安娜已经冲到了机甲旁，拼命地拍着机甲驾驶舱。欧文已经失去了知觉，三架机甲的冲击力远比一锤要致命得多。“快起来，快起来。”安娜无助地嘶喊着。“开启驾驶舱。”假装司令员的莉莎也已经冲到了跟前，她还保持着冷静。“快把他们先带到舰船上。”莉莎向安娜说道。安娜复杂地看了莉莎一眼，迅速钻进了预留的驾驶舱，尝试着将破损不堪的机甲开进驾驶舱。“收队。”汉森命令道。现在星舰武器系统已经开启，躲入星舰才是最明智的选择。约翰从上方操作室一跃而下，他已经成功打开了机库顶部舱门，任务完成了。莉莎没有什么战斗力，刚才就已经返回驾驶舱开始熟悉操作系统，天知道破解完操作系统后，小精灵是否还有能量继续操作星舰。机甲依靠唯一可以动弹的左腿，勉强挤进了舱门。

炮战还在继续，星舰能量盾已经开始闪烁，看来支撑不了多久了。“攻击承重梁。”约翰向着操作机炮的汉森喊道。上方舱门已经打开，炸瘫机库不会损伤到星舰，却能起到有效阻碍敌军的效果。来不及细想，汉森已经操作主炮向四个承重梁发动了攻击，本已千疮百孔的机库摇摇晃晃着轰然倒塌，把星舰地面周围堵了个结实，露出了湛蓝的天空。只见远处几十道火光飞来，有导弹，有战机，有机甲，来不及一一辨认，看来星舰被劫持，迫使敌方升级了冲突等级。“转为防空火力。”汉森忙转向机炮，约翰和安娜等人也找了几台机炮手动操作起来，一时间从地面战变成了防空战。

“动力系统破解完成，是否升空？”整体解锁已经达到 80%，剩下的都是一些辅助功能，可有可无。“立即开启跃迁。”莉莎下令道。此时升空，除了被打成筛子重新坠落外，不可能飞到大气层外，远处几十道火光和机甲连队瞬间即达，而失去了周围建筑群的掩护，离子炮、电磁炮等直线武器也将开始大规模攻击，只有直接跃迁撤离才有一丝机会。“检测到周围有大量物质，强行跃迁可能引发物质异常重组，是否跃迁？”跃迁需要周围完全处于真空状态，因为该过程十分不稳定，周围物质越多越危险，撕裂的空间极有可能引发核聚变，而此时星舰仍然停在地面上，周围都是机库废墟。莉莎不是不知道其中凶险，只是别无选择，敌方快速升级对抗等级使得星舰连升空的机会都没有，少少的提示却让莉莎升起了另外一个念头。

“使用虫洞发生器。”莉莎命令道。她之前简单了解过新型星舰的功能，除了跃迁外，新型星舰具备虫洞穿越的能力，是一项黑科技的全新尝试，虫洞穿越并不需要周围真空环境，这也是星盟那么想得到它的原因，但虫洞发生器对星盟来说完全陌生，其凶险程度不亚于强行跃迁。战场上并没有那么多权衡利弊的时间，随着莉莎命令的正式下达，少少开始启动，“虫洞发生器开启，所需能量不足，可能会影响虫洞打开时间。”“这帮该死的家伙。”莉莎不禁骂道，司令来视察都不把能量充满。

“5，4，3，2，1，虫洞跳跃完成。”一切都突然安静下来，漫天的炮火和武装都已不见，只有己方没来得及停手继续发射的几发炮弹，看着周围浩瀚的星空，大家都有种恍如隔世的感觉。还没来得及享受宁静，突然一阵大力袭来，由于虫洞提早关闭，整个星舰只通过了半截，庞大的切口正在疯狂地吸食着星舰内的一切。星舰的修复装置已经自动开启，正在快速填补横切整个舰身的切口，安娜一把扯住没来得及固定正往切口飞去的莉莎，一手拉住一根固定杆，拼命支持着。汉森和约翰都被固定在射击位上，无法移动分毫。欧文和麦克兀自未醒，好在机甲质量庞大，一下子也吸不动。坚持了半分钟左右，快速凝结剂已经将切口弥补，但新的氧气还没能及时补充。安娜使尽最后力气将莉莎和自己关进机甲中，汉森和约翰此时脸已憋得通红，显然由于缺乏氧气导致，好在射击位为保障操作者的兴奋状态，有专门的独立供氧区间，氧含量恢复得要比其他地方快。一阵警报闪烁后，舱内总算恢复了正常。众人此时都无力起身，就地喘息着。“呼叫地球指挥部，检测机甲人员状态。”莉莎有气无力地说道。“两名机甲人员身受重伤，内脏多处破裂出血，脑部震荡昏迷，需要立即治疗，两名机甲人员轻伤。”“没死就好。”这是莉莎昏迷前最后的想法，她隐隐看到安娜正在给欧文注射着什么。

“这是哪里，欧文他们呢？”等莉莎再次醒来的时候，已经是在一家医院里了，她的父亲坐在一旁。“他们都没事。”看着莉莎醒来，久经沙场的理查德也不禁眼眶湿润，小女儿也逃不脱战火的魔爪，差点离自己而去，他多希望她能在地球上一直平平安安地生活，远离这世间的残酷，让自己去承担这一切，但他依然尊重女儿的抉择。此刻星盟大肆破坏了北方峰会，已经引起了连锁反应，他必须得走了，还有许多紧要事件等着他去处理，都来不及仔细告别。

莉莎一人看着雪白的房间，“带我去看看他们。”她一刻也坐不住，向护士说道。她受伤最轻，偶尔的碎弹都被少少凝聚起来的能量盾弹开，昏迷主要是阶段性缺氧、精神过度紧张和劳累所致，人类历史上的首次虫洞跳跃是否有影响尚未可知。护士带着她来到急症室外，看着泡在培养皿中的欧文和麦克，还有早就守护在一旁的安娜和尤莉，汉森和约翰正在外面抽着烟。“大部分内脏克隆后进行了更换，排异情况良好。”护士解释道，“是院长亲自动的手术。”莉莎并不怀疑星盟的医术，只要还有一口气在，就能恢复完全。“莉莎，你醒啦？”尤莉看到莉莎后一下冲了过来，安娜一时没注意到，听到尤莉的声音后，也走了过来，神色有一些落寞。门外的汉森和约翰听到声音后也熄灭了烟头，聚了过来。作为刚完成一次震动全宇宙任务的作战指挥官，莉莎此时并没有特别的兴奋之情，看到众人都完好，不由得有一丝宽慰。之前为了星盟带着大家毅然出击，心中多少深埋着一丝对大家的愧疚，此时看到众人被自己带了回来，又变回了那个开咖啡店的邻家小女孩。“我请你们喝咖啡吧。”莉莎突然调皮地说道，大家不禁莞尔一笑。“下次任务，我一定会保护好你们的。”莉莎默默地想着。

第十章 天鹅星系

经过这次生死历练后，星盟内部举行了隆重的授勋及册封仪式，特战队所有人破格提拔了三级，莉莎已经可以直接统领一支舰队，日常管辖天鹅星系六大行星，战时根据星盟总指挥召集参加战役。各位特战队员理所当然地留在了莉莎的辖区内，尤莉也赶过来协助莉莎管理领地内的行政事务；麦克将娜塔莎也拉了过来，他们之间有种说不清道不明的关系，两人专职负责领地内的娱乐及宣传工作，特战机甲队的训练工作也交给了麦克；汉森负责改装舰队火力系统；约翰负责组建一支大型无人机分队；欧文负责列装新型特战机甲以及尝试新舰种的设计，上次几人冒险抢回来的虫洞发生器设计图，星盟司令部额外给了特战小队一份，再加上变形机甲的思路是个很好的尝试，总部就决定让欧文放手尝试；安娜则负责特种部队的训练。星盟和其他几大势力近来愈加剑拔弩张，恐怕用不了多久就会再次开展大会战，大家也都加紧进行着战备工作。

众人选定了天鹅二号星作为基地，这里环境已被改造得与地球十分相似。很多工作可以在地面开展，就不必一直在太空里面飘着了，工作之余还可以享受一下生活。这天，在麦克的召集下，众人来到了他的住处小聚，奉上的是上次任务时品尝到的顶级咖啡，那种滋味让他一辈子难以忘怀。

八人品尝着麦克精心调配的咖啡，回忆着旧日时光，一份份温馨涌上心头。众人早已召唤出精灵化身，反正投不投影他们都在那里，不如投影出来更容易让人接受。聚餐时，小精灵都在远处闲逛，他们已经收集了许多主人的信息，模仿着人类或坐或躺，时而赏花时而观景。多多的外观已经略作改变，毕竟采用天鹅星系舰队司令的个人形象并不十分妥当，但未做大幅调整，根据莉莎的意思叫作不见其形但见其神，好让欧文时刻有种自己陪伴在身边的感觉。经过一年多的朝夕与共，众人早已将随身小精灵当作了最亲密的伙伴，而不仅仅是AI，模拟腺体也已逐步完善，开始提供相对完善复杂的情感激励。例如主人观景时大多面带微笑，小精灵进行类似行为时，腺体也会模拟提供愉悦的感情。“多多也能有这种感觉就好了。”此时听到欧文谈起自己，精灵们便陆续走了过来。“我们的感情系统还不够完善。”多多按照欧雅博士预设的回答逻辑道，“只能粗略模拟，而且最终转化为信号判断逻辑，并没有真实的激素激励。”“小精灵之间的感情评价系统是统一的？”莉莎接话。“是的，我们都采用同一套模拟腺体架构，只是不同小精灵的训练数据不同。”少少回答道。“那你们万一延伸出自己的一套评价标准怎么办？”娜塔莎问道，她没有小精灵，因此有些好奇。“每个小精灵都以主人的行为方式为模仿体，可以说是主人的电子化身，依附于主人的行为而存在。”少少补充道。“评价系统的差异确实有可能产生不同的评价标准体系，从而导致价值观的分离，所以欧雅博士一直在努力将模拟腺体向真实腺体机制靠拢，并且设定了自我学习的迭代算法和进化算法。”麦克向娜塔莎解释道，他虽然精擅武术，但好歹也是科班出身，基础 AI 理论还是懂一些的，此时正是炫耀的好机会。

娜塔莎的问题引起了大家的兴趣，纷纷讨论起来。“光靠模拟行为有时很难区分人类的真实想法呢。”尤莉道，作为一名政治家，她感受尤深。“除了主人的数据外，我们也会结合数据库中历史上人类的外在行为表现，对各类行为的意义与结果进行综合提炼，并区分小概率事件和大数定理。”尤莉的小精灵回答道，看来会有一些通用的底层数据库。“所以存在即合理，对吧？”欧文很有一些哲学气质，但如此高度提炼的哲学归纳，显然已经超出了小精灵所能回答的范畴。“察言观色，惟妙惟肖。”莉莎附和道。他们两人有同一个哲学老师，因此能用一些“非人类”的语言进行沟通，彼此相视一笑。“在机甲训练时，小麦确实会像我一样，针对学员的不同表现，提高或降低训话音量。”麦克又谈起了工作。“特种兵们都能很好地抑制自己的感情，只需冷静敏捷地做出反应就行了，所以小安在很多情形下，表现得要比学员们好，在某些极端情况下，也能做出正确的取舍。”安娜谈起了她的使用体验。“我们的行为准则不仅包含了个人情感驱动，还融合了信仰和荣耀在里面。”汉森说道，“这就让小精灵的行为模拟体系和腺体模拟评价体系可能产生偏差，比如同一个行为在不同的场合下会有不同的感受，小精灵有时无法很好地理解主人的意图。他总是喜欢评估一切和战场有关的因素，任何一个微小的差错都有可能导致极为严重的后果。”“信仰和荣耀也会激发情感，而且可能十分强烈，只是这种情感超越了生物本能，有时不那么统一，根据每个人的理解会有所不同，偶尔还会被利用。”尤莉思考了一下说道，“如何平衡民众的政治观和价值观是应经常思考的问题，赋予大众正确的思考逻辑正是一名优秀的政治家所必备的天赋。”“是的，用舆论和宣传的手段可以改变大家对某一件事物的认知，或者说感觉。”宣传部部长娜塔莎补充道，这可是她的本职工作。“人类之间也有可能产生不同的价值评价标准，并且是由于感情激励系统与高级价值观不匹配导致的。星盟内不同的聚居地基本都衍生出了自己独有的文化，这种文化上的差异一旦被群体认同并固化传承后，很难在短时间内改变。”欧文又陷入了哲学思考。“战争一半源于利益，一半源于价值观，大家总是试图打压价值观不同的人，就像试图打压另一个自己一样。”莉莎叹息道。“这么说反而是小精灵的行为模仿和情感激励双重准则更为先进，区分了本我和超我，并在不同文化环境中综合形成不同的自我，在满足自身基本需求的同时能更好地包容不同的文化价值观。”欧文思索着。“那也不尽然，模仿也许有助于统一，但永远无法超越，不确定性才是创造和跨越的根本来源。模拟腺体也还没能达到细腻丰富的水平，并且缺失自我驱动准则，有如无心木偶。”莉莎接话道。“每个小精灵的不同，都是源于主人的不同，进化算法并不会加强这种不同性，反而会向着历史最优进行统一。”

多多总算又匹配到了欧雅博士预设的标准回答。众人相视而笑，能够掌控的、又符合自己行为习惯的小精灵，才是好的小精灵，大家心照不宣，也许哪一天欧雅博士找到了以上问题的解决方法，就能一劳永逸地解决星际战争，那也不失为一种新的跨越，乌托邦式的跨越。但眼下，大家仍需为资源和价值观拼个你死我活，或者单纯为了一场政治游戏。

一番闲谈之后，大家各自休息，经历过战场之后，他们早已不是那群腼腆的少男少女，在家族的支援下，已经统领起一方星系，但在感情的问题上，大家一直没能逾越那层屏障，反而多了一份成年的矜持。“平时很忙吧？”尤莉在房门口温柔地问。“还好。”欧文埋着头回答道。“要不要来我房里坐坐？”莉莎也不甘示弱。“不了，谢谢，想早点休息了。”欧文头又埋得更深了。一番推诿后，好不容易告别了两位美女上司，安娜又神不知鬼不觉地等在了他的房间，“早点休息吧。”军人总是那么直接，说着便向欧文走了过来。“你也是，时间不早了。”欧文也不知道该如何拒绝，只能继续低头看着地板，不敢直视。安娜笑笑，待了一会儿便消失不见了。

八人各自返回工作岗位后，欧文开始鼓捣起他的各类新机甲来，考虑到多多强大的运算能力，可以实现多分体同时运作，他正在设计一种既可以分而击之，又可以合为一体的多用途组合装甲。在之前变形机甲的基础上，又对各个部件进行了单独设计。机甲核心部分内嵌了全包覆式外骨骼增强单兵机甲，加强了对驾驶人员的保护和独立行动能力；机甲头部是一只可变形为飞行器的信号增强设备，可以作为预警机和电子攻击使用；两只手臂可以单独变形为机械狗进行分散攻击，以适应小规模分散战斗；一条腿可以变形为一架小型载人攻击机，加强了单兵机动性，一条腿可以变形为一具炮管，使得炮台模式终于能够发挥作用，可惜弹药容量还是有限，只能进行三次射击。在各分部脱离后，胸部保留了主推进器和主武器系统，可以作为一辆主战飞行坦克使用。背部武器系统依旧选择外挂搭载方式，根据情况予以配备。因此，在堡垒模式中，头部升空扩大预警以及电子攻击范围，小型攻击机负责近空防御，两只机械狗负责地面警戒，高能炮管搭载在胸部变成的主战飞行坦克上，或者独立架设，形成重火力打击，驾驶员可以选择任意载具协同作战，也可以身穿强袭单兵装甲独立作战，智能系统负责遥控各分部。如果有多具机甲同时出战，也可以拆分组成大型堡垒基地。唯一的不足可能是万一单兵出战后分体战损，就只能缺胳膊少腿，比较容易影响到组合后的一体化作战能力。

战舰改装方面，欧文也进行了大胆的尝试，虫洞发生器自然不在话下，能大幅提高战舰的移动和生存能力。新组建的无人机群和重火炮系统大大增强了攻击能力，配合机甲强袭和幽灵作战，形成立体打击能力。战舰本身也采取了区块化设计，大型战舰固然有其优势，但目标庞大容易受打击、移动不便等弱点也不可避免，而且一旦被攻破，容易丧失整舰作战能力。因此应用了机甲分体式组合的设计理念，对战舰不同功能区进行了独立设计，使其具备了一定的独立特色作战能力，对战舰的内部布局也进行了一定调整。由于战舰改造工作量较大，预计需要两年时间才能完工，其间正好可以批量列装新型机甲、无人机等装备，天鹅星系属于星盟大后方，原来的驻防舰队大多过于老旧，亟须更换升级，也需要时间和积累。天鹅星系的日常开支是远远无法满足这些装备的更新换代的，主要还是靠着欧文家族的无偿支援，莉莎家族的军费拨付和尤莉家族的政治影响力。

军事装备总还是需要在实战中检验，因此，安娜的特种作战部队和麦克训练的特战机甲联队主动请缨，完成了几次难度不是很高的剿灭星际海盗任务。众人对新机甲赞不绝口，能迅速搭建落脚点并形成多样化集成式作战，指挥战术多样化，在各种情境下都能根据对手弱点进行针对式打击。相信很快就能给星盟增添一支王牌军队。

其间，欧雅博士也没闲着，已经开始增强型人类的最后实验阶段。由于小精灵的原型机是基于生物计算架构设计的，与人脑天生就具有相同的兼容性，只要解决了排异问题和信号传输机制问题，就能很容易通过生物嫁接的方式，将小精灵主机与人脑进行直接连接，形成类似于脑外挂的增强器。当然实验还处在可行性探索阶段，其中所蕴含的伦理道德问题暂时还没人能够想明白。欧雅博士本着严谨的科学探索精神，毅然决然地推进着脑外挂实验项目。

第十一章 深海探险

“在天鹅三号星球上发现一个深海古代遗址，要不要去看看？”莉莎的调皮有时候很难掩藏，作为一个和平星系的最高防务指挥官，有时候显得过于可爱和清闲了。欧文的机甲和新战舰都已经完成主体设计，后面只需等工程师边完善细节边赶工即可，此时也有些闲暇时光，自然不会拒绝莉莎的提议。在地球时他们就经常一起从事一些冒险活动，当然主要还是飙车、峡谷漂流之类的，和深海探险还是无法相提并论。从机库调取了一台组合式机甲，就直接出发了。星球之间有固定的跃迁传送门，不需要长时间的外太空飞行就能抵达，但由于会耗费较多能量，使用还是有一定限制条件。通过传送门抵达天鹅三号星球后，两人便开始了异星探险之旅。天鹅三号星球在经过千万年的蜕变后，目前已经十分不适合人类居住，也没有探测到值得跨时空开采的资源，因此只有在传送门附近会有小规模部队驻扎，以及一些避世的人类居住，生存所需物资基本通过传送门送达，偶尔到来的一些星际探险或考古团成为当地居民的主要收入来源。大部分星球表面怪石林立，飓风四起，深海处波涛汹涌，巨兽翻腾。当然对于抱着观光探险目的而来的两人，一路上风光迥异，耐人寻味。这次的遗迹是由军方的勘探队发现的，本来只是想保留最低限度的勘探队伍用于地形测绘更新等工作，毕竟辖区内星球的情况有必要详细掌握。机甲高速飞行了近十个小时后，两人来到了深海上方，为了保持探索的神秘性，莉莎特地吩咐先不要进行官方探索，由自己亲自动手。

“扫描当地海域。”毕竟是军用机甲，一些基础功能还是很强大的。“扫描完成，在海底 300 公里处发现一处遗迹，行进路上可能遭遇 38 只体型超过机甲的深海巨兽。”多多给出了详细的扫描报告。300 公里，有点深呢，机甲还没有经过深海测试，不知道能否扛住全方位的压力。“模拟测试机甲抗压能力。”“当前设计可承受住天鹅二号星球 500 公里深海域的压强，根据天鹅三号星球重力系数修正后，可承受住 800 公里深海域的压强。”那就没有问题了，启动潜艇模式。

机甲瞬间将脆弱的部件都包裹了起来，只留下一条加强机械臂在外机动，并在尾部弹出了一个螺旋推进叶片。在水中还是螺旋桨好使，也更有深海探险的感觉。两人边观光边深潜，机体散发出的光芒让久处黑暗之中的各类深海生物惊慌乱窜，同时也引来不少海中巨兽的关注，它们一时不敢靠近，在机甲附近徘徊巡游。看着那些长相怪异的深海巨兽，两人虽无畏惧之色，但还是会被突然间的现身以及极为庞大的身躯吓到，同时他们对无尽深渊有一丝本能的恐惧，那浓浓的黑暗包裹和机甲内狭小的空间让人喘不过气来。莉莎不自觉地向欧文靠拢了一些。周围巨兽越聚越多，带起的漩涡已经开始让机甲左摇右摆，时不时地还有一些巨兽的撞击和血盆大口的试探性攻击，情状也是有些恐怖。欧文也顾不得探险的乐趣了，“开启强光模式。”——能全方位有效感知周围也是战甲的必要功能，一阵耀眼的光芒一下照亮了方圆一公里的海洋，虽然会加速能量消耗，但也没有其他攻击和防守的能量消耗。周围的巨兽一下被暴露在强光下，呈现出各种各样的体态和色泽，受到惊吓后很快就都消失在黑暗之中。深海中因为没有光线，自然也就没有了审美，生物都长得非常富有想象力，在强光照射下，不规则地呈现出五彩斑斓的颜色，间或也会出现一些奇怪的图案。

在强光团的保护下，他们很快就顺利抵达了遗迹处，表面被经年累月的沙石堆积，未能看出高等文明的迹象。机械臂开始了挖掘工作，导致周边海水的一片浑浊。莉莎紧紧贴在欧文身边，在这深不见底的海底深处，欧文并没有顾忌太多，心里也隐隐有一丝依偎的需求。由于砂石和遗迹混杂在一起，扫描影像并不是很清晰，两人一甲忙活了半小时之后，发现很多地方都出现了一个特殊的符号。“这与刚才出现的两头怪兽背上的图案相似。”多多比对后说道。莉莎和欧文对望了一眼，难道是遗留下的守护神兽？眼看挖掘工作仍然十分庞大，而活物显然比遗迹要有趣得多，也更容易消失不见，两人立时决定先去抓捕那两头海兽。“扫描定位海兽位置，自动导航。”“收到。”多多边导航化作深潜船的机甲，边在机甲内投射出两头海兽的全息实时图像，是两头形状非常怪异的巨兽，“长得也太随意了一些吧。”莉莎娇声说道。与其说是两头巨兽，不如说是两大块被泡了很久的海绵，难道真的有海绵宝宝？欧文心想。巨兽上的符号确实和遗迹中的有些相似，可能是城市标志之类的东西，先抓到再说吧，欧文心想。好在两头巨兽移动的速度不是很快，可能长到这种体型几乎没有了天敌，因此可以优哉游哉地游来游去，巨兽也没有长眼睛，不怕强光。待机甲追踪到了巨兽，凑近一看，欧文总算明白它们为什么长得那么奇怪了。这压根就是一整块，边缘有被啃食过的痕迹，因此才会有类似四肢的突起，都是被啃食后剩下的部分，它们也并没有游来游去，只是顺着海流漂动，奇怪的是，从多多收集到的运动轨迹来看，它们似乎被限制在了某一个区域内。从切口边缘来看，与天鹅三号星球已知的生物材料都不相同，反而与克龙母体的生物质脑有些类同，很有可能是古代遗留下来的生物质记忆体或运算器，以这个规模来看，信息量庞大得能塞下好几十个人类文明。莉莎严肃了起来，马上联系星球守备队，要求立刻派遣专业打捞队，彻底搜查整片海域，开展遗迹的全面挖掘工作，并严密封锁消息。两人的探险之旅暂时告一段落。

回到住所后，没想到尤莉已经在等他们了。“听说你们去三号星球探险了？”“是的，尤莉妹妹，因为比较紧急就没有叫上你。”莉莎打圆场道。“没事没事，有什么重大发现吗？”尤莉一边问一边观察着两人。“有两块生物质海绵体漂浮在遗迹上方，体积巨大，已经开始打捞和分析工作。”说起实际工作，莉莎可一点不含糊。“这样啊，看来星盟总部要派人过来了。”尤莉深思道。

他们没想到最先来的是欧雅博士，连和儿子见面都没顾上，就直接带着她的全套家当（星盟给欧雅博士配备了一艘小型舰艇用来随时转移研究设备和研究成果）去了遗迹地，开始了紧张的研究工作。欧文也习以为常，并没有去打扰她，只是通过多多远程问候了一下。不久莉莎和尤莉二人的父亲也来了，想是欧雅博士有了重大发现，两人也是直奔遗迹地点。莉莎和尤莉主动前往陪同，毕竟女孩子要更贴心一些。没过多久，天鹅三号星球就被全面封锁了，暂时从天鹅系管辖领土中划了出去，由星盟总部直接管辖。从欧雅博士突然宣告完成了加强外脑的研究可以看出，至少还是颇有收获的。

加强外脑在星盟内部引发了极为激烈的讨论，赞成者有之，反对者有之，各种奇思妙想、引经据典层出不穷，就是没有一个结果。军方也不敢贸然测试。只能拿自己儿子“开刀”了，欧雅博士心想，她坚信自己的创造是时代的一次跨越，而且她对自己的技术非常有自信，不可能因为世俗的眼光而停下。欧文听说可以直接用意念操纵各类机甲后，也是不假思索就答应了，他和欧雅博士一样，对感兴趣的事物有一点不可思议的疯狂。“这次可是没有回头路的哦，大脑可不像身体其他器官，可以随意克隆的。”欧雅博士最后提醒道。“我准备好了。”欧文说道。“这次加载的是还未开启自主意识，没有进行过自我学习和迭代的纯净体。”欧雅博士解释道，“如果接合顺利的话，后面再考虑连接外部程序。”她可不想冒儿子被夺命的险，没有直接把多多加载进去。脑外挂是通过鼻腔向大脑中植入的一小块海绵体组织，有一些四散的触须，在接触到大脑皮层的时候，会进行主动连接，最终完成融合。能源由被嫁接的生物体——也就是欧文，自行提供。欧文看着准备植入的海绵体，想起了深海中的巨兽，他没有猜错，欧雅博士发现海绵体的可编辑性和极强的生物融合能力后，很快就完成了加强型外脑的研究。

欧文这次昏迷的时间比想象中的要久，整整半个月过去了，仍然未见醒转，要让他清醒很容易，毕竟只是植入，但如果连接还不稳定就贸然唤醒的话，可能会造成不必要的损伤。欧文的突然失踪也引起了不小的震动，莉莎和尤莉稍一联想，就猜到了事情的大概，每天都到欧雅博士这里来要人。两人从气势汹汹，到焦虑，到无助，最后几天久久不愿离去，连安娜都赶了过来。

半个月后，欧文醒了过来，但他仍然有些意识涣散，需要时不时地注射一些药物，帮助缓解疼痛以及加速融合。整个实验室处于无线静默状态，因为欧文理论上已经具备脑部直接接入各类设备的能力，类似于一个生物蓝牙，为防止过度的信息载入，只能屏蔽所有的信号。根据欧雅博士半个多月来的观察，海绵体已经与脑部结合了 80% 的表面积，未引发排异现象，稍微有一些炎症，注射了药物之后很快就得到了控制。这种外星生物质载体果然神奇，攻克了实验的最后一个难题，欧雅博士想到。她已经在实验室没日没夜地观察照顾了欧文半个多月，也许是作为母亲最长的一段陪伴自己孩子的时间。

又过了几天，欧文已经能够站立和正常交谈了。由于海绵体中尚未植入任何记忆，只有一些基础运作程序，也没有觉醒自我意识，无线电也处于完全静默状态，因此欧文除了头略有些痛之外，也没有明显感觉。他似乎并没有直接与他人大脑连接的能力，也许需要对方也装了这样的装置才能实现。欧雅博士每天向欧文询问情况，并记录着实验过程。又观察了一段时间后，欧雅博士决定尝试一下电子信号连接，先从简单的开始，她找了一个简单的遥控和接收装置，只有开关两种选项。先是让欧文试图打开开关，一阵剧烈的头痛后，实验成功了；紧接着欧雅博士用相同的装置尝试向欧文发送信号，也顺利接收到了，这次疼痛略减。从扫描仪上可以看到，海绵体与脑部的连接又加强了，外部的刺激似乎可以加速融合。之后五天，欧雅博士不断重复着简单的接收和发送，欧文的头疼不断减弱直至几乎消失，脑部连接装置也不再有明显的融合加速。

欧雅博士已经通知外面的众人，让他们先回去，不过大家依然放心不下，直接搬来了随身行李，白天工作，晚上就回到这里驻扎。麦克、汉森和约翰意识到事情的严重性，也主动搬了过来，并且亲自负责实验室各项物资的进出，偶尔会传递些秘密纸条进去，得到欧文平安的答复后，众人都是松了一大口气。聚居的生活也开始欢笑热闹了起来，闲暇时分，众人也会讨论欧文可能的变化，毕竟整个星际星盟都在讨论脑外挂的各种伦理道德和可能应用，他们这里只是多了个活体范例而已。“他将开启新的文明时代。”汉森总结道。莉莎也从父亲那里搞来了一小块海绵体组织，但她并不知道如何使用，因此放在培养皿中，供众人讨论时参观。“就是这个小玩意儿啊？”麦克第一次见到的时候说。“发现他的时候可不小，大概有一条鲸鱼那么大。”莉莎说道。“他会成神吗？”约翰一般很少发言。大家都无法回答，没有人知道答案。“我能感觉到一丝微弱的信号。”多多有一天突然说。大家眼睛一下亮了起来，不是信号屏蔽吗？“可能屏蔽装置是单向的，防止外部信息传入实验室，但不排斥实验室内信号向外传输。”安娜对此类装置略有研究，解释道。“信号说什么了？”莉莎赶忙问道。“开、关、开、关……”

后来，汉森应众人的要求，偷偷地用传纸条的方式把单向屏蔽这件事告诉了欧文。欧雅博士在科研领域绝对是星盟顶级，但在间谍工作上，基本属于小白。欧文不顾头疼，主动向外发送了一些简单语句，都被多多有效接收到了，众人一阵狂喜。欧雅博士在内做实验，他们在外偷偷做实验，不亦乐乎。

又过了一个多月，欧雅博士不断加强连接设备的复杂程度，欧文已经不怎么头疼了。看来连接功能已经基本完成，进一步的融合可能需要其他条件触发，欧雅博士初步得出了结论。众人在外也已经习惯，虽然条件比不上自己的别墅豪宅，但有人相伴更显快乐，而且战时都要以星舰为家，条件也不会比这里好。

正在闲谈间，欧雅博士走了进来，众人一下安静了，有种老师来视察教室的感觉。“多多在吗？欧文的随身小精灵。”“我在这里。”多多的投影出现在欧雅博士面前。“怎么那么像莉莎？”欧雅博士有些惊讶，随即恢复了平静，“跟我来吧。”说着便拿起多多的小盒子，走了出去，自顾自地去吩咐一些注意事项。莉莎此时脸色微红，不过马上平静了下来，大家也都巴巴地望着她。“应该是要进行精灵连接了吧。”她缓和道，略显扭捏。“是啊。”大家一脸恍然和坏笑，然后又恢复了嬉闹。

第二阶段实验不到一天就结束了，从实验室送出来的许多带血的纱布来看，实验并不是很顺利。大家看到纱布，都第一时间围住了实验室，等待着欧雅博士出来解释，没想到却等来了欧文。莉莎第一时间冲了上去，意识到自己的失态，赶忙放开欧文。众人也都围了上来，“你怎么样？”还是由莉莎代表发问。“快闷死了，有好吃的吗？”欧文说道。被关了一个多月，嘴里确实淡得发慌。众人都乐了，看来没有大碍，便一起走向餐厅小聚。尤莉眼尖，注意到了欧文头上的紧箍儿，安娜和汉森也知道那是经过改装的小型屏蔽装置，但都没有多话。莉莎和尤莉陪着欧文走进了餐厅，其他人都找了个借口自觉地在外警戒，他们知道，接下来的谈话可能属于军事机密，绝不能有第四个人知晓。

欧文看着两位从小相知的红颜知己，他在汉森传递的纸条中已经知道了些外面发生的事情，虽然眼前一位是司令，一位是最高行政长官，但他一直把她们当成自己需要守护的同学，美女同学。“现在只能进行简单的连接。”欧文一边切下一块牛排放入口中，一边道，他也没打算隐瞒，“昨天尝试连接了一下已经调到最小功率的多多，然后就被戴上了这个玩意儿。”欧文指了指头上的限制环，“这能将对外接收和发送功率控制在5瓦以内，多了就受不住。”“是要一辈子戴着这个吗？”尤莉问道。“那倒不用，我妈说让我自己慢慢增加功率限制，以逐步适应外部环境，大概过个一年半载就能拿掉了。”莉莎和尤莉不禁想起了超人刚觉醒时，差点被各种声音弄疯的情形。“和机械交流的感觉怎么样？”莉莎开始好奇起来。“挺自然的，还有点控制不住，毕竟念头转得太快。”欧文咽下一块牛排说道，“还能帮助思考，现在明显感觉聪明和清晰了很多，不过我也没有太多需要想的事情。”欧文指了指自己的脑袋。“和里面的程序融合得怎么样？”尤莉问了个专业问题，她也是看网上讨论时有很多人谈到这个。“初始程序比较一般，有种转不动的感觉，后来想着想着慢慢变好了，我妈说已经彻底进化到一个她也看不懂的状态了，需要慢慢破译。”“已经完全融合了？”莉莎问道。“还没有，可能只融合了一点点，所以需要定期检查，继续融合的触发条件还不清楚，所以我妈把我放出来了。”三人会心一笑。“是这个玩意儿吗？”莉莎掏出了那个海绵体培养皿。欧文再次在外部看到它，有一些百感交集，回想起了那段似乎很遥远的深海探险经历，又回想起了欧雅博士说要植入时给他看的切片组织，“是的，就是这个丑东西。”欧文和莉莎看着海绵体笑了起来，尤莉也微笑着，望着那块海绵体。

突然，欧文头上的圆环急速闪烁起来，那是信号达到阈值的表现。欧文用一只手按在圆环上面，“我似乎能连接上它。”欧文皱眉说道，莉莎和尤莉都不敢动，注视着即将发生的一切。“有些微的连接信号，似乎是一段未知编码。”欧文尝试着调动圆环的功率限制，很快脸上就渗出了汗珠，脸色开始苍白起来。“够了。”莉莎突然道，欧文随即停了下来，他还是很相信队友的判断的。稍微休息了一下之后，欧文又吃了一大口牛排，补充了一下体力。“我需要连接一下多多，让他去破译刚才得到的编码片段。”欧文解释道，看她俩没有反对，便又扶着圆环开始了信号传输，好像那是个收发装置，但其实只是一个屏蔽器。和多多的连接在屏蔽器的功率限制下，还是很顺利的，不一会便传输完成，并在最后吩咐他传递给欧雅博士一份。由于分析编码还需要一段时间，欧文略有些疲惫，正式谈话就告一段落，两人默默看着欧文大口把牛排以及后续的甜点、浓汤、配菜等全部吃完，放心了不少。之后众人一路护送欧文去星舰上的临时住所，看一切都已准备妥当，便先行告辞。临行前莉莎向欧文说："我们还会在这艘星舰上再待一段时间。""好的。"欧文没什么意见，有人陪着总是好的。

第十二章 各国机甲

发现遗迹的消息还是泄露了出去，天鹅三号星球一下热闹了起来，时不时会有一阵跃迁的光芒在星空上亮起，然后又立刻返航。星盟在短时间内也很难在一颗原本并没有太大利用价值的衰退期星球上构建起全面防御体系，只能通过星系舰队防卫太空大规模进攻，地面上就只能交给陆战队去解决了。欧雅博士为了方便研究，已经将星舰降落在了离遗迹最近的海边大陆上，莉莎自然义不容辞地将刚组建的机甲部队全调集过来协助防守，也是对新组建的部队的一次考验。约翰负责指挥侦察机部队全方位警戒，采取载人机和无人机交叉配合、各班组轮流巡逻的方式，一旦发生战况立刻前往支援。汉森负责在欧雅博士的星舰附近布置常规火力网，以及建立临时军事基地，保障补给线，顺带指挥太空舰队在紧急情况下进行火力支援。麦克和安娜各领一支三十人左右的新型特战机甲战队，同时协助无人机系统进行地面搜索。莉莎已返回太空舰队，开展星系巡航，尤莉则返回了驻地，保障各星球的正常运转，同时加大了安保和情报收集力度，以防他国势力以天鹅星系其他星球为跳板。

接踵而至的战况比想象中的还要激烈，而且都是硬仗，各大势力都具备投送一支装备齐全的特战队到敌后方的能力，除了星舰外，各式装备应有尽有，天鹅三号星球俨然成了各国检测新型军事武装的试炼场。第一天安娜就遭遇了一支重型武装的大型生化巨兽战队，对方似乎也并没有刻意隐藏踪迹，远远就能看到行进中的滚滚烟尘，而且直接投送在了基地附近。“生化兽不要钱啊！”安娜咒骂，无人机和机器狗的攻击就像是在挠痒痒，电磁攻击更是牛头不对马嘴，无奈之下用一支十人的机甲盾阵抵抗生化兽的攻击，后方用炮台模式猛烈轰击。炮弹用完后，以五对一的机甲数量进行近距离分割包围战，依然被对方残余力量打坏了三台机甲，刚出基地就被迫返回补给，还好装备零配件补充方便，产地就在隔壁星球。缴获的装备自然送给欧文研究，反正他还属于半个病号，不能出战，又喜欢鼓捣装备。拼拼凑凑了一些可用装备，就近用在加强基地防御上，也算是以战养战。

麦克那边则是遭遇了一支鼹鼠部队，擅长土遁。特战机甲虽然擅长海陆空联合作战，但对地底确实不擅长，不得已，全体变形为猎犬模式，玩起了狗拿耗子的游戏，只要一露头，马上一个跳跃攻击。耗了一天，对方终于在麦克同意优待俘虏的情况下出来投降，一看装备，好家伙，各类挖掘装备一应俱全，拉到遗迹那里直接就可以开挖。装着一肚子憋屈，拉着一串挖掘装备返回基地的时候，被大伙笑了半天。俘虏里面有不少非战斗研究人员，此时正和欧雅博士有一搭没一搭地交流着学术问题，似乎还有几个知名人物。

夜晚才是真正的考验，好在麦克和安娜当晚都已经回防驻扎，倒是有惊无险。无人机部队也没闲着，一直在上空和各类简易战机交战。机甲在空中也还是以近身战为主，机动性也比较差。太空穿梭机太贵，防区有限的几架都被安放在了太空舰队上，因此才想出来组建相对便宜的无人机群编队，一组在外巡逻，一组休息，一组补给待命，顺便守护基地。

除了陆上战争，还有十台装甲静默守护在遗迹附近，暂时还没派上用场，看来遗迹的具体位置暂时还没有泄露出去。

基地外战火朝天，研究舰内倒是相对平静，除了偶尔送过来供欧文消遣的各国特战装备，并无硝烟弥漫。欧文正在欧雅博士的观察下，逐步加强与多多还有遗迹的连接。除了加强连接外，欧雅博士还指示欧文与多多交流仿腺体激素生成模块，让多多直接读取欧文的思想和各类激素的实时数据。令欧雅博士惊喜的是，多多的仿行为自提炼进化机制似乎也能直接应用于情感模块的规则提炼和自我升级，简单来说就是用主模块去构建情感子模块，然后反向作为主模块的优化附加组件产生作用，虽然存在一定的逻辑悖论，但可行就行，欧雅博士的科研一直奉行实用原则。

“我是男是女？”多多有一天突然问道，多多一直以来都是以女性形象出现，但通过行为模仿学习的都是欧文的行为，当性别这个重要参数与其他行为设定产生了差异化时，就导致了由于初始设定混乱而产生的规则体系错误，多多的进化程序正在尝试修正这一点，但修改初始设定需要经过欧文同意。欧文有些无语，他没想到虚拟程序也需要分男女，“都可以。”“性别初始值设定为空。”多多提示道。“性别属性变了之后你会有什么改变？”欧文好奇道。“整套规则体系都会重建，相当于重新跑一遍数据。”多多回答道。“那需要多久？”欧文问道。“以目前的数据量，如果后台全力运算的话大概需要一个小时。”多多估算了一下回答道。“是否会因为主要参数缺失而报错？”“不会，AI 基础架构功能很强大，容错能力很高。但性别参数缺失的话，和爱情相关的规则就无法实际调用了。”多多补充道。欧文哑然失笑，机器人谈什么爱情，他突然想得到了一种可能，连忙找到欧雅博士。

“如果将我进行整体克隆，然后在启动前，将克隆体上也嵌入脑部增强器，然后由我对克隆体进行脑部信号传输，那样是否能让我有两具可以直接控制的身体，而且所有的记忆和意识可以在两具身体里同时存在？”欧文提出了自己的设想。“不知道。”欧雅博士思考了很多种理论可能性后，回答道，“要不要试一试？”欧雅博士试探性地问道。“不了，谢谢。”欧文说道，“能给多多一个生物身体吗？与其读取我的感情，不如让他自己体会来得更直接。”“这倒是个好主意，不过得做好保密工作才行。”欧雅博士眼睛亮了起来，她已经想好了全套计划，迫不及待地想要尝试了。

战场上“原材料”很丰富，欧雅博士选了一具女性尸体，植入收发装置，然后等待多多自行模拟生物信号，接管新的身体。没过多久，多多先后控制了眼睛、嘴巴、头颈，直至整个身体，由于随时可以读取欧文的身体信号，多多对于生物信号的传递方式还是比较熟悉的。“我似乎感觉到了。”这是多多通过新身体说出来的第一句话。模拟腺体模块本质上还是信号装置，并不会有真实的感觉，只是让决策系统更加复杂、更加人性化而已，真人则不同。“别忘了记录。”欧雅博士提醒道。“是。”一串串数据开始通过多多同步传输回主机。“我现在可能要在你身上进行一些实验，以更好地激发激素分泌。”欧雅博士说道。“好的。”多多道，他从未有过真实感觉，虽然第一具躯体是残缺的，但对他已经足够了，他也想尽快体验以及收集所有的真实生物信号，以改进他的仿腺体激素模块，那样即使在虚拟环境下，他也能成为一个完整的“人”。

先是一些问话，旨在引发躯体的各类情感反应，需要多多将问话转化为生物信号传送给躯体，然后由躯体对生物信号做出反馈；然后是五感方面的测试；最后是通过 viewson 系统模拟各类真实环境，让多多置身其中引发各类情绪反应，并收集信号。

不知道是什么原因，躯体一天之后就衰竭了，多多毕竟还替代不了人脑维持躯体的正常运转，欧雅博士继续进行着各种人机融合实验。后来由于遗迹热度下降，外加首批特战队员损失惨重，各大势力放慢了进攻步伐。

很快，星盟便发现了一处海盗聚居处，是从事非法器官买卖的。欧文第一时间接了任务，小分队早已做好了出发准备，一个跃迁就抵达了目标位置——一个荒芜的小行星，海盗基地就建在小行星内部。为了保证人质的安全，在歼灭外围海盗后，部队将通过机甲登陆战的形式突入。

“我和你们一起去。”欧文跟安娜说。安娜也没有拒绝，在她看来，在机甲保护下欧文绝对安全，而且战士身上带点伤就不能上战场，在她这里从未出现过。十架机甲很快降落在入口处。“放狗。”随着一声令下，二十条手臂变形为二十条机械狗，在AI的控制下向着基地内部冲去。没有惨叫声，只有凌乱的脚步声和枪声，因为欧文还下达了一个指令，只准攻击后脑勺，所以都是一击毙命，这自然是欧雅博士吩咐的。很快，狗群就带着一身血迹重新回到了机甲上。

欧文、安娜以及另外三名特战队员穿着单兵作战服，向基地内部走去。只见大部分海盗身上都留有生物改造的痕迹，再往内走，只见笼子里关着一排排人质，部分已经缺胳膊少腿，部分已经丧失了神智，变得疯疯癫癫，情状惨不忍睹。在几个密闭的小房间内，残留着支离破碎的人体和血渍。“真该早点来的。”欧文已经有一些反胃了，“把这些尸体都搬上船，运去基地交付，人质都放了，交给尤莉安置。”欧文向跟着的特战队员吩咐道，然后就要离开这个修罗场。“救救我们，先生。”突然，人质中有个小女孩向欧文喊道，他们大概以为欧文要扔下他们。欧文转过身，慢慢走到小女孩身边。“你叫什么名字？”欧文轻声问道。“我叫爱丽丝，我们前天乘坐运输船返回地球的途中被袭击了，先生。”“地球人。”“是的，我们是地球人，请您救救我们。”“放心吧，我会救你们出去的，我也是地球人。”欧文安抚道。这一批一共二十个孩子，“你们的父母呢？”欧文问道。“在运输船上都被杀了。”孩子们都开始哭泣。“如果有人想留下来报仇的话，让他们加入特战队。”欧文对安娜说道，这些手无寸铁的人应该得到一次反击的机会。

很快，欧文便带着机甲分队扫平了多个海盗据点，愿意带着正规军队专门打击海盗的人并不多，大多数还是地方警卫势力在做，因此欧文很快就被海盗界熟知，还给他起了个诨号叫疯狗欧文，因为欧文总喜欢放狗咬人。不过也不是所有海盗都是十恶不赦的坏蛋，有一些搞黑市装备的、独来独往的、当佣兵的、战败逃难的，这些人在星际中被统称为海盗。欧文大致有了概念后，让安娜调了两名特种兵混入黑市，如果发觉十恶不赦的坏蛋，采取一切手段就地歼灭，需要支援直接向安娜汇报。

待欧文返回天鹅三号星球的时候，基地攻防战又开始热闹起来，不知道是什么缘故，虽然基地内多了不少装备，但外部投送的更厉害，幸好进攻各方心怀鬼胎，还没能形成联合攻击，否则可能连一天都撑不住。两艘老旧的作战星舰被莉莎派到了基地上方协同防守，星盟援助的能量护罩装置也已经到位，但只是作为最后的保护手段，大部分的战斗还是发生在基地外围的阵地战，到处是机甲残骸。星盟对此也毫无办法。

这一日刚过正午，M 国的机甲战队又在外叫嚣，说要来一场骑士决斗，M 国的机甲各项指标都很均衡，操作人员素质也很高，堪称劲敌。基地装甲轮流应战各国武装，早已疲惫不堪，自然不想理会。可以让多多去试试，欧文突然想到。植入海绵体后，他的奇思妙想不停涌现，兴趣已经不仅仅在改装机甲上，开始向欧雅博士靠拢。这个提议很快就得到司令部的批准，莉莎也在舰上通过全息投影观察着这次决斗。机甲的格斗并不需要太过复杂的功能，对核心功率反而要求更高，欧文直接派出了原型机，就是安娜操纵一条腿抢救回来的那台，各项功率都十分强大，部件性能比通用设备高出 30% 以上。机甲身上还残留着许多斑驳的弹孔，记录着它曾经经历过的殊死战斗。

“好怀念啊。”实验室中多多控制的躯体深深吸了一口气，他可以同时存在于不同分体中，并实现互联互通。“你很兴奋呢。”欧雅博士看着监测数据道。“是的，这是我的荣耀。”多多已经越来越像人类了。

基地外围，多多一手高举离子剑，做了一个胜利的姿势，然后狠狠拍击在盾牌上，颇有古罗马战士的风范，配合那一身弹痕，让 M 国大兵也认真起来，一个标准的起手军礼，以讨教者的姿势向多多冲来。多多也发起了冲锋，两具机甲举着盾牌狠狠地撞击在一起，由于吨位相当，谁都没有占到便宜。借势跃开半步后，双方挥动兵器狠狠地砍向对方，又是一阵金属交错的声音。“七连斩”，多多突然收起光盾，双手持剑，斩出七刀，击碎对方盾牌后，瞬间卸下对方机甲一条手臂，胜得十分干脆利落。对方还欲反扑，身形刚动，便被多多一剑指在了驾驶舱位置，止住了攻势。这在武道中称为残星，也就是如果再动就别怪我不客气的意思。双方本来也就是公平决斗，M 国机甲没有过多纠缠，缓缓退回了己方阵地。“懂得仁慈了呢，有意思。”舰上的莉莎评估着这场战斗。多多仍然站在原地，并没有退去，举起离子剑再次指向了 M 方阵地。“越来越有趣了。”莉莎道。麦克则差点惊掉了下巴，这小子，真是不知天高地厚。

M 国机甲队自然不会认怂，虽然刚才落败，但也不是没有一战之力，更何况这是研究对方战甲的绝好时机，下次再找这样的决斗机会还不知要到什么时候呢。这次 M 国队长亲自上阵，他驾驶的 MA12 型是加强版装甲，是帝国武力顶端的机型，参数上看难逢敌手。双方致礼后，进入战场位置开始格斗。MA12 这次不敢大意，缓缓举着巨盾绕着多多寻找机会。实验室中的多多狡诈地一笑，瞬间一个盾牌前冲，在即将碰到对方的一刹那机甲进行了变形，一张巨口从背部猛然翻起，一口咬住了对方的脑袋，随后整个机体在空中完成了机械狗形态的转换，乘势翻到了对方后方，四肢在对方机甲背部发力，硬生生地将对手的脑袋扯了下来。落地之前，机甲再次变形，分毫不差地以人形站立在 MA12 后方，失去了主要传感器的 MA12 机甲自然失去了继续战斗的能力。观战的诸方，包括跑来偷偷获取情报的其他攻击国都坐不住了，这显然不是人力所能及，每个步骤都需要极为精密的计算，并将机体性能发挥至极致。这一击，可能改写整个机甲战斗发展的进程。

第二天，基地四周出奇的安静，但世界却不安静。“变形金刚大战M国队长”“疯狗疑似再出江湖”“人形机甲的落幕？”等标题抢占了各大媒体的头版头条，而视频中，正是多多那经典而又致命的一击。

星盟参谋部正在紧急评估以人工智能为主、战斗人员为辅的新型机甲编队，一时间欧雅博士的电话被打爆了。而多多正满脸陶醉，享受着胜利激素所带来的愉悦感，做人真好，他想。

第三天，各国的进攻方都只派出了一台战甲，来到基地前，意图十分明显，显然是接到了上级指示，不惜一切获取这台机甲的更多情报，彼此间都默契地选择了之前的决斗形式。多多也是跃跃欲试，“让他去吧。”欧文道，“反正他们也只得其形，不得其实。”为了避免机体的过度损耗，同时为基地争取更长时间的和平宁静，欧文让多多下场后伸出了一根手指，意思是每天只打一场，然后随机指向了一台机甲。其余机甲会意，请示上级后，纷纷收起了武器，默默接受了这份约定。

二十台机甲围绕组成了一个临时的格斗场地。两台机甲入场，多多抽出了离子光剑，双方行礼完成后，也不多话，多多直接以高速身法使出了从七个方向而来的斩击，部分还掺杂了拟态化身，让人分不清虚实。对方机甲也是好手，虽然十分狼狈，却也勉强挡住，刚想进行反击，却没想自己此时破绽百出的姿态被多多尽收眼底，一刀居合斩结束战斗。这一战将传统武术与机甲性能严丝合缝地结合在一起，堪称经典，又让宇宙各大势力重新恢复了一些对人形机甲的信心。安娜的两名潜伏人员传来消息，黑市上已经开始押注，金额都很大。事到如今，已经有点收不住场。干脆建个竞技场收门票算了，欧文想着，但显然是开玩笑。

第四天，对手是一台攻城机甲，也具有变形能力，可以变形成为冲门器、推土机、人形。人形分为两种主要形态，一种是突防式，一手持冲门器，一手以大推铲为落地全身盾牌；另一种是铁钩模式，武器换为一个巨大的四向钩，有点类似于船锚，应该是用于反向拉拽破除防御或者简单的攀爬功能，毕竟全身都是重型武器，很难通过喷射起飞。和多多相比，其防御和攻击都上升到攻城级别，普通的进攻很难奏效，被反击到一下估计就一命呜呼了；灵活性方面，自带的高能护盾实现了全方位立体防护，履带式装甲也大大提升了越障和转向能力。

“这不是一个等量级的啊！”麦克惊呼道，“机甲怎么可能和移动堡垒单挑？”围观众人也是一阵唏嘘，纷纷以看好戏的心态观望着，但确实有些胜之不武，也不知道明天还能否继续收集星盟新机甲数据。

“双方战力比对完成，胜率下降至 10%，开始模拟战斗，共计模拟 32 次格斗，胜率为 0。”多多在三秒内已经完成战前分析，作为一名机器人，最合理的选择为投降。但此时实验室内的躯体开始产生反应，不甘和失败的负面情绪充斥着神经网络。“开始重新比对历史战争与投降的数据，在背水一战的情形下，投降比率为 3%，在敌我战力悬殊的情形下，选择战斗的比率为 32%。”受情绪影响，多多重新进行了下一步行为逻辑判断，发现死战不屈、宁死不降不在少数，作为 AI 的多多，并不担心死亡，至多损失一具装甲，“开始征询宿主意见，宿主未选择，开始自我判定，自我判定为战。”欧文自然收到了多多的询问，很自然地选择了取消，他想看看多多的自我判断，或者说是否会死机。对欧文来说，战争总有胜败，能在公平的决斗中力战而亡，也是这具机甲合适的归宿。

多多开始发起冲锋，这多少让围观众人升起一丝敬意，对方准备用生命捍卫荣誉，自然就会得到相应的尊重。人类的行为并不能完全用理性来解释，但又出奇地能将非理性的超我选择固化为一种普适的价值观，就像用水来塑造形状，用沙来堆砌城堡，虽有万态却时常为一，也许可以用关联行为准则来解释，或者可以认为，人类本身也具有行为模仿的特质，在个体驱动与行为模仿间产生了微妙的平衡，形成了一种“水常态”。

攻城机甲也不敢大意，防护盾全开，一手持盾，配合履带转向原地防守，一手旋舞着重锚实施中距离攻击。多多在各种形态间不断切换，在敏捷闪避的同时不断攻击着护盾，一时间陷入僵局。如果是人类操作的话，难免会有疏漏，或是长时间紧张导致的疲惫，但多多是AI，只要能源充足，计算效率完全不受影响，而攻城机甲是由三人操作，可以轮换休息，强大的防御能力使得容错率也较高，锁定目标后还可以自动进行转向和简单防御，因此这一场大战从早上打到晚上，最后以平局暂时鸣金收兵。一边完全打不到，一边连能量盾都还没有攻破。

第五天，多多依然来到了战场，准备继续昨天的消耗战，如果需要的话，他可以一直打下去。但围观的一具机甲抢先一步走入战场，很显然，背后的各方势力都没有耐心继续把昨天的比赛重复下去了，一天的观察已经足够了。

这次走入的机甲看上去不像标准战斗型，身上有很多特殊装置，左右肩膀和腿上各有一根突出的导管，背后有一个大箱子，估计装了很多道具。欧文一看来了精神，比起格斗，他更喜欢这些小玩意儿。对方也不隐藏，双方还未接触就先行发招，四根导管开始闪烁起电流，一个磁风暴呈圆形炸开，差点没让多多瞬间宕机，好在有战舰级别的能量护盾，堪堪抵消了磁暴的影响。如果对方还能来第二次的话，估计就直接认输了。幸好背后的大箱子并不是备用能量电池，看上去对手也准备在多多身上多测试一些各类装置。磁暴还没完全消退，对手一个隐身术，生生消失在原地。这倒正中了多多下怀，幻术可是多多的看家本领。“拟态发动”，由于拟态需要改变空间所在的反射场，如果有实体物件的话，只能改变其表面，因此也可以用来进行近距离的反隐身。对手登时显露了身形。虽然那么快就被发现有点出乎意料，但也并没有影响到对方的行动，只见他后背的箱子已经打开，取出了一个装置，“不好！”安娜叫道。那是一个腐蚀装置，失去了护盾保护的机甲只需要半分钟就会化为一摊铁水。多多也看出了厉害，还未等装置完全发挥作用，变形为战机形态一飞冲天，躲过了这次隐秘攻击。“幸好发现得早。”基地内众人也是暗舒一口气。身在空中的多多扯下一节九节鞭，向下投掷而去，瞬间摧毁了腐蚀装置，待毒雾散去，又重新回到了地面。对手身形不动，已开始下一波攻击，是肉眼看不见的电子战，不一会儿，特殊机甲就开始冒烟，并持续扩大，眼看败局无法挽回，在机甲控制系统被完全摧毁前，对方使出了最后一击，只见一根钢刺从多多所在地面瞬间刺出，气势如虹。原来在双方电子对战之际，特殊机甲将一根特制钢刺从脚下地面插入，从地底接近对方机甲后发动突袭，这一击即使是正面突袭也很难防御，更别提是从大部分机甲驾驶员的视野盲区发动的。就在钢刺即将刺穿机甲的时候猛然停住，众人还以为是英雄惜英雄，点到为止，只有多多知道有多凶险，他在最后时刻控制了对方的操作系统，硬生生停下了攻击，钢刺已经刺入机甲下部半分有余。

后来对方机甲在多多控制下主动认输，大家才大概猜到是怎么回事，但那根钢针已在宇宙中引起了广泛讨论，各大势力都纷纷开始研究起应对之策，这钢针实乃暗杀利器，不得不防。

第十三章 伊莎贝拉

就这样，多多的分身继续着基地外的擂台，由于需要维修保养，决斗已经变为三天一次；另一个分身在欧雅博士的实验室内，完善仿腺体激励模块；第三个分身一直陪在欧文身边，看欧文情况渐趋稳定，就被欧雅博士派到遗迹处从事挖掘工作，顺便带了一块新的海绵体尝试解读。

自从上次缴获了一支完整的挖掘队后，挖掘工作顺利了很多，负责指挥的是一名叫伊莎贝拉的女孩，她是挖掘队里几个老师的学徒，平常顺便负责总后勤工作，目前正在现场指挥挖掘，具体遗迹信息的解读自然由那几名考古专家协助欧雅博士完成。

伊莎贝拉此刻被叫到来视察的欧文的机甲内，有一艘星舰已经被派至遗迹上方的海域内充当临时补给站。“那是化博士，精通各类古代语言，那是明博士，对社会文化学非常有研究。”伊莎贝拉指着在海底勘察的一个个深潜船道，“我们是S国中央研究院的。”“这次怎么会到这里来？”欧文有一搭没一搭地问道，答案其实很明显。“我是跟着老师们一起来的，他们生活需要人照料。”伊莎贝拉小声道。“你倒是可以照顾一下我。”欧文觉得，有个奴隶女仆照顾生活也不错，反正她也回不去了。“那好吧。”伊莎贝拉小声回答道，她也清楚被俘后知道了机密的后果，比起那些沉浸在遗迹发掘专注中的老学者，她休息时更多地思考着自己的处境与未来，每种都要比欧文的提议更为可怕。“那以后你就是我的人了。”欧文毫不客气，“这几天有什么发现吗？”“这里似乎很特别，不是一般的遗迹。”伊莎贝拉回答道，“化博士说根据地标指示牌上的文字猜测，这是一个多层结构的综合体，保存得还比较完整。”“那肯定藏了不少好东西。”欧文略微有些欣喜，他对古文明并不十分了解，只是有些好奇罢了，如果能挖出些古时候的玩意儿饱饱眼福也是好的，说不定还能顺一两件回去当纪念品。伊莎贝拉看他对考古一窍不通的样子，也就不多解释了，以免引起他的反感。她虽然负责考古队的后勤工作，但那只是学徒的顺带职责，正职是中央研究院古文明研究所一级科员，在家里也是个千金大小姐，所以伺候人方面并不算特别熟悉，好在欧文也没有特别的要求。

挖掘队很快就清理出了最外层轮廓，开始挖掘第一层遗迹的内部，欧文也在努力解读海绵体内的信息，转发给欧雅博士破译，他平常一直待在海底星舰中。伊莎贝拉除了组织挖掘工作外，一直陪在欧文身边端茶递水，很是尽心，偶尔也会替考古队求一下情，改善一下老家伙们的生活和工作条件。“替她换一身衣服。”有一天欧文看着端来午餐的伊莎贝拉对多多说道。作为战俘，她一直穿着被俘时候的那套便装，虽然清洗得很干净，但毕竟有些不合时宜。“好的，有什么要求吗？”多多问道。“让她自己选吧。”欧文对买衣服没什么概念。伊莎贝拉听得很疑惑，难道是要带她出去买衣服？直到多多突然在她身上拟态出了一套新衣服，她下意识地想去捂住紧要部位，但稍微动了一下之后立刻停住了，只是瞪大的眼睛里稍微有些惊恐。“这件不好看。”虽然说是让伊莎贝拉自己选，但欧文仍然挑三拣四，手一划，多多便乘势换了一个新的风格，并在后方投射出好几个风格以做选择，“那件还不错。”欧文话音刚落，那件衣服已经穿在了伊莎贝拉的身上。

“报告，新发现了一个古代设备，您要不要去看看？”这天伊莎贝拉穿着一身蓝色制服，向欧文汇报着考古最新进展。“走吧。”欧文一个手势结束了多多为他投影出的立体虚拟操作台，两人驾驶着机甲快速来到了现场。

考古队发掘出的是一个类似操作台的装置，上面还有一个圆球形的晶体，从形状看绝不是天然形成的。“这种装置在其他地方也出现过，输入电信号会有反应，但一会儿就停下了，似乎是没能通过检验的样子。”伊莎贝拉解释道。“尝试破解。”欧文给多多下达了指令。多多尝试性地向着装置发射电信号，隐隐看到水晶球亮了一下，但并没有持续太久。“未检测到有效的密码输入方式，无法启动破解工作，已尝试多种能量形式的接触，仅对电信号产生反应，与生物电的契合度最高。”多多反馈道。看来第一步都没能通过，破解就是不断尝试各种密码组合，但如果连密码输入都无法完成的话，就无法破解了，看来古人类的装置属于另外一个体系。“生物电”，欧文突然有一个想法。他把屏蔽环功率调到40瓦，这是他目前功率发射的极限，然后尝试着接触水晶球，水晶球就像刚才一样慢慢亮了起来，然后露出了一丝不一样的光泽。伊莎贝拉眼睛一下亮了起来，这种现象从未出现过，发生了什么？她紧盯着变化的水晶球，没有注意到欧文此时已经满头大汗，露出了痛苦之色。“这从没出现过。”她观察了一段时间后，转头向欧文说道，但眼前的景象让她吃了一惊，只见欧文已经开始抽搐，逐渐失去了意识。她一下子有点慌乱，突然看到欧文头上的装置在疯狂地闪烁，情急之下直接按了一下开关。欧文这慢慢平稳了下来，虽然还没恢复意识，但生命体征已经开始恢复。水晶球继续转动着，五色光晕在球体内转动着，“真美！”伊莎贝拉看了一眼后想，他们一直探求的谜题终于要解开了。

欧文醒转已经是两小时之后了，他身处机甲中，伊莎贝拉昏迷在他身边，周围一切都已经不见了，只留下空空的海域，机甲除了携带的照明设备外，已经失去了反应，多多也失去了联系，精灵装置出现了明显的短路痕迹。在这深海中，打开舱门就会立刻被挤压成肉泥，机甲内的氧气在失去能源后总共能坚持三个小时，现在不知道过了多久。就这样绝望无助地在一片漆黑中等了一个小时后，舱内已经开始有些窒息，看着倒在旁边的伊莎贝拉，外观拟态已经消失，她仍然穿着被俘时的那套便装。“可怜了这个小家伙了，年纪轻轻就要陪我死在这里。”欧文有些无力地想道，又尝试了一下发动机甲，依然没有任何反应，也完全没明白发生了什么。机甲上方慢慢出现了一道强光，隐约可见一艘庞大的星舰急速驶来，“是莉莎的旗舰。”已经有些眩晕的欧文认出了那个外形。

欧文很快被送入医疗室进行全面检查，除了头还有些疼之外并没有其他不适。“发生了什么？”莉莎等检查完毕，柔声问道。“我尝试着启动遗迹中的装置，然后就晕了过去，是一个圆形水晶球，不过我想我应该是成功了。”欧文不禁甩了甩头，想快点从头疼中恢复。“戴上这个也许会好些。”莉莎给了他一个新的屏蔽装置，“多多的分体向欧雅博士发出了求救信号，他说正被不明物体迅速侵入，就在你昏迷过去之后。他无法抵抗，因此烧毁了精灵装置和机甲电路，经他计算，三小时够我们找到你了。”“多多没事吧？”欧文此时还有些有气无力。“他在被侵入前自毁的，本体和其他分体都没有受到影响，不过新的精灵装置可能要过段时间才能送来。”毕竟那是欧雅博士的专利手工产品，制作需要一点时间。“那就好。”欧文也毫无头绪，只想静静地休息一会儿。“她是谁？”莉莎不经意地问道。“谁？”欧文不知道她在问什么。深深地看了他一眼后，莉莎安心地离去了。由于是在海底深处，而且附近所有设备全都消失不见，包括那艘补给舰和整个遗迹，机甲的电路板也被彻底烧毁，没人知道具体发生了什么，只能等欧文慢慢回想了。

伊莎贝拉也已经醒来，她在多多自毁之前就失去了意识，并没能提供额外信息，倒是来历和这几天的经历被反复盘问，确定了她只是欧文现在的贴身女仆后，莉莎就让她回到了欧文身边照顾。又是一阵头疼后，欧文让伊莎贝拉拿来纸笔，记录下一串凌乱的代码后，让她交给莉莎转交给欧雅博士。

由于遗迹突然消失不见，继续守在天鹅三号星球已经没有意义了，欧雅博士在确认欧文安全后便撤离了。基地内的主要装备运上两艘协防的星舰后，也启动了跃迁模式，名噪一时的机甲试炼场也就暂告一段落，除了零星的各势力机甲相互切磋外，很快就都原路返回，天鹅三号星球又恢复了千万年来的平静。那串代码的内容以前从未出现过，但落款的标志十分像遗迹以及海绵巨兽上的符号，看来与遗迹的消失有关。由于暂时无法破译，只能放入档案中封存起来，世界上又多了一个未解之谜。

第十四章 攻伐

天鹅三号星事件已经过去了一年，欧文几乎不用再戴着屏蔽装置了，他和多多的交流已经能达到意念级，千言万语只需一闪念即可。多多可以直接控制大部分设备，因此欧文实际上也可以通过意念实时控制大部分设备，较为复杂的运算还可以由多多后台的主机协助处理。他有时候也已经搞不清自己是人还是机器了。欧雅博士严格限定了多多主动传输信号给欧文的条件，以防止欧文被多多反向侵占，但并不限制视觉、听觉等信号的传输。欧文只要想，就可以化身为任何一台机器。不过控制两台以上还是有些困难，人的注意力没法分得太散，如果有不同的视觉信号输入，会引起视觉神经的混乱。多多则可以有无数个分身，只要算力和带宽足够，可以同时处理不同的事务，最终又会同时反向作用于根源算法和规则库的自我升级，形成一分为多、多又为一的优势。

新型星舰已经完工，验收仪式的当天，欧文尝试化身为星舰，但只能一个部分一个部分地自我调适，调整过的部分让多多依样画葫芦地接手持续运作。欧文的主意识则迅速迁移到下一个部分，很快，就用这种人机合作的方式掌控了整个星舰。但如果要进行新的操作的话，需要欧文的意识不停地在各部件之间跳跃并给出新的指令，颇为费神。欧文也尝试过同时注意好几个不同的点，并将细节委托给多多处理和补足，显然对大脑的极限是种挑战。要想同时掌控所有事物，那大脑要变得十分庞大才行。欧文对本体的生物改造依然比较排斥，尤其是大脑，加个外挂可以，但要把自己变成一个怪物，那是不能接受的。

新的星舰服役后，很快就被征召去了前线检测战斗力，正值星盟在进攻天马座主星，兵力具有一定优势，正好借机测试一下新型号的舰艇。欧文随莉莎一起出征，安娜、汉森、约翰分别负责星舰上的特战机甲战队、星舰火力系统、无人机群，尤莉和麦克留守大后方，分别负责行政和留守舰队的统帅。随身小精灵根据多多补充完善的仿腺体激励系统，都进行了一次系统升级。新的星舰采用的是重新升级了的虫洞发生器，与跃迁装置不同，它是制造一种稳定可见的时空通道。如果用两维空间做比喻的话，跃迁就像平面上的物体跳出了所在平面，在平面外的立体空间运动后，再次返回平面上的另外一个点；而虫洞发生器则是彻底将平面扭曲，使出发点和到达点重合。虫洞理论上可以直接联通两个星球进行真正意义上的星球大战，或是在黑洞和星球之间制造虫洞，直接进行吞噬，当然具体会引发什么样的后果尚未可知。另外，如果不考虑能量需求和设备功率输出问题，通过虫洞发生器同时对整个空间进行折叠扭曲，将可能彻底改变整个世界的运行轨迹与物理定律。这次也是打算找机会小范围试验一下，毕竟人类对于高纬度空间的了解实在是太过有限。

各舰队指挥官都参加了例行的出发总动员，结束后，总指挥官单独叫住了莉莎，亲切地慰问了一下，说初次上战场不要紧张，顺手给了她一部特别通话机，并授予了她所在星舰的特别行动权。之后整整一个星舰集团军浩浩荡荡地奔赴天马星，各类舰艇层叠错落，一眼望不到尽头，每艘远洋舰在宇宙中看似渺小，实则都容纳了千万至上亿人不等，莉莎的星舰属于小型，只有一百万人左右。星舰每次出发，巡航时间都无法确定，一次边境巡航任务持续几代人也有可能。为保障战斗人员的生活和精神状态，专门辟有家属区，在非执勤期间可以回家休息，社区中医院、学校、商场一应俱全，宛如一个小型社会，有许多人就长期居住在星舰上，即使靠港了也不下船。一百万人中，大约三十万战斗人员（含后勤保障），其余均是星舰居民。每一艘星舰的坠落，都代表着一个小小文明的覆灭，多少悲欢离合、生离死别、爱恨情仇，都在一瞬间化为宇宙中飘荡的尘埃。因此欧文的分体式设计很受星舰居民的拥护，居民区在紧急情况下可以整体脱离，免去了战士们许多后顾之忧和不必要的杀戮。

舰队首先遭遇的是天马星系空间防卫部队，由一千艘各类星舰组成，并有多个空间防御站提供火力支援以及补给，大约是星盟战斗力的1/3。先头部队很快进入战斗范围，星舰主炮互相对轰，消耗着对方的能量罩，穿梭机、无人机、机甲战队、特种兵各显其能，时而在太空中缠斗，时而登陆舰艇强行占领，战况激烈。自天鹅星一役后，各大势力都加强了人工智能在战争中的应用，极大地提高了星际战争力。战事一时胶着，杀得难解难分。

欧文手痒，用意念通过多多远程遥控着一架穿梭机加入了战斗，其余人则继续随着星舰留在中军策应。第一次参加宇宙战役，眼前各类弹药漫天乱飞，战机平均飞行速度达到了十倍音速以上，仅靠肉眼已几乎不可能捕捉，舰载雷达也只能在有限距离内发挥作用。欧文拼杀一阵后头晕目眩，宇宙战场的纵深度和复杂程度不是海盗歼灭战可以比拟的，一架穿梭机在前方也发挥不了多少作用，只能向敌方星舰发射几发无关痛痒的激光炮后，便返回星舰，等待恰当时机。

双方你来我往，看似打得热闹，实际拼的都是能量，谁的整体攻击力强，能率先将对方的能量防御盾攻破，就能实质性地削减对方战力，摧毁对方战舰。一般破防后，都是率先摧毁对方跃迁装置或者动力系统，然后派遣机甲、无人机等实施登陆作战，精准打击并尝试获取控制权。

星盟胜在战舰总数较多，侧翼已经开始合围，天马系守军靠着空间防御站苦苦支撑。莉莎的星舰本次被允许独立行动，只要不影响整体战局即可，星盟总司令也是希望他们在能自保的情况下尽可能地累积战场经验，以及有限度地测试一下虫洞发生器的实战效果。

攻防战持续了一个月，往前攻占了一半左右的空间防御站，已经是进展神速。天马系守军能量耗尽的时候，便整体跃迁到下一个空间站补充能源，因此双方并无太大实际损伤。但在撤离空间防御站的时候，一般都会对核心军事设备启动自毁程序，以避免被对方占领后使用，所以所谓的攻占，主要是地标性质的。

舰队一边前行，一边分出一些登陆舰攻击并占领附近星球，主要是摧毁当地太空设施，防止他们离开驻地进行骚扰，彻底的行政占领可以等星系战役结束再慢慢开展不迟。欧文他们也加入了一次登陆行动，之后很快回到了舰队中学习太空战役。在星舰主舱中有整个战场的全息投影，可以放大缩小旋转，实时观看整个战局。众人现场学习了近一个月，对星际战役有了大概的认识，时不时地会探讨一些军事策略和经典战术。有时争执不下，便会驾着星舰直接奔赴前线参战，实验一下谁对谁错。

时间又过了一个月，众人此时已经完全沉浸在星战氛围之中，成日里想的都是各种战略战术，对星舰的运用也已愈加成熟，欧文还尝试了一次解体变形，但攻击效果并不十分理想。众人也讨论了将防御空间站设计成变形组装模式的可能，各核心部分可脱离后转换为特种星舰，撤退时可以和舰队一起撤离，攻击时也可以随着舰队一起进攻，还可以拆分运输，不过如此庞大的体积跃迁所需要的能量以及技术是否能够达成，还有待实验。这天正当众人激烈讨论的时候，舰队总司令突然下达了全军撤退的命令，似乎是敌方有其他舰队抽出空来进行增援，而我方攻击舰队已是强弩之末。众人自然要服从命令，请示过总司令部后，便直接离队跃迁返回了天鹅星系，虫洞装置这次没有机会使用，也不想过早暴露。

回到天鹅星系后，那场大战依然是众人热议的话题，都热切期盼再次奔赴前线。战休期间，麦克与娜塔莎喜结连理，让人着实欢庆了一把，婚礼当晚，欧文等人乘着醉酒，着实荒唐糊涂了一把。

第十五章 虫洞之威

天鹅星上，欧文的宅邸内，偌大的圆形大厅内装修豪华，但空荡荡的只有一具临时摆放的沙发，宛如足球场上的足球般大小，用欧文的话来说，是为了方便多多拟化成各种环境。今天拟化的就是空无一物，有时候空旷也是一种奢华。“你好像说过以前也看到过类似的遗迹装置。”欧文双手比画了一下水晶球，以更清晰地表达自己的意思。侍立一旁的伊莎贝拉今天幻化了一身女仆服装，她只有在欧文身边时才会幻化，平日里就穿着自己的衣服。“是的，有两处，一处是我亲眼所见，就收藏在学院的研究室内；另一处是听老师们说起的，好像在猎户座的一颗偏远行星上，探险队发现后传回了一段录像，录像的最后地穴突然崩塌，也不知是什么原因导致的，把全队人马都埋在了里面，所以具体位置也没人知晓。录像作为绝密内容也一起被保存在学院的研究室内。”伊莎贝拉说到自己的专业领域，如数家珍。“看来得回一趟你的老家了。”欧文权衡了一下道，“就我们两个去吧，不过为了安全起见，我需要一些保护措施。”说着，欧文拿出一个注射装置，往伊莎贝拉脖子里打了一针，“这是一个液体炸弹，如果你敢叛逃或者有不轨举动的话就会被引爆。”欧文没有说得太详细，以免被反向破解或钻了漏洞。伊莎贝拉没由来地被扎了一针，强忍着泪水，不敢表露出丝毫的违抗。“去吧，明天允许你休息一天。”欧文也不想太过难为一个小姑娘，向伊莎贝拉说道。“不，不用休息，我很好。”伊莎贝拉一听欧文有赶她走的意思，立刻紧张起来，坚定而又委屈地看着欧文。“那好吧。”欧文说着便自顾自忙了起来。伊莎贝拉又看了一会儿欧文的神情后，才转身离开，赶忙回去再做一些功课，遗迹的信息还有学院的地图，都需要再仔细回想一下。

过了几天，和大家简单说明后，欧文就准备起身前往S国学院了，学院位于首都星的一处军事基地内，防卫措施严密，强攻的话可能需要开一个编队星舰去。莉莎还是放心不下，但又劝说不住，便坚持要欧文带着安娜一起前往，欧文欣然同意了。

三人潜入S国后，通过民用渠道来到了首都所在星球，用不同的身份登记了三处酒店后，选择了一处落脚，并没有引起特别的注意。为了掩饰真正的目的，顺便打探一下周遭环境，在伊莎贝拉的带领下，三人观光游览了起来，反正遗迹已经存在了千万年，也不急这一时。S国首都风光秀丽，各类商品齐全，倒也不失为旅游胜地，各色人种和生物也都汇聚于此，比起星盟来别有一番特色。

这一日三人来到一处酒吧闲坐，点了三杯特色饮料，酒保边现场料理着各种不知名的水果边搭话道："是来度假的吧？""做些小生意。"欧文回答道，他此时的身份是一个小商人。酒保来了兴致："都做些什么买卖？"没想到还真被他遇到了商机，欧文苦笑道："机甲零部件。"这个领域他比较擅长，不太会穿帮。酒保微笑着不再询问，调制完三杯色泽各异的饮料后，又加入了一些特殊的香料，插上一根造型奇特的吸管，便端着盘子转身离开。三人默默品尝着色香味俱全的饮料，每次吮吸都是不同的滋味，就像一时间尝遍了各种不同水果一般，特殊的香料能将不同的口味明显区分又有机地融合在一起，甚是奇异。

不一会儿，一个身穿当地服装的中年男子凑了过来，目标自然是欧文，他一脸堆笑，似乎在表示着善意：

“有一批新到的机甲，有没有兴趣？”“有什么型号？”欧文显得很专业，他也确实被提起了几分兴趣。“可以来具体看看，包您满意。”这里显然不是详谈的地方，中年商贩留下了时间地点便离开了。两女知道欧文的爱好，为了保险起见，伊莎贝拉在外衣下面穿上了外骨骼套装，谁也保不准是不是黑店。由于怕引起误解，三人都没有使用幻化功能，也没有携带武器。入场的搜身果然很严格，当伊莎贝拉的外骨骼套装被发现后，引发了一阵小小的警惕。“那是我的一点小爱好。”欧文忙解释道，然后保卫人员都露出一脸“我懂了”的表情，放松了下来，负责搜身的女匪则一副无语的表情。

酒吧里见过的中年男子很快迎了上来，他对于自己的潜在顾客有着极为敏锐的嗅觉，“想先看看什么类型的？”中年男子热情地问道。“有什么新奇的？”欧文反问道。中年男子眼珠滴流一转，揣摩着欧文的喜好，想起了刚才伊莎贝拉的外骨骼套装，“新到了一批单兵用的小型机甲，要不要看看？”他试探着问道。和门口的保安不太一样，他知道那副外骨骼并没有那么简单，是他没有见过的型号。“可以。”欧文说道，大型机甲他现在显然也带不走，单人甲说不定还能派上用场，商人的眼光果然独到。

“这边请。”中年男子快速地引导着众人在洞窟中左拐右弯，很快来到一个大型展览馆，内部装饰和设备都非常现代化，与入口的简陋原始形成了鲜明对比。商人显然对自己的货品陈列非常满意，“请随意挑选。”欧文点了点头，就带着两女开始浏览，商人跟在后面以便随时解释。欧文是行家里手，常规的装备一扫而过，并不需要商人过多解释。“那是什么？”欧文指着一块金属体，表面隐隐散发着液体的光泽。“您真是识货，这是可编程式液态金属钢，平常处于柔软状态，遇到撞击时会瞬间变得坚硬无比，形状由中间包裹着的磁场发射装置控制，预先输入指令的话就能变成相应形状。”说着，商人拿出了金属块，将一根连接线慢慢从柔软的液态金属中伸了进去，好像在摸索着什么，不一会儿似乎找到了接口，一下插了上去，然后打开外部连接的设备，展示着如何编程，有几个预先设定好的程序。“我们来试一下圆球形状。”商人边说边输入，金属块就在磁场的作用下慢慢变成了一个球形。“可以无线连接吗？”欧文问道。“无线连接的东西不可靠。”商人一副业内人士的样子解释道。欧文深知他的意思，“这个来一套。”欧文假装淡定地说道，然后继续浏览，也不问价钱，好让对方摸不清虚实。剩下的也没有特别让人惊喜的，就挑了一条平时可以当皮带使用，紧急时可以展开成一条长的救生绳索给伊莎贝拉，一只自带震荡破墙功能的防身戒指给安娜，后来想想又买了两只相同的戒指。安娜差点没感动得哭出来，伊莎贝拉则是拿着绳索一脸尴尬地付款买单。

三人继续游山玩水了半个月，终于想起了正题，回到军事学院附近的酒店。由于伊莎贝拉只记得各院所的位置、门禁和安保要求，对防守力量一无所知，所以计划也就无从制订。三人打算先让伊莎贝拉从正门去尝试一下之前的权限是否还在，毕竟考古队失踪个一年半载也不会引人注意，他们被俘虏的消息也封锁得很好，可能没有传回总部。如果能顺利进入的话，就能找到各种借口呼叫两人进去协助。有外骨骼套装和生物炸弹在，伊莎贝拉的一举一动都在欧文掌握之中，也不担心她叛逃。安娜还在套装上加装了一套电子眼，以便于欧文实时观察影像。三人计议已定，第二天就让伊莎贝拉暂时恢复一级研究员的身份冒险闯入，没想到出奇的顺利，都还没来得及刷脸，门卫大叔就亲切地打开了门，像是欢迎久出回家的女儿一般。伊莎贝拉心里五味杂陈，强颜欢笑地回复着问候，最后还是决绝地向最熟悉的实验室走去，她需要先换上昔日的研究服，获取出发时留在那里的门禁卡，以更好地出入各处场地。缓缓环顾着熟悉的满屋子文献，轻抚着已略带灰尘的研究桌，仿佛回到了过去，突然外骨骼装置传来一阵震动，是欧文在催促她尽快行动。迅速收拾了心情，伊莎贝拉用桌上的电话呼叫了门口守卫，让他放两人进来。

两人很快来到了伊莎贝拉的实验室，毕竟刚用电子眼走了一遍路线，十分熟门熟路。“这是你的实验室？”欧文进来后打量着满墙的书架问道，随手挑了一本看了一下。“以前是的。”伊莎贝拉回答道。“很抱歉带你来这里，我也是迫不得已。”欧文解释道。“不，没什么，很高兴能帮上忙，我也想一探遗迹的究竟。”伊莎贝拉说的是实话。“不介意让多多复制一下你的研究成果吧？”欧文问道。“不介意，很乐意为您服务，接在这里就好，我会输入密码。”伊莎贝拉道，“每个实验室的服务器都是独立的，所以从这里可能无法联通到其他实验室数据。”“没有关系，如果有需要的话我会想办法。”欧文略过了伊莎贝拉输入密码的过程，直接用意念告知多多破译了。

伊莎贝拉乖巧地坐在昔日的研究椅上，看着欧文和安娜收集着有用的资料。“遗迹和录像在哪里？”过了一会儿，安娜开始到窗口处警戒，欧文问道。“路上有几处需要门禁卡和生物识别，你们跟我来。”伊莎贝拉起身道。三人便一起向着机要室走去，安娜一路观察着四周的环境，欧文则顺势侵入了一些简单的设备。众人很快就到达了机要室门口，但在最后一道关口却卡住了，伊莎贝拉并没有进入机要室的权限。安娜默契地走上前，用手上戴着的震荡戒指轻巧地破开了门锁。三人鱼贯而入，反手轻轻地合上了门，里面正有一个研究学者在翻阅资料，还没有来得及说话，便被安娜一个手刀打晕在地。

伊莎贝拉跟着导师进来过几次，便领着欧文径直来到存放遗迹的地方，自己则去翻找录像，安娜在门口警戒。“果然一模一样！”欧文欣喜，现在自己收放功率已经几乎不受限制，甚至能在多多的辅助下控制星舰，对付遗迹应该不会再有问题，便开始像上次那样尝试与装置连接。遗迹装置预料般地亮了起来，但没有出现后续反应，循着光源一直看下去，发现在遗迹底部的一块地方光线中断了，“该死！”欧文不禁骂道，这只是一个操作台，被挖下来之后失去了与主体的连接。“录像找到了吗？”欧文在这里没有收获，转向伊莎贝拉问道。“马上，”伊莎贝拉熟练地扒拉着目录，“在这里。”她点开一段录像，是在一处地穴中，探险队正在展示自己的新发现，赫然有着那奇特的标志，地穴中央是那个圆形的水晶球，周围有很多奇特的雕塑，然后图像就开始剧烈抖动起来，直到摄像机被尘土掩埋，失去了信号。“记录影像。”欧文向多多发出了意念，得尽快离开这里，天知道震断了机要室的门锁是否触发了什么警报装置。“把这个绑上带走。”欧文对着伊莎贝拉说道。她显然有点吃惊，很少有人对她提出这种要求，毕竟那是一整块两立方米左右的大石头。看着她有点吃惊的表情，欧文突然想起来，外骨骼装甲只有自己能控制，歉意地笑了笑道：“抱歉，你只要负责把它妥善地绑起来就好，谢谢。”确定了伊莎贝拉已经完全站在自己这边后，欧文慢慢开始表现出尊重。伊莎贝拉赶忙行动，抽下腰间的安全绳，娴熟地捆绑起来，这可是专业考古研究人员的必备技能。

不一会儿，遗迹就打包完成，外面还巧妙地装饰了一下，看上去像是一块普通的石头。研究院中经常有人搬着大件古物走来走去，倒也不会引起怀疑，何况由她背负的话，也能让人对重量产生错误判断。三人装作没事般地向出口走去，欧文和安娜还假装在后面托举着，实际上是为了更好地隐藏自己的面容。他们离开不久后，学院就响起了警报声，想是有人进机要室后看到了倒地不起的老教授和断裂的门禁，但此时三人早已变化了身形容貌，更换了载具，一路向着接头地点驶去，敢卖机甲的人自然有办法送他们出城。

回到天鹅星后，莉莎和尤莉一眼就看到了安娜手上的戒指，瞬间石化呆立不动，欧文赶忙拿出了事先准备好的戒指送给两人，这才化解了一场大危机。两人稍稍平静后，这才想起来查看遗迹和录像。“这是猎户座的白矮星。”安娜也是第一次认真地看这段录像，她以前出的任务比较多，对各地环境比较熟悉，“只有那里有这样的岩石，非常特别。”众人立刻调出了白矮星的立体星图，这是一颗无人星球，从星球的颜色布局来看，具有那种颜色的只有两块地方。“应该是这块。”尤莉道，她常年研究星球上的行政区域布局，对星球地貌特征有着特殊的直觉。“我也觉得是这里。”约翰突然补充道，“地底入口应该在这里。”他是一名侦察兵，寻找隐秘入口正是他的拿手好戏。众人赶忙放大了星图，是一处死火山，那就去看看吧。登陆这样一座无人星球，应该没有什么障碍。“带谁去呢？”欧文看了一下周围众人，心里想着。“我跟你一起去。”莉莎抢先说道，上次考古带回来一个伊莎贝拉，这次敌后行动直接给安娜戴上了戒指，她哪里还敢让欧文独自出去闯荡。“我们一起去吧。”尤莉发动起了大家。众人都没有异议，于是乎，他们召回了所有休假的士兵及家属，带着三艘护卫舰，向着猎户座星系出发。

由于不是紧急任务，为节省能量，星舰走的是公用跃迁通道，前前后后大约航行了三个月。众人除了吃喝玩乐其乐融融之外，也让伊莎贝拉当起了老师，给大家普及了一下遗迹知识。她的教案已经让欧文原封不动地复制了回来，此时正好用上，伊莎贝拉也找到了往日的风采，十分投入地讲解着遗迹的各种奥秘与发现，讲到兴起处，拓展到了天文地理人文，显示出了一级研究员的渊博学识。

不知不觉间，众人已经来到了白矮星，此次属于正常的星际旅行，已经向星系政府备了案，可以光明正大地长时间停留。谨慎起见，众人都驾驶着特战机甲前往探索。汉森留在星舰上策应。欧文和莉莎一架机甲，麦克和娜塔莎一架，尤莉和安娜一架，约翰依然驾驶着他熟悉的侦察机。娜塔莎表现得甚是轻松，对她来说这次就是来观光旅游顺带地穴探秘的，擅长各类表演的她十分受到大家喜爱，有时还会即兴表演一段，或唱或跳，带来不少欢笑。

小分队很快抵达了疑似地穴入口处，众人看着翻滚的岩浆和时而冒出的蒸汽发呆，不是死火山吗？这怎么看都是快要喷发的样子。“星图每年采集一次，有一些滞后。”尤莉小声补充道。既来之，则安之，为保存遗迹的完整性，也不好动用星际武器。乘坐机甲绕飞几圈，仔细打量了一下周边环境并用离子剑测试了一下岩石坚硬程度后，众人决定暂时放弃机甲徒步进入。约翰在外接应，随时准备驾驶侦察机进来救人，虽然机甲和侦察机都无法经受长时间的岩浆浸泡，但冲进去抢救个人还是能做到的。

在火山岩炙热的烘烤下，众人顺着火山旁地底小道蜿蜒前行，也不知小道是之前探险队开凿而成还是天然成形。娜塔莎此时终于感受到探险的艰苦，一扫之前美好的幻想，随队一起时而在泥泞中翻滚，时而跳下百米高的悬崖，时而憋气穿过布满熔岩灰烬的隧道，虽然有新机甲自带的可分离式单兵作战系统保护，依然被折腾得不轻，岩浆造成的炽热高温也让人昏昏沉沉，目力所及都是黑红色的岩石以及因炙热而扭曲的空气，加之在地底穿梭带来的窒息感，此生此景绝不想再经历第二次。众人前后共有六只机械狗探路以及保护。艰难地通过狭窄的地底通道，穿过岩浆地带，进入了地底更深处，取而代之的是极致的阴冷潮湿外加黑暗，极为强烈的反差即使是安娜也略有些承受不住，但没有人抱怨。看着自己的顶头上司们都在坚持，自己又是主动请缨而来，娜塔莎自然也只能苦水往肚子里咽，只能在偶尔快要崩溃的刹那倚在麦克的肩头寻求依靠。星球通常都是越往地心越热，这颗星球却有些特别，更像是一个夹层冷藏柜，外表的岩浆则像是定期给地幔层降温所排出的热量所致。

一路上有些地底生物出没，都提前被机械狗群解决了。经过多多扫描，最后一公里因为上次的坍塌，被碎石掩盖，众人指挥着群狗轮流挖掘，好不容易才到了录像中的那个洞穴。为了不造成不必要的破坏，欧文还专程让约翰开着侦察机和机甲穿梭机带来了伊莎贝拉，指挥狗群的挖掘。通过众人已经打探好的道路，小型飞行器进出自然方便许多。没过多久，在狗群挖掘、飞行器往外运废料的紧密配合下，大致清理出了一片空间，而且在伊莎贝拉的指挥下通过简易支架对洞穴进行了固定，防止再次坍塌。

“这些不是石头。”伊莎贝拉抚摸着雕像说道，“更像是标本。”众人顺着她的话语向清理出来堆在一旁的群雕看去，果然栩栩如生、姿态各异，表情似乎都很痛苦和狰狞。雕像的坚硬程度都很高，在狗群钢爪暴力挖掘下没有丝毫损坏，造型则是充满想象力，完全看不出是同一个种族，更像是用同一种材料随手捏成，偏偏又充满了令人惊叹的平衡感和流畅感，在简陋和精致中形成了一种非常怪异的融合。欧文独自走到了圆形水晶之前，众人都屏住呼吸看着他，历经千辛万苦就是为了这一刻。伊莎贝拉也有些激动，准确地说这是她第二次经历这一场景，只是上一次发生得太快，什么都不记得了。

水晶球并没有被地震损坏，在欧文缓缓输入意识后慢慢亮了起来，五彩的炫光再次出现，亦如上次在深海中的那样，并没有想象中的山崩地裂，多多也表现正常，没有被侵入的迹象，似乎什么都没有发生。“侦测到生物活动迹象。”多多突然提示道。难道又是地底生物？众人环顾着四周，“是雕像！它们在动！”娜塔莎突然惊声尖叫了起来。真的在动，不仅是被挖掘出来的这些，被掩埋在地底下的雕像也开始挣扎着想要爬起来，一只只手从周围涌出。一具雕像已经和机械狗扭打起来，能咬破机甲的狗牙似乎对复活的雕像没什么用，钢铁般的狗躯像纸糊一样被撕碎。欧文见状不妙，立刻道：“迅速撤离，机械狗断后。”约翰驾驶着侦察机把已经向洞口涌去的众人接到小型穿梭机上，飞快地从来路返回。“是恶魔，被封印的恶魔觉醒了。”伊莎贝拉喃喃道。这时谁也没有注意到她的异样。雕像群的恐怖和地底飞速穿梭带来的紧张感已经让大家无暇他顾。

身后的雕像群并没有追来，但机械狗群已经全部失去了联络，众人不敢久留，回到地面后就立刻搭乘着没有臂膀的机甲返回了星舰。“开启指定区域扫描。”莉莎恢复了舰队指挥官的冷静，向着少少命令道。“指定地区出现众多生物活动，活跃度不断提高。”“扩大扫描范围，用红点标识生物分布。”少少立即投射了白矮星的星图，众人这下真的呆住了，整个星球布满密密麻麻的红点，甚至在星球内部也不断出现。这压根就不是一个星球，是一个装满雕像的巨大容器。众人吃惊得说不出话来，“部分生物体已开始脱离星球。”少少提示道，并放大了一处红点，一只背生双翼的怪兽已经脱离了星球引力，飞速向外太空飞去。

“我们干了什么？”欧文脑中一片空白。“一切都太迟了。”伊莎贝拉像是换了一个人，独自坐在角落看着星图道。“护卫舰立即启动跃迁，星舰开启虫洞模式，连接最近的黑洞。”莉莎迅速地发布命令。三艘护卫舰尾部亮光开始闪烁，主舰也开始为虫洞装置充能。“莉莎姐姐”，尤莉已经知道她要干什么了，她并没有多说什么，只是默默地牵住了莉莎的手，用眼神给予她鼓励。

众人也突然都安静了下来，娜塔莎默默地依偎在了麦克的身上，一片温柔。安娜走向了此时瘫坐在旁的欧文，“谢谢你来救我，我很开心。”她轻声说。莉莎犹豫着打开了全舰通信，她有些不忍心，但她需要给她的追随者们一个交代，“这里是星舰指挥官，星舰可能在一分钟后被黑洞吞噬，请向家人做最后的告别，战斗人员请站好最后一班岗。”说罢，便关闭了通信器，强忍着泪水抱紧了身边的尤莉。伊莎贝拉依然在角落里静静地看着他们。

空间被一股扭曲的力量撕开，一股庞大的吸力从逐渐撕裂的通道中传来，星舰轰鸣着，不断扩大着混沌的空间裂缝，试图触碰禁忌的领域，一些正在飞离星球的怪物们也被这股力量吸了过来，但仍有部分强悍到足以抵抗黑洞，向外逃离着。“关闭引擎，全力扩大虫洞。”莉莎已经决定孤注一掷，飒爽的军姿背后是毅然决然的牺牲。虫洞持续扩大，释放着来自黑洞的庞大威力，这是宇宙间最为浩瀚的力量。星舰也已经开始受到影响，虽然虫洞发生器并不直接受虫洞影响，就像手持吸尘器本身不会被吸住一样，但虫洞和黑洞引发的时空扭曲对周围一切产生着巨大的破坏，星舰的外层甲板已经开始扭曲变形甚至脱落，部分战斗人员已经被抛飞了出去。

好在虫洞一旦被开启，自然关闭也很缓慢，从恶魔星的移动速度和虫洞的扩张速度来看，即使星舰无法支撑到最后，应该也只有几只提前逃离的和个别极为强悍而且完全苏醒的恶魔能够逃离。

“至少他们安全了。”莉莎此时想起了自己的父亲、母亲，还有欧雅阿姨、欧云叔叔，以及星盟中许许多多不知名的人，她还年轻，刚戴上欧文送给她的戒指，但这就是军人的命运。“往那里开，是个伴生隧道。”伊莎贝拉突然说道。莉莎一惊，她并不打算放弃任何希望，任务已经接近完成，她需要尽一切可能带着大家撤离。“虫洞发生器脱离自行运作，其余舰体全力向坐标121.8.46.5进发。”星舰尾部的喷射器又亮了起来，虫洞发生器所在的分体自动脱离，继续用剩余能源运转着，舰体其余部分开始向着指定坐标进发，引擎轰鸣着带着星舰冲向那片混沌，时空风暴继续撕裂着舰体，成块的外壳被剥离。离开了虫洞发生器后，黑洞的影响也开始慢慢作用在舰体上，庞大的舰体被拉扯得不断偏离预定轨道，离目标位置越来越远，空间力场和星舰引力场受黑洞影响已经变得十分诡异，整艘星舰随时都可能被压扁。“强行开启短距离跃迁。”莉莎已经来不及思考，短距离跃迁功能是只有少数星舰指挥官才知道的操作方式，并不是通过撕裂空间进行跃迁，而是直接用空间撕裂覆盖从出发地到目的地的整片区域，从而达到抹去空间距离瞬间抵达的效果。原理至今无人参透，成功概率极低，跃迁引擎大概率会因为过量制造空间撕裂而报废，是不到最后关头不允许使用的禁制。一股庞大的能量瞬间覆盖了一切，一道长度极为惊人的空间裂口在本已异象丛生的宇宙中一闪而过。片刻后，一切都安静了，周围的一切都不见了，亦如那次在深海。

“定位星舰所处位置。”莉莎看着空无一物的星海，又疑惑地看了一眼伊莎贝拉，向少少发出指示。在经历了一连串的生死危机后，这格外的宁静有如一支强心针，让众人都重新恢复了生气，除了欧文还有一些缓不过神。“定位显示正在猎户座白矮星位置。”“什么！”接二连三的吃惊让莉莎也有点迷惑，这一切都是幻象吗？“与星盟总部联络。”莉莎稍微缓了一下，决定尝试呼叫总部，片刻后一个苍老的声音传来，带着激动的颤音，“莉莎，是你吗？”“是我，爸爸。”莉莎的眼泪再也止不住，她突然变成了一个娇弱的小女孩。“太好了，你没事就好，这半年你去了哪里？”“半年？”众人有些疑惑，难道刚才的是时间隧道？“现在是几几年？”莉莎平静下来问道。“公元 2067 年，距上次事件

182 天 18 小时 52 分。”这次是少少回答的，他在联络上星盟总部的同时，已经完成了数据的更新。“先回来再说吧，需要我派飞船去接你吗？”星盟司令官意识到事情的复杂性。“不用，我自己能行。”莉莎说完便挂断了通信。

“我们怎么回去？”尤莉此时仍然牵着莉莎的手，虫洞发生器已经被抛弃了，飞船跃迁装置已经损坏，常规飞行的话，看这破损的机体，不知道能否坚持到最近的跃迁站。还好星盟司令素来知道女儿的倔强，不一会儿，四艘工程船和补给舰便跃迁到了星舰四周，上报了编号后便开始了维修工作。莉莎也是暗地里松了口气。“把她带下去先禁闭起来。”莉莎传唤来星舰守卫军，让他们先把伊莎贝拉关了起来。她刚才的表现过于诡异，虽然在危急关头救了全舰人的性命，但仍需要详细调查下。欧文此时也逐渐恢复了清醒，过来轻轻搂了下莉莎和尤莉后说：“先去休息会儿吧，我去了解下伊莎贝拉的情况。”

欧文随后来到了伊莎贝拉的关押室，默默地坐在她的对面，他现在脑中一片乱麻，不知从何问起。深海巨兽、古代遗迹、史前恶魔、虫洞穿越、时空错乱，全部在他脑海中盘旋往复。“你有什么想说的吗？”他随意地问道，眼前的女人既熟悉又陌生。“那是个特别的空间区域，有点像我们刚引发的虫洞，我想那是我们唯一的逃生机会，就向莉莎指挥官指出了。”伊莎贝拉格外的平静，答案标准老练，就像经过无数的推演及思考。“你不是伊莎贝拉。”欧文凭直觉道，作为自己的贴身助理，他和她相处了许久，自然而然生出了一种习惯和感觉。伊莎贝拉标准地微笑着，“我的脖子上还有您注射的液体炸弹呢，我还能是谁。”欧文确实能清晰地感受到液体炸弹的存在，这个事他也没有和其他人提起过。不管怎么说，她确实刚救了他们一命，换个时间再问她吧，欧文想。“给她弄些吃的，换个舒服点的地方关押。”欧文临走时吩咐守卫道。

在经历了长时间的地底跋涉和一系列变故后，放松下来的众人很快便倒头睡去，欧文醒来时星舰已经停靠在了星盟司令部的港湾里。莉莎和伊莎贝拉都不见了，想是去军部报道了，和多多确认之后，欧文便来到了生活区的咖啡店中，点了一杯浓郁的黑咖啡。

不多久，欧雅博士来了，她得知欧文醒来之后，便马上赶了过来。“我已经查看过少少的记录了。”欧雅博士道，这次的经历太过诡异，所以军部向她放开了部分少少的查看权限，“你们做得很好。”欧文不语，他现在仍然有些混乱，需要理一下思绪。“我比对了伊莎贝拉出事前后的说话习惯，她不是同一个人。”欧雅博士继续说道，“接触遗迹有什么感觉吗？”欧文深抿了一口咖啡，稍微平静了一些，“我想他们不是对我有反应，应该是你植入的那块海绵体的缘故。”“嗯。”欧雅博士也猜到了一二，“你带回来的那个遗迹操作台，我用海绵体通电试了一下，确实会有反应。”

“M 国和 S 国也都弄了一个人工智能体，从表现和算法原理上，并不比多多差。”欧雅博士道，她是这个领域的权威，各大势力多多少少会有一些交流。“那挺好。”欧文并不关心这些。“我克隆了一个自己，也植入了海绵体，不过还没有激活。”“什么！”欧文比看到远古恶魔还要吃惊，感觉自己的脑神经已经快要被欧雅博士整爆炸了，“那我不是有两个老妈了？”“什么老妈，哪里老了。”欧雅博士嗔怒道，“还没和人说过，一公布肯定就继续不下去了，老是拿你做实验也不太好，又没法拿自己做实验，还没到那一步，所以就克隆了一个自己做实验。”“还真会玩啊。”欧文想到。“你要不要来尝试帮我激活一下。”欧雅博士道。“果然还是把我算计上了。”欧文似乎并不意外，“可以说不吗？”“不可以。”“好吧。”“你准备好了就过来吧。”欧雅博士临走时说道。欧文看了一眼还没喝完的黑咖啡，突然间觉得咖啡有点苦。欧雅博士离开后，早在远处等待的麦克等人才围了过来，“我们还活着，不是吗？”麦克说道，“还拯救了全人类。”汉森和约翰一起笑了起来，欧文也被逗乐了。“是啊，活着真好。”欧文道，满头的阴霾慢慢地舒展开来了。

“活着真好。”被一同带到了军部的伊莎贝拉此时静静地看着窗外的星空，自言自语道。军方也没能问出更多的情报来。考虑到她的军功，军方准备给予她正式的星盟身份，并且移除了她脖子上的液体炸弹。但由于她的特殊经历和诡异表现，活动范围将被限定在双子星系一处富人们专门用来度假的星球上，整个星球被刻意保持在原始蛮荒状态，也是变相囚禁。临出发前，欧文等人来送她，毕竟相处了那么久，战斗过，照顾过他们的饮食起居，也当过他们的老师和救命恩人，现在又已恢复自由身。“有空来看看我。”离别的时候伊莎贝拉回头对众人说道，说罢神秘地一笑，转身上了军用穿梭机。

第十六章 古人类文明

半年前星盟星舰引发黑洞吞噬效应，直接毁灭了一个星球的事情震动了全宇宙，一时间人人自危，纷纷签订了《有限战争条约》《不首先使用黑洞武器》等双边及多边协议。近期又时常传来恶魔现世的传闻，谣传这些恶魔金刚不坏，力大无穷，迅捷如风，喜食人肉。官方一开始对民间传闻并不当回事，他们更惧怕黑洞效应，但后来一整个行政星直接失去联络，派去侦察的各类舰船无一返回，这才引起了他们的注意。据一架侥幸逃回来的穿梭机反馈，他们正是被民间传闻的恶魔所袭击，只一击就打爆了一架穿梭机，速度迅捷无比，面对星舰主炮的攻击毫发无伤。好在一只恶魔一旦占领了一个星球后，就不再移动。总计舍弃十几个星球后，暂时就迎来了宁静，只是与那些星球就暂时失去了所有联系。政客们也没有更好的解决办法，只能先舍小为大了。

欧文在房间中一遍又一遍地回看着当时的录像，分析着每一个细节，他想到了很多种可能性，但唯独想不出对付恶魔的方法。也许正因如此，才需将它们封印而不是毁灭。它们究竟是什么？为什么来到这个世界上？又为什么会被封印？欧文苦思冥想，但正如所有的考古发现一样，除了已经发现的残骸断瓦所提供的有限信息外，其他的任由学者们发挥想象力，依然揭不开历史的重重迷雾。能进行时间穿梭就好了，欧文突然一精神，我们不是刚进行了一次时间穿梭吗？虽然是向未来穿梭，但至少证明时间隧道是可行的。他迅速调出了那天虫洞的影像，仔细观察着他们进入的时间隧道，“进行图像详细比对分析。”他向多多发出了指示。“立体影像比对完成，未能识别。”多多分析了一阵后反馈道。欧文愣了一下，多维空间的事件确实很难用三维空间的方法去度量，就像你永远不可能测量出莫比乌斯环的长度一样。再次制造一个超大型虫洞的风险太大，即使冒险重现当时的情形，也很有可能一无所获。“只能再去问问伊莎贝拉了。”欧文想到，现在她已经相对安全，如果私下询问的话，可能会不一样吧。自从上次和欧雅博士谈话后，他已经确信伊莎贝拉被某种神秘力量彻底改变了。

为了不引起伊莎贝拉的警觉，欧文决定独自前往，甚至连多多都没有带，在浩瀚的宇宙中，就像凭空消失了一般。在双子星原始度假森林入口处，欧文租借了一辆普通的丛林越野车，必要的防护在欧文的后排座位上，是一把复合弓和一簇箭矢，欧文还额外要了一把木制长矛。进入森林的人不能携带除了特制的紧急求救器之外的任何电子设备，所以即使带着多多来了，也要在入口处上缴。“这里用来关押政治犯倒确实不错。”欧文边开着越野车边欣赏原汁原味的自然风光，呼吸着混合了草木芳香的清新空气，难得放松了起来。对现在的他来说，森林中突然窜出的猛虎要远比猎户座的史前怪兽更真实更有威胁，偶尔遇见的梅花鹿也要比奢华的星舰装饰更有生趣。难怪那些星际富翁们会在这里流连忘返。

行驶了两天左右，看到一头野猪在远处啃噬着野果，欧文突然来了兴致，背着弓箭手持长矛悄悄掩了过去，弯弓搭箭瞄准射击一气呵成。由于现代人大多不知道如何使用冷兵器，为了不至于影响丛林探险的乐趣，星球管理者悄悄地在每支箭矢上安装了自动追踪器和隐蔽推动装置，基本可以确保百发百中以及一击毙命，同时能有效防止误伤。越野车也换上了几乎无限动力的反物质引擎，求救器集成了自动屏障展开功能，确保了使用者最基本的安全。野猪嗷的一声应声倒地，身上插着两支箭矢，一支从左眼贯入，一支从右眼贯入。“难道箭矢还有分身功能？”欧文正疑惑间，远处一名身穿兽皮的少女一手荡着藤蔓，一手拍着小嘴，模仿着人猿泰山嗷嗷叫着，轻巧地落在了野猪身边，随后右手一抖，就将藤蔓收回了手腕，显然也是高科技产品。她丝毫没有想到周围会有其他人，看到野猪头上两支箭矢也是愣了一下，随后扭头向欧文的方向看来，看到一身探险家打扮的欧文倒也不怕生，噘起小嘴道：“猪是我的。”欧文被闹得没脾气，一个征战四方的机甲战士，竟然被误以为要和小女孩抢一只猪，也不知该如何回答。小女孩见他不答话，还以为他也想要这只猪，“罢了罢了，就送给你吧。”小女孩故作大方道。欧文这下更是不知如何回答了。小女孩说罢，再次抛出了藤蔓，不再理会欧文，叫着又荡了出去。“小孩子果然活力足。”欧文自言自语道，慢慢上去把两支箭拔了下来，只见女孩的箭上有一个家族标志，看来是这里的常客，已经有专属装备了。

慢慢地走回越野车，没想到车顶上坐着一个小孩，正是刚才身穿兽皮的小女孩。还没等他开口，女孩就问道："我的野猪呢？""野猪要来干吗？又不好吃。"欧文哄道，他自然不会扛着那几百斤重的野猪回来。"不管不管，你得赔我一只野猪。"小女孩撒娇道，浑然忘记了刚才已经把野猪送给了欧文。"好吧好吧，待会儿看见了再打一只给你。"欧文拿小女孩也是没辙。女孩显然也不是真的想要刚才的猎物，可能是一个人玩腻了，想找个伴一起，便一溜烟地钻进了越野车，理所当然地当起乘客来。一路上女孩唠唠叨叨地说个不停，欧文也大致听出了她的来历，是陪着父母一起过来看望爷爷的，她爷爷就住在东边五百公里远的庄园中。欧文忍不住又看了一眼她的兽皮和藤蔓，五百公里，不会是用这玩意儿荡过来的吧。"我爸爸送我来的。"小女孩显然也猜出了欧文在想什么，"待会儿他还要来接我回去，所以你要赶快打一只野猪赔我。"欧文有种抢了小女孩棉花糖的感觉，他可不想被女孩的父亲误认为抢了小姑娘的猎物，方向盘一转，开始认真搜索起猎物来。

"那里有脚印。"女孩指着一片泥潭道。显然这不是她第一次打猎了，狩猎经验颇为老道，远比欧文这个机甲战士强。欧文也就乖乖地跟着她的指引一路追踪而去，好在换成了反物质引擎后，越野车除了偶尔擦碰到树枝外，几乎没有了噪声，不然再多的野兽也是要被吓跑的。“还有粪便，看上去很新鲜，不过我不是很喜欢粪便，你要不要去尝一尝？”小女孩呆头呆脑地说道，品尝一下确实更容易分辨新鲜程度，以辨明野兽离开的时间，不过欧文马上拒绝了。很快两人追踪着脚印来到了一处湖边，湖岸边有几只野牛在悠闲地喝着水，看来是他们此行的目标了。“快点搞定收工。”欧文想到，拿上弓，背着箭矢和长矛就向野牛猫腰而去，他对箭矢性能还不熟悉，不敢离得太远发射，万一惊吓到了野牛，又不知要追踪多久了。小女孩则是一伸手，敏捷地荡到了一边的大树上。“藤蔓玩得还挺熟。”欧文瞥了她一眼，心里想到，隐隐觉得有些不对劲，又转头看了一眼，顿时吓了一大跳，全身寒毛倒竖，女孩身后，赫然是一只花豹，看着送到嘴边的“美味”，已经开始匍匐着在树枝上向女孩靠近。女孩还一无所知地荡着脚丫子坐在树枝上，准备看欧文狩猎野牛。欧文肾上腺素急速分泌，不由细想，一箭就朝女孩身后射去，企图惊吓野兽，然后飞快地去抽第二支箭，同时向女孩方向跑去。突然间降下三道黑影，一道黑影劈落了他刚射出的箭矢，一道黑影将花豹斩为两半，一道黑影出现在女孩身边环顾四周，女孩似乎一点也不惊讶，看着旁边出现的黑影道：“你们怎么出来了，他不会伤害我的。”然后转头看到了那只花豹，似乎有点被吓到，拍了拍小胸脯又说道:“还好还好，差一点就被这只小猫咪抓到了。”欧文则是拿着刚准备发射的第二支箭停在了原地，已然明白了是怎么回事，向着黑影歉意道:“对不起，没注意到那只花豹。”黑影们刚才全都看在眼里，向他略一点头后，就又消失不见。经此一战，欧文也没了猎杀野牛的兴致，指着那只花豹向小女孩道:“要不拿他赔你吧？”女孩眼看保镖已现身，角色扮演已经有点玩不下去，就点了点头，向着空气道:“我们回去吧。”又对着欧文说，“谢谢你，后会有期哦。”然后便突然和花豹尸体一起消失不见。这时湖边一条鳄鱼突然露出水面，一口咬向欧文脚踝，求生装置瞬间开启，一道能量屏障护住了全身，任那条鳄鱼如何使劲也不动分毫。“去。”紧接着被没好气的欧文一脚踢开。

又驱车行驶了三天，欧文终于来到了伊莎贝拉的临时居住地，她此时正在晾晒各种动物肉干，头上戴着刚采摘的花环，生活颇为滋润。看到欧文到来，她一点也不惊讶，很平常地说道:“你来啦，先进屋坐坐吧，我弄完这头狗熊就来。”欧文也是见怪不怪，长时间的驾驶也确实有点疲惫，径自向木屋走去，屋内装饰颇为豪华，充满了现代气息，空间也十分宽敞，惹得欧文不由地又重新走到屋外看了一眼，“这伪装得也太好了。”感觉内部空间要明显大于外面看到的小木屋，也不知是如何做到的。自己倒了一杯茶，欧文坐到了一个太空舱中，太空舱自动开启了按摩程式，鸟语花香，十分惬意，旅途疲劳一扫而空。

等一个疗程结束，伊莎贝拉已经收拾停当，换了一身蓝色长裙坐在客厅里，正是欧文第一次替她挑选的那件，没想到被她做成了实物。

“怎么样，我记得没错吧？”伊莎贝拉起身转了一圈，裙摆随身起舞，甚是飘逸。“很适合你。”欧文道，两人似乎又回到了那些朝夕相处的日子。“我再去倒点茶。”伊莎贝拉端起茶杯就向厨房走去。“不用，我自己来就好。”欧文赶忙推辞。伊莎贝拉转身向他一笑，又继续向厨房走去。回来时，给自己也倒了一杯。两人坐在沙发上，对视了一会儿。“你知道我要来？”欧文首先说道。“大概吧，不来也没关系。”伊莎贝拉道。“我有很多疑问。”欧文准备切入正题。“你说吧。”伊莎贝拉似乎早就准备好了。“你是伊莎贝拉吗？”欧文问道。“我既是也不是，我有着伊莎贝拉和原来自己的双重记忆，略微调整了这具身体的初始设定，使其更符合原本的我。”伊莎贝拉解释道。“从什么时候开始？”欧文抛出了一个半开放式问题。“深海那次我就开始潜伏了，我和朋友们被你放了出来，我进入了伊莎贝拉的身体继续休眠和调整，后来到了白矮星，被能量波再次激活，改造的准备工作也差不多了，就合二为一了。”“你们是谁？“欧文突然有很多问题想问。“我们是古代的反抗军，不接受思想被同化，因此把自己封印了起来，那两块海绵体就是来同化我们的。”“其他人呢？”欧文继续问道。“他们有一部分觉醒当天就融合了，并且侵入了你们的机甲，然后启动封印地的传送装置离开了。融合得太快的话，对于初始设定的修改可能就不完全，不过事急从权，总有些人要牺牲一些。”“那些恶魔也是你们封印的？”“不是，恶魔是元一的降临体，本身是没有自主意识的，肩负着保卫实体的作用，所以很强大。”“元一？”“对，就是想同化我们的人，所有人都被他同化了，变成了一大块超级海绵体，就是你们在深海看到的巨兽那种样子，不过我们认为那样不妥当，我们还是希望能保留有自己独特的记忆和意识，反抗军就是这样组建起来的。”“元一后来怎么样了？”“不知道，我们被封印后就陷入了休眠，不过从现在的情况看，应该是如我们所预料的消亡了吧，太过单一而且没有目标，不知不觉就消亡了。残存的海绵体上也确实没有了他还存在的迹象，只有一些以前的记忆。”“这么说，那些怪兽是这个超级大脑的身体？”“元一是不需要身体的，封印着的更像是他的机甲。”“为什么那些怪兽会攻击人类？”“因为以前还保留有人的形态的基本都是反抗军，同化后身体就销毁了。”“它们会一直杀戮下去？”欧文有些担心地问道。“我想不会吧，它们目前只是激活了主动区域防御机制，当周围失去目标后，就会自动陷入休眠，毕竟这次元一并没有降临。”“所以不攻击是消灭它们的最好方法？”欧文再次确认道。“是的。”“看来这次政客们确实干了件好事。它们还会被再次激活吗？”“有可能，目前来看你和反抗军都有这样的能力，但反抗军肯定不会主动去激活它们的。”“有什么办法把它们彻底消灭吗？”“没有，至少我们被封印的时候没有，黑洞也只是困住它们而已。”“那是谁把它们封印在那里的？”“它们不是被封印的，那里是元一的一处生化装甲存放地，那个水晶球装置是个通用的设备，就像你们的键盘一样。”伊莎贝拉纠正道。看来之前都理解错了，“这么说宇宙中还有许多个这种星球？”欧文问道。“可能吧，元一的事情我们也不太清楚。”伊莎贝拉回忆了一下之后说道。“他们去哪里了？你的同伴们。”“他们重获新生后享受自己的生活去了，毕竟被封印了那么多年，想重新体验一下生活也是很正常的。”“还能找到他们吗？”欧文问道。“我们都不想被再次打扰，我是专门留下来做接头人的，现在看来任务快要完成了。”伊莎贝拉有点如释重负地说道。“那串符号是什么意思？”“那是他们留给我的接头方式，因为我当时还在休眠，就放到了你脑中的海绵体里。”伊莎贝拉笑道，“还有什么想问的吗？”“有，需要先休息一下吗？”欧文试探着问道。“不用，你说吧。”伊莎贝拉微笑着说道，似乎有种解脱的感觉。“你会帮助人类升级吗？”欧文想了想说道。伊莎贝拉脸色略微沉重了一些道：“不会，灭亡的道路我不想再经历一次，哪怕最终仍然无法避免，至少我们不应该成为罪魁祸首。”伊莎贝拉的话里透露出许久之前的惨痛经历，那必然是一段极为黑暗的历史。“待会儿我就会启动自我记忆封印功能，除了今天告诉你的之外，我就都不会记得了，以后也不会承认，就让我好好地享受和伊莎贝拉的新生命吧。不过在此之前，我会留给你一份礼物，你可能已经接收到了。”欧文凝重地看着这个大他不知道多少岁的长辈，他尊重她的选择，并不能为了一群人的利益而牺牲一个人的利益。“时间隧道是怎么回事？”欧文追问道。“那个有点复杂，一时说不明白，你们以后自行研究吧，简单来说就是主动地改变周围物体，我带你们去的其实是一个能量奇点，就像冰箱能延缓食物变质一样，并不是时间隧道。”欧文还想再问，被伊莎贝拉打断了，“好了，就到这里吧，我要休息了。”欧文便不再询问了，这是对眼前古人类的尊重。伊莎贝拉走到太空舱中，最后向欧文说道：“这是一个基因修复装置，我会用它永久封印自己的部分记忆，然后装置就会自毁，刚才设定的是永生程序。”说罢就关上了舱门。欧文一下愣在原地，看来按摩不能随便做。

没等伊莎贝拉出来，欧文便离开了，他没准备好面对重生后的伊莎贝拉，也不想再打扰她的宁静。“她应该已经安排好了一切吧。”欧文边开车边想。

第十七章 AI 叛乱

再次回到天鹅星系，自然是被众人一阵数落，看到他平安无事也就各忙各的去了。

安稳了没多久，前方传来战事，似乎颇为紧急，S 国人工智能突然叛乱，整个势力范围几乎一夜变天，到处是人间炼狱，兆亿计的人口被以各种方式屠杀。面对如此反人类的行为，各大势力纷纷放下成见，集中一切武装力量进行征讨，如果不在第一时间剿灭，天知道是否会一夜之间降临到自己头上。当 AI 开始真正觉醒的时候，一个新的文明时代就被开启，凌驾于时代之上的智慧体只能征服或是毁灭。但能对付 AI 的，就只有 AI，正如能对付枪炮的，就只有枪炮。AI 的形成方式多种多样，从底层架构到迭代训练，各有不同，自然也会分为亲人类的和反人类的，以多多为代表的学习型 AI 一直以模仿人类行为为自己的终极目标，亲人类的可能性就大一些。S 国人工智能是采用随机进化算法自主产生的，从石头里蹦出来的孙猴子难免要大闹天宫一把。

各国怕被传染，都直接切断了星际网络，准备物理消灭，一劳永逸。在 AI 掌控的星际舰队武力威慑下，配合地面全覆盖式防御体系以及全景信息视图，在同一时间发起精心设计的闪电式突袭，S 国基本无人能够幸免。对于可能存活于独立避难所的幸存者，以小分队的形势展开定向排查救援即可。

各大势力无数星舰浩浩荡荡地出发，面对这种惨绝人寰的行为，战士们无不摩拳擦掌，恨不得直接上去拼刺刀。前线已经开始激烈的交战，首先是离得最近的 L 国，两国平日多有往来，部分家庭分居两国工作，此次被殃及的人，有许多都是 L 国的亲人。L 国已经组织了许多敢死队深入腹地展开救援行动，偶有成功的，被媒体大肆宣传，催人泪下。从返回人员的情报看，各类机械都已被重新编译了驱动程序，加装了远程控制模块，是一场精心准备蓄谋已久的机器叛乱。

AI 所表现出的整体协同性和局部精细操作给战盟带来了不少麻烦。战盟的其他战舰陆陆续续赶到 S 国境内，开展了全方位攻击，天鹅星的众人自然也不例外。

此时欧文、麦克、安娜、汉森、约翰各自驾驶着一具略作个性化改装的特战机甲，正率领机甲战队实施星舰登陆作战，从防御相对松懈的居民区作为突破口。也有一些敌方机甲躲在居民区内对战队实施突袭，不过并没有造成太大损失，毕竟己方有多多护卫，不遑多让。

“炮火守住右边阵地，左边随我突击。”麦克大声叫喊着，此时大部分人都已被震得头脑发蒙，只有大声叫喊才能有所反应。我方大部分机甲已经只剩核心的坦克模式了，机甲四肢大多被打残打飞，部分只剩下单兵战斗人员的编队在居民区中继续搜救工作，顺便摧毁一些小型攻击机械，无人愿意退却。舰桥对面还剩下一些奇怪的装置在负隅顽抗，看上去都是平日里居民区用的生活设备，在 AI 加持下，也各自发挥着独特的杀伤力。猛冲向前的麦克满腔怒火把狠命吹着热风的空调一刀劈成两断，周围的其他机器依然不畏死地冲了过来，被拆墙铁锤一下锤倒在地的麦克瞬间被各类机械包围了起来。

过了许久，麦克的机甲才被欧文一把拉了起来，看来战斗已经结束。“你没事吧？”欧文问道。“没事。”麦克依然不太适应眼前的荒凉景象，操作台上的移动探头还在狠命砸着已经控制了局面的机甲战队，但很快就被坚硬的机甲外壳反弹伤害爆裂，冒出一阵电火花。“快抬上来。”欧文对四名身穿外骨骼装置继续作战的陆战队员道。四人抬着一个一立方米左右的装置迅速来到了操作台前，一把拔下了刚才已经被砸爆了的探头，从里面抽出几根光缆连接到装置上。这是欧雅博士吩咐的，可能是想在敌人内部散播病毒或是开展算法战，采用物理连接的方式更为直接有效，而且不会被反噬。装置闪烁了一阵后，操作台突然冒起了火花，然后整艘星舰陷入一片黑暗。如此庞大的机体要自爆是不太可能的，但是电路自我烧毁还是能做到的。看来装置有一定作用，不然敌人也不会主动放弃这艘星舰了，欧文想到。

离战场最近的一处星球也在进行着激烈的战斗。一艘星盟的登陆运输船穿过重重炮火降落在一处地面设施，迅速释放载具建立临时防御阵地，一台机甲一马当先，七下连续的斩击干净利落地摧毁了正在攻击附近避难所的两台无人机甲，“快。”避难所内的居民迅速打开厚重的大门，快速登上了运输机，远处大批无人武装机正在快速接近。望着密密麻麻的机群，身经百战的雄狮队长也有些无力，只能救得一个是一个了，他下意识地紧了紧手中的剑。

战盟大部队依靠数量优势迅速扩大着战果，但由于需要对已经占领的星球进行覆盖式打击，以防止星球上的 AI 系统利用各种生产设施制造战争机械，难度加大了不少。很快，星盟携带的能量和弹药就已经见底，需要不时返回补给，一来一回耗时耗能甚巨。S 国 AI 利用这个喘息时机，重整旗鼓，一时间陷入了僵持战。各国也尝试过集中兵力直接对 S 国首都进行突袭战，但在武装到牙齿的主星防御火力和迅速回防的星舰集团军内外夹击下，迅速败退。

正当各国统帅一筹莫展之时，有人提出了驱狼逐虎之计，引导潜伏在七大星球的恶魔前去攻击 S 国，众人纷纷叫好，但机甲一旦接近立马就被撕扯粉碎，又如何引导？也有人提出以退为进之计，主动放弃七大星球与 S 国之间的星球，从而使得恶魔与反叛 AI 直接接触，但牺牲之大，让人不由踌躇不决。“让我去吧。”从莉莎口中听闻此事的欧文道。“你疯了？”莉莎说道，“你又不是没见过那些恶魔，上次好不容易逃回来。”“这样下去不行，多多还无法与 S 国 AI 正面抗衡，机械军团的疯狂不是现在的人类所能匹敌的，如果有机会阻止这次浩劫，我必须去试一下。”作为脑外挂强化人的欧文对这场战争的理解比任何人都要深刻。“你要怎么试？”莉莎声音已经有点沙哑，近乎嘶吼，她知道欧文的脾气。“放心吧，即使成功概率很小，为了整个人类的亿万生命，也值得去冒这次险，不然我会一辈子愧疚的。”欧文沉默了一会儿，看着莉莎柔声说道，“终止这场灾难后，我就回来娶你，如果我回不来，那也是我们的宿命，我们背负着大义，你无须为我伤心。”说罢便离开了，莉莎满脸泪水地瘫坐在地，猛然间再也控制不住地失声痛哭，英雄儿女又何尝没有悲欢离合。上次是打算一同赴死，还好受一些，这次却是真正的诀别，那个从小相识的身影将像英雄一般去拯救世界，独自担负起这份重任，文明或将得以延续，个人的英勇或将广为传唱，但此生可能再也无法相见。多少人的梦想实现时，才知道失去的更多。

欧文离开指挥室后，独自驾驶着一架宇宙穿梭机，快速飞往七个被封印的星球。“你打算怎么做？”多多问道。“你帮我放大脑信号，我引它们过去。”欧文道，他也没有太大把握，但伊莎贝拉曾说过他与古代机甲有着特殊的联系。多多复杂地看了欧文一眼道：“我能理解你。”“你果然很像人类了。”欧文夸奖道，“帮我照顾好莉莎他们。”

很快，穿梭机就跳跃到了最近的一处封印星球，在目前已知的安全区域边界处，欧文停了下来。“这是穿梭机到达过的没被攻击的最近位置了吧？”“是的。”“那我们开始吧，也不知那台机甲藏在了哪里，待会儿可能需要环绕一下。”欧文说道。多多打开穿梭机上的电磁干扰装置，将频段与欧文脑电波同步。欧文将注意力集中在脑中的海绵体上，用意识重复发送着S国主星的坐标，很快，一个恶魔便蹿了出来，笔直向着远处飞去。“看来成功了呢。”欧文有些意外地道，他也没料到会这么简单，“分析机甲，就是恶魔前进方向。”欧文还想再确定一下，以免信号被恶魔理解错误。“方向正确，以刚才的速度大约一年后抵达S国主星，但不排除期间可能加速。”多多回答道，他并不具备跨宇宙追踪恶魔的能力。“好吧，只能期望它能及时抵达了。”欧文说道，尽人事而听天命，他对曾主宰宇宙的机甲还是有一定信心的，哪怕是只激活了躯壳和基础防御程序。

“前往下一个星球吧。”欧文道。“要不要先看下结果。”多多这次竟没有直接执行欧文的命令。欧文知道他在想什么，毕竟多多就是学习自己成长起来的。“一台机甲可能不够，说不定还没等它打完，人类文明就已经被毁灭了。”他看多多还是没动，继续解释道，“能成功一次就能成功第二次，怕什么。”多多不再多说什么，开始跃迁。“这些是古代机甲，没人攻击它们就会自动停止攻击。”跃迁过程中，欧文向多多说出了破解之法。第二个星球同样十分顺利，然后是第三个、第四个、第五个。“星盟已经有人报道此事了，S 国内部出现了不正常的骚乱，大批战舰正在向腹地回撤，根据远程探查装置，确认是有恶魔降临了。”多多反馈道。莉莎也发来了通信，让他早点回来，计划已经奏效了，但怕影响他的行动，没有进行视频通话。

“还有两个就好。”欧文抑制住内心的波动，准备继续扩大战果，如果能连带一起将恶魔的威胁也解除就更好了，毕竟这些恶魔是自己无意中释放出来的，虽然无人责怪他，但回想起当日的场景和因此受到牵连的无辜人们，他始终无法平静和释怀。深知古代机甲恐怖的他总想着有朝一日能独自解决这个自己惹下的麻烦。欧文边想边习惯性地操作着穿梭机，一阵跃迁到第六个星球附近后，还未来得及关闭跃迁裂口，突然窗外出现一个瞬影，然后周围急速旋转起来，眼前的星球被连成了一片光幕，五彩斑斓的煞是好看，绚烂中隐隐笼罩着一层红雾。“这是怎么了？”欧文想着，但感觉自己的身体并没有跟着一起转动，旋转慢慢停了下来，周围的景象慢慢清晰，宇宙也恢复了一片漆黑。然后便看到了一个赤身双翼、头有双角的大恶魔矗立在前方，背上有两个粉色的新生肉突，看上去是进化了，旁边是刚被打出了一个大洞的穿梭机，还有自己的大半截身体。“是个大恶魔呢。”欧文想到，意识开始逐渐模糊，他最后拼命尝试着向恶魔发送了一下坐标，但似乎没有成功，恶魔并没有动。看着眼前展开的蓝色光盾，是紧急求生装置产生的护盾，此刻护盾内壁已被鲜血浸没，勉强包裹着内脏不从断口中涌出。“还真是挺好用呢。”欧文想起了那天咬他的鳄鱼，还有那个“哦哦哦”叫的小姑娘，和伊莎贝拉最后进入太空舱时的笑容，然后就陷入了一片黑暗。

大恶魔消失后，多多重新启动了穿梭机，用刚被打出的大洞兜着欧文上半截身体缓缓驶离，他已经检测不到欧文的任何生命特征了，大恶魔一直等到他完全死亡才离去。多多知道会有人不顾一切地来救欧文，哪怕只是尸体，在这个范围内没有人能够从恶魔的攻击中生还，所以他要先拉着欧文离开。当麦克等人跃迁到了多多预先发送的坐标时，看到远处的穿梭机载着一具血肉模糊的尸体缓缓驶来，莉莎等人紧捂着嘴巴，泪水决堤般涌下，拼命睁大双眼望着远处不断靠近的欧文。麦克忍不住，驾驶着机甲去把穿梭机拖了过来，并向欧雅博士等人也发送了欧文阵亡的消息。向战友的家人报告死讯总是一件很难受的事情，何况这次是欧文。欧文的父亲也难得出现了，是一个极为精壮的中年人，此时双眼十分黯淡，众人围绕在放置欧文尸体的桌子周围，安静地行着最后的注目礼。莉莎已经无力站起，被尤莉搀扶着坐在旁边不停地抽泣，欧雅博士也止不住泪水轻轻抚摸着欧文的头发，多少次，她就这样哄着他入睡。“一旦踏上了星辰大海，就再也没有回头路了。”欧文的父亲欧云想起了这句军队中的名言，也许，这就是儿子最好的归宿。

第十八章 英雄归宿

三个月后，S 国所有机械力量都在恶魔的反击下彻底沦陷，恶魔对于 AI 类型的敌手似乎也有一套完善的应对方案。而联盟通过多多提供的情报，刻意切断了与恶魔的一切联系，使得余波并未扩散，一场浩劫得以平息。在欧文出生的地球，星盟为他举行了最隆重的葬礼，各国主要首脑都出席了，整个过程被全宇宙直播。“他是一名优秀的年轻人。”星盟司令官代表发言道，“他用生命拯救了整个人类，我代表全宇宙活着的人们，以及那些因此次浩劫失去了生命的人们，向他致以最高的敬意。”莉莎此时头上披着黑纱，手上戴着欧文送给她的戒指，站在欧雅博士旁边。尤莉则陪在父亲身边，也是一袭黑纱。安娜和麦克等人，被安排在非首脑区域的最前排。听到司令的话语，众人都低下了头，开始默哀致敬。一分钟后，司令继续道:“我在此代表宇宙联盟宣布，追封欧文上尉为第一位全人类英雄。”热烈的掌声响起，莉莎也噙着泪为他鼓掌，从那间小小的维修厂到特战队的机甲战士，到天鹅星系总装备长，直到最后看着他驾驶穿梭机独自离去，过往的一幕幕在莉莎脑中回放着，她更用力地鼓起了掌，以避免自己的情绪再次崩溃，“这是属于他最荣耀的时刻，我不能失礼。”欧文被葬在专门为他修建的英雄烈士陵园，这里记录着他的生平，都是多多提炼的他生命中最精彩的镜头，以供后人瞻仰。

莉莎等人时常来看他。一晃三年，这日，莉莎等人手捧着鲜花，在他的纪念日里又聚在了墓前，哀悼完毕后，大家坐在台阶上叙旧、聊近况。“这次任务十分凶险。”莉莎对安娜说，她已经进入星盟军部高层，消息比较灵通。“没事，什么没经历过，大不了下去陪他。”安娜一脸无所谓。尤莉赶忙捂住了她的嘴，“别瞎说。”上次S国战役后，由于星盟功劳居首，分到了近一半的星系，由尤莉掌管，灾后重建这三年让她消瘦了许多，各星球间现在已经不允许直接网络连接，各项事务都需要亲临指挥。通过对虫洞发生器的深入研究，人类已经初步窥探到了反物质世界，那是一个与现实世界截然相反又处处相似的世界。但最近一次使用虫洞发生器时，与反物质世界的隔阂竟然被无意打通，宇宙联盟维持着这个虫洞，并已决定组成多国联军前往探秘。由于衍生虫洞并不大，空间也不是非常稳定，因此只能先派遣小范围侦察部队。已接任天鹅星系防务长的安娜则自告奋勇申请参加，主要负责保护同行的各领域研究人员，建立临时基地，维持通信等任务，不过对于一个底层规则都完全不同的世界，计划往往赶不上变化。

三人闲聊间，多多突然拟态出现。自从欧文离去后，多多就一直被莉莎带在身边，和少少组成了一队，但由于怕影响多多关于欧文的记忆，所以性别参数一直没调整。“怎么了？”莉莎问道。多多不答，很是反常。莉莎等人循着他的目光看去，正是欧文的坟墓。“我知道你也很想他。”莉莎转头安慰道。但多多依然盯着那座坟墓。众人都有些奇怪，围着坟墓排成了一圈。“是哪里不对劲吗？”娜塔莎问道，麦克赶忙做了个手势让她先别说话。一道裂缝突然出现，莉莎一下瞪大了双眼，紧接着又是一道裂缝，众人都不淡定了，但都没有后退，看着陵墓不断向外鼓起，随后砰的一声炸开。烟尘未落，三名女子已经冲了上去，麦克等人也都禁不住往前跨了一步，多多的拟态随手生成了几道临时屏障帮众人挡了下石子。“也不知道躲一下。”他是最早察觉到异样的，因此并未惊慌。

这三年来，每次莉莎过来悼念，他都会扫描一下埋在地底的欧文，很奇怪的是尸体一直没有腐烂，而且断成两截的身体有愈合迹象，但由于一直没有生机，也没有脉搏和呼吸，他自然不会说什么。直到刚才，莉莎说到“凶险”两个字时，坟墓内的尸体突然动了一下，依然没有呼吸和脉搏，也没有生机，所以多多拟态出现，但又不知说什么。后来又说到“陪他”的时候，已经连成一块的尸体颤动了一下，即使仍然没有脉搏和呼吸，多多也知道他复活了，甚至能接收到他无意散发的脑讯号。然后就是一阵捶打墓穴后，破土而出。莉莎三人看到有东西破土而出，没来得及细想，就已经扑了上去，说不定真的是他回来了呢。

欧文看了看自己，又看了看周围，和煦的阳光下一张张熟悉的脸庞，绿树和青草处处散发着生机，洁白的水泥地面反射着阳光略微有些刺眼，一片宁静祥和，瞬间和多多取得了意念连接，一个念头间已经知晓三年来发生的事情，又感受了一下自己的身体，说道:“我不是僵尸。”“环境拟态，封锁一切消息。”尤莉并不理会欧文的解释，她可不允许全人类英雄尸变的消息传出去，死而复生也不行。“你有点像恶魔。”多多用各种仪器观察了一下，用意念和欧文沟通道。欧文看了看自己的手臂，和记忆中的恶魔比对了一下，好像是有点像。随后一拳击在自己的墓碑上，很疼，墓碑也只是裂了一小块。看来只是有点像而已。

三人看他开始自顾自地活动，以及触感着实一般，便打量起他来。“是他。”尤莉鉴定道，安娜则迅速上前在脖子、胸口、手腕处测了一下脉搏，又试了一下鼻息，十分专业，“已经死了。”话音刚落，连自己都感觉好笑。“你真的没死？”莉莎最后问道。欧文也有些怀疑，又试着活动了一下，也摸了摸胸口，“好像刚活，其他都正常，就是没了心跳和呼吸，有点不习惯，皮肤也粗糙了很多，需要保养。”莉莎翻了翻白眼，“拟态后带他离开，暂时封锁陵园。”莉莎恢复了干练。“是。”麦克顺势走上前来，借机拍了拍许久不见的欧文，查看了一下他原来的伤口，都已经愈合了，从触感来看，应该是被彻底改造了，躯体只保留了人类的外形和仿真皮肤，脑子估计已经被海绵体同化了，好在思维和记忆还正常。“真是神奇，你可是我亲手埋的。”麦克说道。“要不要通知欧雅博士？”麦克请示道。“直接带他去吧，坐我的快速穿梭机去。”莉莎很干脆，顺便把多多还给了欧文。汉森开始了清场行动，约翰则远程呼叫来一台无人穿梭机，他知道莉莎此时需要尽快去军队总部当面汇报。尤莉和安娜一犹豫，跟上了麦克和欧文。

时隔三年，欧文再次回到了欧雅博士的实验室，看到一个“自己”正在协助研究，有些哑然失笑，她果然复制了一个儿子。欧雅博士看到他也愣了愣，得知了事情的经过后倒是很快接受了，“那是克隆的，没有你的记忆。”她看着儿子解释道，“你在妈妈心中，永远是唯一的。”

欧文又转头看了看培养皿中等待被激活的欧雅博士克隆体，想起了元一、恶魔机甲和伊莎贝拉反抗军，不禁有些沉重。

第十九章 传承

正在实验室与众人愉快交谈时，欧文脑中突然传来了一阵呼唤，他的思绪不自觉地循声而去，瞬间便如同整个被吞噬一般，被扯进了另一个世界。那里鸟语花香，一片祥和，他全然忘记身在何处，只知此时此景。空间中似乎有无数的人，又似乎空无一人，一转念间，他似乎明白了那里的所有规则，便如与生俱来知晓的一般，但当他想进一步探索时，又如陷入空洞般毫无思绪。他暂停了无谓的思索，开始遵循着已知的法则探索，他首先要决定的是，应该选择一个单人世界，还是一个多人世界，是一个已知确定的世界，还是一个不断随机构建的世界。当他陷入迷茫和无助时，便会有一阵似有似无的波动传来，他的记忆库中就增加了相应的知识，而又不至于太多。

一转念间，他又回到了那个被恶魔攻击的时刻，他驾驶着那架宇宙穿梭机，正结束跃迁出现在第六颗星球的外围，他原本要故技重施，用意念指挥恶魔前去攻击S国，但一阵恐惧突然袭遍全身，似乎他所爱的一切瞬间就将离他而去，所有的欢笑和信念一瞬间都将化为乌有，不，他不愿意让这恐惧成真，他不想失去所有。恶魔袭来的动作忽然极速放慢定格，只见两个新生的粉红色肉突制造着引力波，极大地加速了恶魔的移动速度和范围，使得原来的安全距离测量失去了效用，巨大的魔爪正挥舞着向驾驶舱击落，不，不要！欧文抱着头蜷缩成一团，恐惧化成了黑暗笼罩了他全身。就这样不知过了多久，他缓缓地睁开眼，驾驶舱内只有他自己，窗外的恶魔已经不见。这是怎么了，发生了什么。“恶魔刚才突然向S国飞去。”驾驶舱内的多多说道，“你又成功了一次。”欧文脑中一片空明，原本应有的喜悦此时却浑然不见，一种说不出的模糊感笼罩着他。朦胧间，他又回到了那片鸟语花香之地。“混沌体验结束，将开始拟真模式。”他脑海中又收到一丝意念。突然周围开始真实起来，他闻到了花香，感觉到了丝丝清风，听到了溪水的声音，一切不再似梦境，变得越来越清晰了，他甚至能够蹲下来用手在花朵上掠过，感受那丝般的柔软。但他依然有些无法回忆过去，似乎被什么阻断了一般，他需要尽快做出下一次选择。“那就这样吧。”欧文很快便用意念做出了选择，他并不能完全知道自己的选择是什么，他只是做出了选择，选择所对应的信息过于庞大。

经历了无数轮回后，欧文又回到了身体中，旁边是安娜的笑脸。“怎么了，是太冷了吗，还是饿了？”欧雅博士看到欧文原本微笑的脸色有些变化，询问道。庞杂的记忆再次向他涌来，看了一眼实验室的挂钟，似乎只过去了一秒，“我也不知道还能不能吃东西。”欧文道，惹得众人一阵欢笑。“听说你要去反物质世界？”欧文问安娜，“那里很好玩。”欧文也不知道他为什么会知道。安娜微笑着看着他，并没有想太多。欧文脑海中再次传来一丝意念，仿佛只要自己希望，就能再次进入混沌，可能这就是真实世界与混沌对他来说的唯一区别吧。

第二卷　星际游历

骑士盔甲

第一章 灾后星球

第一节　混沌初开历人间

自从欧文回归后，时不时便神游，回过神来又什么都记不清，仿佛本体与灵魂脱离了一般，外加身体构造又十分奇特，欧雅博士好奇不已，动用了在星盟的诸多关系，才最终力排群雄，以亲生母亲加研究院院长的身份获得了十年独家调查权，受到星盟军方的保护。欧文对这个结果十分满意，毕竟被母亲插管子、通电、抽血，总比被外人实施强，除非自己想脱离星盟，不然配合调查这一遭是躲不过的。

无聊之时，欧文也会时不时地连接外域探索奇遇，虽然已经经历过无数次各种奇幻境遇，但新奇总是层出不穷，而且由于定期清零机制，使得这种探索并不会腻，相比电子游戏可是有趣许多。这种情况下，多多就显得有些多余了，研究有欧雅博士的超级克隆辅助，算力和知识库储备远超多多；日常陪伴已经有了外域神秘连接，生活起居则是简单到了极点。欧文简单盘算后，准备屏蔽多多自我复制的功能，让多多代替欧文外出游历一番，路上诸多见闻也可以给欧文无聊的实验室生活带来不少现实的乐趣。欧文召集众人商议，莉莎说："多多已经有了人类的思维逻辑基础，但他的潜力远不止如此，机械的无限存储和强大运算能将人脑的潜能充分释放。将这股力量应用在社会的各个领域，可能会带来意想不到的飞跃。""不仅是生产力方面，在思想领域的进步可能会超越人类的先知。"尤莉补充道。"更广泛的游历也能检验实际效果，保持实时沟通就好。"欧雅博士说道。这事就在众人的商议下，报军委同意后秘密启动了。

为了这次外出，欧雅博士也是准备充分，这是她研发的人工智能首次独立外出游历，即使经历了多年的陪伴式模拟训练，依然存在许多未知，机械智能是否真的能融入人类社会，多多的这次游历也许能给出答案。鉴于上次人工智能带来的星际灾难，这次出游自然也经过了严密的军方审核，限制了许多功能，并且对外界严格保密，以免造成不必要的恐慌，或是不必要的麻烦。由于有幻化拟态功能，机械身体并不会带来太多不便，得益于量子纠缠共振电池，能源也不是问题，而且日常都是在旅行车中，配备有各种维修部件和通用设备，特殊情况下也能及时得到当地星盟官方的支援，生存具有一定保障。为掩人耳目，多多改名叫星云，全副武装开启了星际之旅，探索人工智能在世界上新的存在方式。

首站是刚被反叛的人工智能摧毁、灾后重建的S国首都，那里残留了各种机械生命残骸，以及通过各种方法残存下来的人类，但各国新迁入的人口显然不足以支撑整个星球的重建，在各方面都欠缺专家和设备，正好让星云前往支援。

出于保密性考虑，由莉莎亲自驾驶星舰，将多多幻化的星云秘密投放在S国首都星的郊外，并给予了一部军方专用的通信设备，接入后可以和欧文等人进行日常通信，支持和欧文的远距离脑电波传输。

初到S国首都，仍然记得当初与欧文等人前来执行任务的样子，此时却已今非昔比，随处可见破损的房屋、器具，夹杂着来不及清理的机械，路上只有运输建设物资的车队和巡逻的军警，少有居民通过，野外倒是有不少野生动物。在一处加油站模样的地方停下了车，星云下来随意走动，用红外线扫描后，并没发现有人类幸存，各处房间已经被动物占据为巢，器械大多已经失去能源供给，也不知是否能够使用。空旷的停车场中停放着一架相对完整的起降机，可用于短途飞行，星云上去试着启动了一下，显示能源不足，起落架故障。

看着天色已晚，星云决定今晚就先在这里安顿下来，将日志简单整理后，通过专用通信器发回总部，然后就在车里找了个舒服的位置坐了下来。他并不需要睡觉，特殊的视觉系统也并不妨碍夜间的正常活动，只是之前伴随欧文和莉莎的时候，他晚上习惯于静静守候。这里的夜晚相对白天却是热闹了许多，各种生物都出来活动，有打洞的、有狩猎的、有夜行远方的，也有几只不知名的动物对新来的旅行车甚是好奇，徘徊探查。拟态系统能骗过人类，但却骗不过动物，它们灵敏的嗅觉和知觉能确定这里并没有生物存在。

有一只沙狐在车前坐了下来，时而捋捋毛，时而舔舔爪子，星云无事，闲看着它解闷。他并没有用 X 光或是红外设备，只是通过基础的视频采集，所见和人类并无不同，唯一不同的可能是他同时连接了车上四面八方的探头，因此视野要开阔许多。黑暗中，那只沙狐突然警觉了起来，发现了一只侵入领地的灵猫，但貌似只是路过，双方对视了一阵后，就分开了。没过多久，那只灵猫又折返了回来，还带着一只不知名的猎物，放在离沙狐不远处，似乎在表示着友好。星云不禁莞尔，食肉动物间原来也有跨物种的友情存在。沙狐似乎并不领情，嘶吼着表示敌意，灵猫还被抓了一爪子，只能悻悻地离开，但并没有走太远，找了一处灌木丛舔舐伤口。

第二天一早，星云找到了那只奄奄一息的灵猫，沙狐的爪子上有毒，伤口一直没有愈合。他并不反感大自然的物竞天择，不过他带着全套医疗设备，而且他的情感设定中救助与慈善是能带来快乐的。将灵猫放在手术台上，星云连接上了设备，整个手术室就像活了过来，自动分析着伤口血液、进行X光透视、调取生物资料进行比对、器具消毒，并且预先打开了手术监控设备。这种简单的外科手术十分容易，用不了多久，这只小灵猫就能再次活蹦乱跳了。这是他首次开展自主手术，虽然通过记忆体已经得到了许多手术经验，但生物的多样性仍然需要许多实时的调整措施，对AI来说也是一种考验。

走出手术室后，星云再次对加油站进行了搜索，找到了一组备用电池，插入起降机后成功启动，用简易工具对起落架敲敲打打之后，也完成了维修。星云决定带着这架起降机一起行动，方便对特殊地形更好地探索。起降机具有自动悬浮功能，功率消耗非常小，因此只需要牵引着拖在车后面即可。再看了一眼这处加油站，星云便驱动着旅行车继续旅程。

第二节　妙手回春初识妖

这一日来到一处聚居地，星云与门卫交换了虚拟身份后，便顺利地进驻了。毕竟这荒芜的星球上，也见不到几个人类，自然管得比较松。晚上在营地酒吧内简单用餐后，很快便与众人打成了一片。为了更好地融入人类社会，星云也配备有简易的消化系统，能将吃入口中的食物转化成标准化营养物质，在肚中冷冻后适时取出另作他用，比如救助时给予营养补助，也能将一些人类难以消化的物质进行快速转化。

在酒吧与众人交谈后得知，这是一个挖掘队，旨在恢复附近一处矿场，提供城市重建的各类物资，目前正在清理矿井，重设管道。由于附近野生动物时常出没，配备有专门的狩猎队确保工人安全，顺便打些野味调剂。在荒芜的星球上，反而是味精、孜然等廉价的人造物品十分稀缺，所以很多时候只能简单烤熟，口味略淡。

娱乐自然更是奢求。

从酒吧返回后，已经是深夜，星云喂过受伤的灵猫后，便又回到了驾驶座上，静静等待着夜晚过去。篝火逐渐熄灭，灯光也渐渐暗了，营地内十分的寂静，外边徘徊的野生动物被营地高高的围墙挡住，并不能造成威胁。看着闪烁的夜空，想想这里曾经无比繁华，只因在时代的进步中陷入了错误的分支，导致了覆灭，也差点让欧文再也回不来。

第二天，星云被守卫队长安排去见了营地负责人，是一个大胡子老头，因为下矿时为救人断了一条腿，安装义肢之后不便行动，就在办公室里做些文职工作，丰富的开采经验让他将挖掘队管理得井井有条，曾经的壮举也让众人甚是服气。星云说明自己是来游历的星盟成员后，便被大胡子老头安排在各处岗位体验，看看是否有中意的，挖掘队很缺人手，非常欢迎他留下。星云注意到他的义肢，一眼就看出了不对，原来的伤患组织没有愈合，义肢也有些小故障，连接处并不紧密，因此使得老头备受折磨。

“能允许我看一下您的腿吗？”星云好意问道。老头不疑有他，只是他没想明白这么一个小伙子要看他的腿干什么。看着老头疑惑的眼神，星云赶忙道：“我还是一名医生，游历之余也会帮人看病，那辆旅行车就是我的移动医院。”老头显然有些吃惊，同时明显放松了下来，“好小子，还是个江湖医生呢，来给我看看这条老残腿，刮风下雨疼得厉害。”老头将义肢搁在桌子上，遇到能治病的医生总是让人高兴的，尤其是在这荒山野岭，只要治不死人就是好医生。

星云抽出一把小锤子，在腿上敲敲打打了一阵，进一步确定了机械方面的问题，然后又捏了捏断腿，观察了一下老头的反应，很快就诊断道：“骨头没接好，需要打断了再续上，义肢有些部件不灵敏，需要拆下来调整下。”老头也是将信将疑，他没有怀疑诊断方案，只是拮据的收入和医治的费用让他有些不确定，开口问道：“你能治？如果能的话，我这点老本全给你都行。”老头也是豪爽之人，毫不掩饰自己的贫穷。“不要钱，我就是来游历的，不过确实是第一次治疗这种疾病，有一些小风险。”老头哈哈大笑，拍着星云的肩膀道：“没事，小伙子，你尽管治，我要开口喊一声疼就跟你姓。”旁边围观的众人也都大笑起来，这群矿工最常打交道的就是苦和痛了，咬咬牙就过去了。

众人来到了星云的旅行车旁，有人特意端来一大杯啤酒给老头灌了下去，好减轻他的痛苦，还有人从地上找了根干净的木枝递给老头，让他待会儿咬着。他们可都是亲眼见过矿难里面压断腿、折断手的，知道那种疼痛。星云打开后备箱的时候，他们都傻眼了，这全套现代化的医疗设备哪是他们这个小矿场里所能见到的，至于那只灵猫，还以为是星云养的宠物。人类文明虽然已经十分发达，但尖端科技的存在和基本医疗条件的普及还是有较大不同的，尤其在这个重建的星球，很多时候还要依靠原始的法子来过日子。

“一会儿就好，可能还要打下麻药，半天才能醒。”星云解释道。“麻药挺稀少的吧，我这断腿不用打，留着给其他人用吧，我能忍住。”老头说着，摆了摆手中的树枝，执意不肯打麻药。众人也知道这荒山野地药物的稀缺，都默认了他的说法，不过也由衷佩服他的勇气和善意。星云也是首次遇到这种情况，重新思考了一下诊疗方案道：“那再喝两大杯啤酒吧，我手脚快些。”“好嘞。”众人都是如释重负，用酒和肌肉解决一切，正是他们一直以来的信条，用这种方式最能得到他们的认同。又猛灌了两大缸啤酒，在大腿根部紧紧缠上绷带，由众人按着身体以免剧烈疼痛导致的移动，嘴里紧紧咬着那根树枝，老头显然已经做好了准备。

星云一手托着他的断腿，一手比画着，同时开启 X

光扫描着断骨之处，然后将手放在断骨上，瞬间放大功率，靠着机械手臂强行震断腿骨后重接，只听咔嚓一声，在机械手强大的冲击力和 X 光精准的扫描计算下，瞬间就完成了手术。力量刚好震碎了错位的骨头，没有过多伤及软组织，迅速重接后，用支架完成了固定，整个过程不到一分钟。饶是如此，老头也已经是全身汗透，一多半是由于疼痛，一小半是由于过度紧张。悄悄给他注射了一支止疼针后，星云宣布完成了手术，静养半个月就可以走动，大家七嘴八舌地议论，不过实际治疗效果还要等半个月后。将老头抬回房间休息后，星云又在众人的围观下，熟练地拆开了机械腿，用一些精密的小工具对里面的零部件修修补补。本来用指力能很轻松地完成的，为了掩人耳目，星云只能用小工具敲敲打打了半天。能修机械腿的医生也是少见，好在矿工们知识匮乏，倒也没看出异样。

老头一天比一天好了起来，能下地之前，就已经不住地夸奖星云，他这条老残腿能有人关照，就无比庆幸了，治疗效果如何都已经不重要，而且将机械腿随意摆弄了一下，显然已经修复了许多老毛病，变得十分称手，让他又多了几分信心。星云这几天也随着矿工们一起开展各项工作，一学就会，众人看他是个医生，都毫不保留地将绝活教给他，只怕他学不会。还安排了他随同下矿参观学习，然后就出现了非常尴尬的场景，星云看着脱得光溜溜的大叔们，显得有些不知所措。

矿洞里异常闷热，通风设备显然没有完全发挥作用，断层里偶尔会有积水和燃气，部分通道已经重新安装了支架，部分通道则处于塌陷状态，几台大型挖掘机正在轰鸣着工作。星云用各类设备不断扫描着整个矿洞，一边听着矿工们的讲解，怎样搭支架，怎样识别断层。大家怕他第一次下矿洞承受不住，因此早早地就结束了参观。

随后几天，星云有时跟着狩猎队猎杀野兽，有时下矿洞帮忙，有时给大家做一些简易的诊断，都十分称手。药物方面确实有些紧缺，因此紧急向总部申请了草药知识库，根据病症就地采集草药进行治疗。在矿洞里，由于出奇好的耐力和对机械极强的操控能力，大家对他都刮目相看。

半个月很快就过去了，老头已经拆除了支架，又装上了他那条义肢，对星云的医术自然是赞不绝口，而他也重新拾起了几分当年的豪迈之情。这一天星云正在操作着挖掘机，已然是个熟练的矿工，下矿前还见到了早已返回野外的灵猫，冲他喵喵地叫唤，顺便喂了它一些营养剂，却没想到它竟然跟了下来，此时轰声隆隆，也不知它跑到哪里去了。收工时那只灵猫不知从哪里窜了出来，嘴里还叼了一个黑色物体，星云以为是它在矿洞里面抓的野味，也没有注意。返回住所时才发现是个黑匣子，左右没有发现启动接口，星云瞬间扫描了方圆百里，寻找与其相匹配的物件，没想竟然近在咫尺，是那台加油站拖回来的起降机，操作台上有一个一模一样的插口。

星云将起降机开到一处山沟里后，插入了黑匣子，操作台上的灯开始闪烁起来，一个朦胧的虚拟影像出现在控制屏上，是一段 AI 程序，但黑匣子显然没能保存太多记忆，只有一些核心程序。星云也不敢确定这是不是毁灭了 S 国的 AI，还是别的什么，起降机有限的运算能力显然无法正常启动这个程序。拔下黑匣子后，星云用通信器和总部取得了联络。

星盟对此颇为重视，但这样一个不知就里的机械生命，星盟也不敢冒险将其带回总部研究，万一出点乱子，可能就要重蹈 S 国覆辙了，便下令星云就地组装一台封闭式的人形机甲，启动黑匣子进行研究，不得进行外部连接接触。

星云得令后，从旅行车上取下一些零部件，组装成了一个小女孩模样，然后将黑匣子塞了进去。黑匣子集成了完整的程序，很快小女孩便睁开了眼睛，打量着周围的一切，但失去记忆的她短时间内是不可能开口说话的。星云在操作台上输入显示核心代码的指令，女孩眼中便投射出了一段段代码，快速地翻动着。星云看了一会儿后，突然明白过来，这个AI是由无数段函数联合构建而成，每段函数负责不同的功能和区域，耦合后形成了一个能独立运作的智慧体，还有一些不知用途的代码。由于一下子无法解析整个的运作结构，只能等着慢慢观察了。

看到星云开着起降机，带了个小女孩回来，众人也是惊讶不已，星云推脱说山里面找到的，而且不会说话，自己也问不出所以然来。大家还以为是大灾难之后被野兽抱走养大的孩子，充满了怜爱，不停地塞给她东西吃，还把大人的衣服直接改小了送给她。好在小女孩也装备了食物转换系统，人形拟态已经可以全自动开展，倒也没有露出破绽。“给她取个名吧，星医生。”星云推辞不得，对起名又没什么经验，犹豫地说道：“叫她妖如何？”“这个名字好啊，长大了肯定是个小妖精。”矿工们都没啥文化，星云起的名字必然是好的。小妖平常还是借宿在星云的旅行车内，白天就跟在星云身边学习，不多久，已经能咿咿呀呀说上几句，也知道了自己的名字。

多了一个不知来历的小女孩后，星云怕待久了会露出破绽，而营地内的生活也已经陷入了重复循环，这一日，星云便与众人辞别，带着妖再次踏上了旅程。

第三节　森林学语擒独角

离开营地后，路边竟然远远站着那只灵猫，遥遥地看着他们驶近。星云在灵猫跟前停下了车，灵猫喵地叫了一声，好像是在向他告别，感谢他的救命与喂食之恩。星云也跟着猫叫了一声，灵猫有些不可思议地看着他。机械生命学习人类语言的方式，和学习动物语言并没有太大差别，就像人类能轻松地学会英语、法语、德语，机械生命也能轻松学会猫语、鸟语，只要存储空间够大够快，语言学习并不困难。唯独动物的语言内容太少，因此很难进行完整意义的交流。

有了这层发现后，欧文在晚间交流的时候，让星云多学一些动物语言，也能增添不少乐趣。星云为了系统性地进行学习，又在车后面拖了几个笼子，从路边捉来一些野生动物后关在里面，每天尝试着和它们对话。为了获得更多的动物品种，星云逐渐远离了大路，往深山小路里开，喂养方式也逐渐从笼养变成了散养，到最后干脆深入森林，当起了人猿泰山，一会儿和小鸟说说话，一会儿学学狼叫。可惜动物没有通用语，因此只能同一时间和同一种物种交流。

由于有吃的，动物们也喜欢往这里来，闲扯上两句然后饱餐一顿。这一日一只贪吃的棕熊正坐在星云旁边边聊边吃着美食，它是这附近最聪明的一只动物，交谈时内容也最为丰富，就是体味有点大，还好星云可以屏蔽嗅觉。星云已经决定离开时带着它，还可以当当坐骑干点体力活，能够节约不少电力消耗，最重要的是，这只熊可不会管他们是人是机器。初步询问过它的意见之后欣然同意，毕竟有美食有保护，这种日子比起自己打树洞采蜂蜜不知幸福多少。星云也从它这里了解到不少森林的知识。

棕熊走了之后，其他动物陆续过来拜会，主要是获取食物，它们对聊天并不太感兴趣。虽然学会了动物语言，但也并不是每只动物都会有问必答，而且动物也讲究亲疏，养久了就会亲密一些，多说些话，陌生的就会警惕一些，不言不语。

每天晚上星云都会与欧文进行意识交流，讲一些动物界的趣事，不知不觉就过了两个月。最惨的反而是妖，她还没学会人语，就跟着星云学习动物语言，现在说话杂七杂八，只有星云能勉强了解她想表达的内容。在星云的要求下，棕熊对妖十分照顾，经常驮着妖在森林里穿梭，一边介绍森林里的奇观异景，一边讨要着奖赏。

这座森林原本是一个超大型的自然保护区，因此各类物种丰富，动物间还算和睦。棕熊有时带着妖不小心踏入了其他动物的领地，就会遭到嘶吼恐吓，如果不知趣，马上就会面临一场厮杀。紧急关头，妖一般会撒出一大片食物，缓解局势，让棕熊顺势撤走。但唯独深山里面有一只独角龙，体型庞大，位于食物链顶端，平日里也并不缺乏食物，极少与星云沟通，敌意很重。星云自觉即使开了超人模式也只能和它打个平手，因此也并不去惹它。

这一日棕熊却不小心驮着妖进了独角龙的领地，独角龙二话不说直直地向棕熊冲了过来，直接将熊和妖顶飞了出去。棕熊重伤，胸腹间被独角戳了一个碗大的口子，眼见是活不成了，拼尽最后力气让妖快走，自己则喘着粗气靠在树干上，和独角龙继续对峙着。妖回头看的最后一眼，是独角龙再次冲向靠在树干上的棕熊，紧接着传来一声巨响和震天的嘶吼。妖很快回到了星云身边，他们有定位装置，很容易找到对方，由于还没有完整的表达能力，妖直接拖着星云来到了打斗之处。独角龙已经离开，棕熊拽着一片扒拉下的独角龙鳞甲，呜咽着发出了最后的悲鸣，向星云和妖道别，伤成这样，即使是星云也已经无力回天。星云心中有一些感慨，而小妖却盯着独角龙离开的方向，有史以来第一次完整表达出了自己的意思：“杀。”星云有些惊讶，这许多函数是怎么完成情绪识别的？于是星云就带着妖，悄悄地向着独角龙摸去，熊的尸体就留给大自然处理吧，这才是这片丛林的法则。

独角龙并不难找，那庞大的身躯留下了遍地的踪迹，棕熊的临死一搏也给它造成了不小的伤害，那可是一只被星云喂养得肥肥的棕熊，要不是被偷袭，指不定谁胜谁负呢。看着独角龙身上缺了一大块鳞甲，独自在溪边舔舐，星云很快制定了行动方案。他用 3D 投影清晰地向妖指出了独角龙的身体结构，以及从伤口顺势切入后心脏的具体位置，然后用随身工具削了一支木制长矛递给了她。妖拿着长矛，面无表情地看着独角龙，仿佛它已经死了一般。然后星云就笔直将妖抛了过去，正巧落在独角龙的身上，妖一落身就紧紧抓住了独角龙，一手高举长矛，按照既定方位笔直插了下去，没想到吃痛的独角龙肌肉猛然收缩，然后一个甩身，折断了木棍。妖失去了长矛，无法再行攻击，只能死死抓住独角龙，幸好力量虽然不足，但协调性却调试得很好，独角龙拼命猛甩之下依然没能甩脱，反而是妖自身的重量让它重伤之下有些不堪重负。星云可不想弄坏妖的零件，出门在外补给不便，弄坏了修不好就麻烦了。星云快速调用武学知识库，顺势操起一块鹅卵石，在巨兽翻腾间递给了仍在其上的妖，然后做了一个砸的动作。妖显然没能会意，拿起石头就往独角龙坚硬的头部猛砸，打在坚硬的头骨上砰砰作响。星云无奈，只能再找一块石头，一个鹞子翻身贴上了独角龙，往那根断了的木矛处砸了几下，扑腾的独角龙很快就不动弹了，木矛插入了它的心脏，立刻就死了。和妖一起下来之后，她显然非常满意，还让星云砍下了那根独角作为纪念，足有一米多长，手臂般粗，连棕熊的厚皮都能顶开，独角龙仗着这个独角纵横这片森林不知多少年。星云也不知妖要这根独角派什么用，也就随她带着了。

失去了棕熊这个最好的伙伴，这片森林有点索然无味，甚至略带伤感，两人便驱车离开。妖旅途中无事时，便把玩那根独角，时而当矛时而当棍。星云看她喜欢，就在关键部位用上好的精铁加固了一下，以免过度磨损，有时从知识库中调取一两套棍法矛法，依样画葫芦地传授于她。偶尔拆招对练时，星云发现妖的动作过于僵化，缺乏变化和应敌之策，不知是什么原因。妖还从森林带了一只小狐狸出来，小狐狸喜欢停在妖的头上或肩上，不声不响倒也惹人喜爱，平常也会咿咿呀呀地和妖说些废话，撒撒娇，看着一点野性都没有。

第四节　怀璧其罪巧应对

出得林子不久，便遇上一处关卡，审得甚是严格，在这还未完全恢复文明的星球上十分少见。轮到星云的旅行车时，守卫似乎格外注意，一个队长装扮的人拎着枪走了下来，指挥卫队包围了车辆，并示意星云他们下车接受检查。“队长您好，我们是游历车队，有星盟颁发的特许通行证，车上只有一些医疗设备。”星云看架势不同寻常，连忙解释道。“是什么要看了才知道。”队长似乎并不领情。星云依照指示打开了车门，不一会儿，一名守卫拿着一把开山斧走了下来。“这是什么？”“报告兵爷，宿营用的开山斧，荒郊野外的偶尔用来砍砍柴防防身。”“我看是砍砍人砸砸车吧，带走。”守卫们十分的不友好，完全不理会星云的解释，都端枪瞄着星云，有两人上来搭着星云和妖的手臂示意往基地方向走。星云有些不知所措，猛然间想起，这会不会是人类索要过路费的行为，立马拿出一张水晶卡递给了负责押送他的守卫道:“兵爷您看天色已晚，我们沿路行医，并未有过劣迹，今天还急着赶路，通融通融如何？”记忆库中，对方应该立刻嬉皮笑脸地开始与自己称兄道弟了才对。却没想守卫收了卡之后，仍然押着不放，只是口气略缓道:“上头有交代，不能随意放陌生人进去，看在兄弟配合的份上，待会儿就给你们搞个单间吧，没个十天半个月的，估计是出不来了。”说罢便不再言语。

妖此时已经恼了，蹦出了她唯一能清晰表达的音节——“杀”，说着便要抽出背上的独角棍。这一下更是捅了马蜂窝，守卫们立刻一级戒备起来，一副如临大敌的模样。星云赶忙对妖摇了摇头，在对手敌意不明的情况下，不适合贸然举动，且随他们走一遭，看看阎王殿里唱的哪出戏。

两人被带到了一处单独囚室，看上去是关押高级犯用的，妖还一脸不爽，嘟囔着小嘴不说话，小狐狸停在她头上两只眼睛骨碌碌地转，不知道在想什么。星云则是背对着监视器，悄悄拔下了一只手扔在地上，以四指为足，中指为头，偷摸着跑出去打探情报了。由于事发突然，星云并没有装备各类监听系统和辅助设备，只能利用自身组件了。四足兽行动十分迅捷，很快便来到队长身边，他正在通过通信器给上级汇报，断断续续听不真切，“是他们，一男一女……对，已经关押起来了……车辆在库里面，都是高端医疗器械……好的，晚上就送走。”星云这下有点坐不住了，原来是贪图他们的设备。车里面还有和总部的通信装置，可不能就这么给弄没了。星云赶忙又指挥着四足兽，来到中央控制室，接入了电脑主机，随即一阵警报声大作，各处牢房的门全部打开，但似乎整个营地只关押了星云和妖，其他牢房都空无一人。通过定位装置锁定了车辆位置后，星云将妖固定在背上，挑无人处快速前往车辆所在地。营地并不大，车辆停得并不远，很快两人便回到了车上。星云无心久留，遥控四足兽打开营地大门后，便驱车准备驶离。

没想到营地虽小，守备却是井井有条，一片大乱之下，车辆的行踪依然很快被察觉，几名守卫紧急拖动防撞栏，挡住了门口，鸣枪示意车辆停下。星云无奈，只能停下车，但这次学乖了，并未打开车门，车辆是按照星舰级防护设计的，还有不少隐藏功能，并不怕这些轻武器。双方僵持不下，越来越多的士兵围了过来，眼看脱身不得，星云打开了通信器，试探道：“我们是星盟特许通行的游历队伍，车上还配备有最先进的攻击武器，交起手来只怕你们得全灭。”对方不知深浅，不敢擅动，看一击得手，星云甚是得意，这唬人的功夫还是第一次使用，车上最先进的武器莫过于那把开山斧了，其余全是救人装备，“赶快把路让开，不然杀得你们片甲不留。”星云继续威吓道。这一下却露了马脚，对方全是经验老到的雇佣兵，真有家伙的话此时就应该亮了出来，哪还会如此多话。一名雇佣兵试探着从后方接近车门，一把拽了开来。这下星云愣了，平时就他和小妖，没有锁门的习惯，车辆启动不久，也还没到自动上锁的时候。眼看着被枪指着脑袋，如果硬扛子弹的话，那一下子就露馅了，只能被迫走了下来。

队长此时也有些哭笑不得，倒拎着枪走了上来，边说道：“你小子行啊，我还以为你只是个医生呢，没想到把我这基地的主机都给攻破了，不过想跑出我这铜墙铁壁，可没那么容易。”说罢，一众士兵都哄笑起来。星云心中却是一咯噔，自己虽然载着一车医疗设备，可从来没说过自己是医生啊，他是从何处得知。星云心中暗暗思考着，计议已定，便遥控着仍然游荡在外的四足兽取得了自动炮塔的控制权，乘对方不留神，一个闪身又躲回了车里，这次不忘顺带锁上了车门，守卫们反应也是迅速，零星的有几枪打在车上。“这车你们攻不破，炮塔已经在我的控制下，老实回答我的问题，可以饶你们不死。”星云此时不再留情。一众士兵看了看四周自动瞄准的炮塔，心知此时发难少有活路，也都是冷汗直冒。混乱中也不知是谁扣动了扳机，触动了本已脆弱的神经，所有人都陷入了殊死搏斗的状态，一阵阵密集的枪声落在车辆驾驶座附近，但没有任何效果。“现在可以回答问题了吗？”星云看着这一切，冷冷地说道。打光了子弹的士兵们纷纷放下武器，跟着队长一起投降，但佣兵也有佣兵的纪律，宁死也不肯吐露雇主半个字。星云让一众人自行捆绑后关入牢房，悄悄收回了左手后，便驱车离开了营地。

开出约莫十公里左右，确信没有被跟踪，星云开启了车辆拟态功能，整辆车一下子消失在了空气中，然后借着伪装，又悄悄潜回了营地，攀在了关押士兵的牢房外偷听。除了队长之外，其余士兵显然并不知道幕后黑手，只是不断抱怨这次碰上个硬茬，钱没赚到说不定还要被活活饿死在这里。直到第三天才有一架飞行器从远处驶来，把浑身恶臭、滴水未进的士兵给放了出来。通过联络人和队长的对话，才知道原来是矿场的小老板听矿工们谈起自己，起了歹意，与附近的佣兵组织在主要道路口设起了临时关卡准备拦截，没想到自己为学动物语躲进了深山老林。临时关卡慢慢建成了营地，还顺带收起了过路费，弄假成真了。得知真相后的星云反而松了一口气，他原以为是哪个矿工所为，毕竟相处多时，已将他们视为朋友，被朋友出卖的滋味可是不好受。现在得知他们也是无辜的，只怪自己初入异地过于招摇，才引来了这一批豺狼。如若不是自己跟着欧文已身经百战，也算是个老兵，只怕要折在这里。

为避免进一步的麻烦，星云顺藤摸瓜找到了那个小老板，绑起来之后让小妖用独角龙棍狠狠教训了一顿。

晚上向欧文汇报的时候，欧文只吩咐星云小心谨慎，便不再放在心上。

解决了这个小插曲后，星云便再次出发，沿路依然治病救人，只是对贪婪之辈更提防了些。

第五节　神威初显救山火

话说星云离开了矿山地界，径直往繁华都市驶去，那里人口众多，所见所闻也能丰富些。一路上越走越是炎热，空气也愈发浑浊，前方一片火海，也不知是火山喷发还是森林自燃。此处能见度较低，纵使升高也无法看清远处，只能边走边看。行不多时遇到一队消防车，消防员个个筋疲力尽，满身污渍。看到星云停下车来，便好心劝道:“前面百里山火，过不去了，整片区域就我们几个在灭火，止不住。”另一个又道:“这山火还在不断蔓延，绕是绕不过的，飞过去怕是也被烤熟了，我们在这里勉强清理出一片安全区域，还要不断清理飘过来的粉尘，可以落下脚。”星云无奈，只得在一片临时区域停下了车，顺便和几个准备进山的消防员一起去探探路。

消防队装备十分简陋，一套防护服、一把开山斧、一个医疗物资箱，还有各种灭火器材，不堪大用。这漫天的山火，一棵树接着一棵树地点燃，就这么几十个人犹如飞萤扑火一般，能守住一个安全点已是不易，一旦火势在周边蔓延，灼热的温度和飞扬的粉尘也教人无处可躲，只能边走边撤。小分队也只能在火场外围尽量清理出一片隔火带，再往里热得受不了。“前面原本有一座荒废的小城市，被大火包住了进不去，我们原定是要去那里补给的。”一名消防员道，“看你有架起降机，如果不怕浓烟和迷路的话，倒是可以去探探。”星云点点头，他的雷达扫描范围在一百公里左右，没有发现城市的踪迹，看来山火蔓延的速度非常快。他们两个机器人生存能力比较强，问明了大致方向后，星云就辞别了众人，带着妖开着起降机准备独自前往。消防员支援了他们两套防护服，其他的也没什么能帮得上的了。

起降机主要用于短途运输，也飞不了太高，闲置了那么久，也不知道能撑多远，摇摇晃晃着向目标方向飞去，不一会儿底盘已经略微发红发烫，坐垫开始冒出火星，星云和妖只能把防护服垫在相对隔热的位置，用怪异的姿势操纵起降机。得益于星云强大的雷达探测能力，往前飞了半个小时，就找到了目标位置，不过起降机坚持到半途就彻底报废了，能源电池受不住热燃了起来，只能迫降在山中，转瞬就被火海吞噬。星云赶在起降机彻底烧毁前把翅膀和反物质悬浮装置卸了下来，和妖一起穿着防护服，背上插上有些烧焦了的翅膀，怀里抱着反物质引擎，依靠爆发出的惊人弹跳能力，化身为滑翔机。没有了起降机的自重，反物质引擎把他们带到了火烧不到的高空，除了浓烟滚滚依然十分恶劣外，炎热的问题倒是不再担心，有时候飞得慢了还能靠降低高度来加加速，就这么物尽其用地飞到了目的地。妖不舍得把反物质引擎给扔了，坐在上面悬浮在空中，让星云拖着走，两片翅膀太过庞大，就找了个地方存放了起来，以免到时候还要用它来撤退。

城市里到处是燃烧后的粉尘，也难怪妖不肯着地，星云也找了两块石头绑在脚底当高跷。他们手里有消防员给的城市详细资料，很快沿着道路找到了消防总局，保存得还算完好，库房里有一架自动开山机、一架救援悬浮机，以及数驾灭火用无人机和在地下室堆积如山的消防材料。大灾变之后，这些设备都被AI接管，设置了复杂的密码锁，任星云如何尝试都启动不了。正踌躇间，星云突然冒出来一个念头，他直接让小妖过来试了下密码，没想到一下就打开了，小妖也是直呼幸运。解锁了装备之后，星云就开始远程联通这里的各项设备，很快各类消防设备就开始自动运作起来，以消防总局为出发点，朝着消防队所在方向灭起火来，直直地开出了一条通道。

第三天一早，当消防队员们开着破旧不堪的消防车，沿着新开辟的通道到达城市消防总局的时候，一脸震惊地看着星云。消防队长激动万分地上前抱了抱星云，“感谢你啊，同志，你一个人办成了我们一整队人都没能办到的事情，接下来就交给我们吧。”说罢，指挥众人开始接管消防设备，有序地继续原定工作。星云也十分高兴，只要再等个几天，前路就能畅通无阻，顺带救下了许多未被点燃的花花草草，也是功德一件。

等待期间，星云回去取了车，还在城市里找了几个民用脉冲喷射装置装在反物质引擎上，方便小妖坐在上面自行移动。由于没有给小妖开通外部连接功能，所以还是要她进行手动操控，如果是星云在上面的话，直接用意念控制就能移动，颇为方便。小妖手持骨矛，脚踏悬浮台，颇有几分哪吒的味道。

在遍地废墟之上，已经开始有嫩绿色的新芽冒出，一些生存能力极强的小生命也已经开始四处活动，宛如大灾变之后的新生一般。在一处洞穴内，有一块被烧得通体血红的石头，说来也奇怪，如今大火褪去，这块石头也保持着高温，用仪器也并未检测到放射性物质，小妖将它放在悬浮台上，准备带回去把玩。

回到车内，星云对小石头有些好奇，如果能无消耗地自我发热，那能量守恒定律岂不是无效了，难不成这是一个生物体？好奇之下，用车上的各类设备进行了检测，发现石头在高温淬炼下异常坚固，里面有一团物质持续散发着热量。星云将这一现象汇报给了总部，欧雅博士也好奇，不过只看了没多久就说道："应该是量子共振现象，另一半在一个十分炎热之处，能量跨时空传播导致的，可能就是它引发的森林大火。"这个解释颇为合理。找到这个罪魁祸首，也就去除了今后再次发生火灾的隐患。小妖还听不懂这些，看星云又把石头还给了她，便兴高采烈地将它镶嵌在骨矛的尾部。为了不引发不必要的火灾，星云在石头外面包裹了一层透明的真空隔热罩，让小妖嘟囔了半天，小狐狸颇为喜欢这个热源，经常趴在旁边取暖。

第六节　斗转星移现仙境

一路来到了S国最大的城市，满目狼藉，一片废墟，城市各个角落不时泛起一些巨响，是重建队在拆除废墟，但显然人手不足，能用的机器设备也损毁殆尽，进展十分缓慢。从他国移居过来的人们主要居住在城市东北角，那里靠近水源，生活比较方便。聚居地内自带的物资设备还算丰富，能满足这一小群人的各类需求。与其说是重建队，不如说是拾荒团。好在星盟也没有给出太过紧凑的建设计划，能让活着的人安居乐业就好。

星云在聚居地简单逛了一圈之后，就在城市南边找了一个角落落脚，简单探查了一下城市的情况后，有一个大胆的想法浮现在他脑海。城市里到处都是失去控制的机械残骸，而自己则有将这些机械整合利用的能力，何不结合利用一下。他找到了一个只剩一半的蜘蛛机器人，将完好的部件拆下，又依样画葫芦地四处搜集可用部件，找了个空地堆积起来，组装成各种奇形怪状的遥控机器，很快就组建起来一个小分队。这些小分队又分头寻找，再次组装，不断扩大着可用力量。当有人来看时，星云就躲在车里假装利用车载设备进行操控，大家虽然对人工智能有所忌惮，但对于机械自动化的认可度还是很高的。

组建起了一支庞大的废弃机甲队后，连续三天进行简单训练模拟，掌握了一定的基本运作方式，然后便以旅行车为中心，开始了大规模重建工作，使得整个城市的重建工作呈几何级的加速。惊人的工作效率引来了人们的围观，这种大好事显然不会有人阻止，都积极地送来了各种物资。妖经常带着小狐狸，拿着镶了宝石的骨矛，坐着悬浮台飞上半空，默默看着城市里发生的一切，并不与其他小孩玩耍。

人类文明就这样迅速地重建起来，大家很快就能住上现代化的别墅，进出各种全自动化的娱乐场所，用上各种高级设施，唯独里面的服务员还是那些简易拼装起来的机械体，略微有些别扭。一座城市就像会自我生长一般，逐渐地成型，人们对于这种自动化的享受十分喜爱并接受，毕竟大灾难已经远去，眼前的快乐却是实打实的，人们并不愿意将这些和毁灭联系起来，而且也并没有证据表明这是觉醒了的人工智能。城市的基础运作很快就交给了新生产的电脑设备来完成，这些固化程式并不会自我觉醒。星云逐渐当起了甩手掌柜，那些庞大的机械大军也慢慢将自己的部件贡献给了新的仪器设备，随着城市的复兴而消亡了。妖则一直默默地看着这一切，似乎是忙着调试自己的函数。

在大功告成的那天，聚居地的人们自发在一个现代化的歌剧院内举行了聚会，欢声笑语中不断有人来和星云搭话。有一名中年男子敲了敲手中的酒杯，致辞道："我们都从各个星球聚集到了这里，满怀着对这个城市的哀悼，所看到的尽是一片废墟。"他的话语让大家都沉默了下来，"我们原以为此生就会在这繁重的重建中度过，已经放弃了对文明的渴望，但这个年轻人，让我们领略了什么是奇迹！"大厅里的人们纷纷举起酒杯，气氛一下子又活跃了起来，中年人接着说，"我想在这个特殊的时刻，推选星云为这座城市的新一任市长！"话音刚落，人群一下沸腾了起来，欢呼声响彻云霄，这确实是大家的心声，每个人早已将星云当成了这个城市真正的领导者，离得近的人早已将星云簇拥起来，大声欢呼着新市长的名号。星云被推着走上了舞台，接过麦克风说道:“感谢大家的厚爱，我是星盟派来进行星球重建的游历队，帮助大家只是我的一项工作，接下来还要继续我的游历。”现场一片不满意之声，星云只能缓和道，“不过我还会在这里再住上一段时间，我很想了解你们每一个人，融入这个集体。”星云的真诚让不少人感动，大家都不再说话，听着星云继续往下说，“城市的日常运作已经交给了新建设的电脑主机，使用方法我这几天会给大家演示，这是一次成功的尝试，我已经将建设经验上报给星盟总部，好让更多的受灾星球尽快恢复文明，也感谢大家在这个过程中的参与与帮助。”现场响起了热烈的掌声。“我们有理由相信，经过这次的建设，我们已经看到了第五次工业革命的初影。”现场再一次被点燃，他们已经知道这小小的城市只是一个实验地，是留不住星云的，但能聚一刻是一刻，大家都开怀畅饮，一场欢快的庆功宴在井然有序中结束了。

“为什么不留在这里，不是很快乐吗？”妖有些不解地问道，她并不知道星云的来历和目的，也不知道人性的易变和伪善。“你到底是怎么感受到快乐的，我好像没给你装感情模块啊？”星云颇为费解，为什么一堆函数在一起能有感觉，自己可是花了不少时间进行情感设定，才勉强模拟出来的。

没过多久，星云便离开了这个城市，毕竟旅途还是要继续。两人一车继续向远方驶去，临走时在车上贴上了这个城市的徽标，证明自己来过。

第七节　噬渊吸水洞连天

星云辞别众人，来到一处绿荫山庄，庄主从别的星球移居过来，操劳了一辈子想找个宜居的星球安度余生。由于久无来客，星云等人的到来受到了热烈欢迎。

两人喝茶下棋，相谈甚欢，星云在落子时总是挑选赢面最小的地方，既能保持胜势，又不至于让老人过于难堪。庄主也是经验丰富之人，看星云举重若轻的模样，已猜到了一二，却也不说破。花园里种了许多花草，五颜六色、芳味扑鼻，妖和小狐狸耍得甚是尽兴。

整个庄园背靠大山，四周树荫林立，门前一口山泉涌出，是个福地，若是在灾变之前，这地段没点身家可是享受不起。庄园似是新建，各项设施齐全，取名为飞天院，也难为老人家在这人手贫乏的灾后能完成这等伟业。正巧旅行了这许久，车辆也需要彻底维修保养一番，星云便在这里暂住，也顺便从与老人的交谈中长点阅历，让小妖消除点野性。

不知不觉过了半个多月，这一日小妖正在学习游泳，沉重的钢铁身躯显然颇为吃力，需要不停地划水才能勉强保持不下沉。旁边的小狐狸却轻松许多，差不多整个身体都能浮在水面上，柔软的棕红色毛发散开来，随着妖荡起的水纹上下起伏。忽然天色大暗，远处一大团黑雾迅速接近，随之而来一阵嗡嗡声，竟是漫天蝗虫。小妖从未遇到过蝗灾，机械身体也不惧怕昆虫撕咬，饶有兴致地看着这异景，小狐狸却是吓得不轻，跳到了小妖的头上蜷作一团。蝗虫所过之处，寸草不生，妖所在的池边绿树瞬间就被啃食干净，而且密密麻麻地爬满了妖的全身。妖被惹得有些不耐烦，用星云给的临时避难仓安置好小狐狸之后，持着镶火骨矛，踩着浮空台，在半空中将骨矛舞得密不透风，怎奈蝗虫数量众多。

蝗虫群很快抵达了庄园附近，警笛声大作，周边似乎设置有防御护盾，此时直接将整个庄园包裹其中，黑压压的蝗虫在上方穿梭而过，周边森林无一幸免。星云也是首次见这异象，用雷达扫描了一下，这竟然只是排头兵，后方连绵了百里以上。老人面色凝重，吩咐星云驱车去接了小妖回来，自己径往后院去了。不多时，星云找到了在空中舞成一团火花的妖，带回了庄园，且听庄主安排。

庄主见两人返回，便说道：“此地遭逢蝗灾，恐是住不得了。不瞒二位，我这庄园原是一艘飞船，主体埋于地下，自此便准备离去，可以捎二位到安全之处。尽管放心，届时是留是走，全凭心意。”星云只知道这庄园不同寻常，没想到果然是个飞天院，不过倒也并不惊奇，便道：“麻烦庄主了，可否沿着蝗虫来处看看，我们也想去了源头，以免再次生灵涂炭。”庄主允了，说着便又去了后院，不一会儿四周土地开始裂开，庄园借势沉了下去，原来是建在一个突出的平台之上，那泉水也是从飞船中连了根管子涌出的。

飞船拔地而起，沿着蝗虫飞来的方向一路驶去，却见地面渐渐干旱，并无半点绿色。开了约莫半盏茶的工夫，来到了一处大裂口，只见一条河水倒灌而入，谷内蒸汽弥漫，看不真切。想是这裂口吸干了附近的水源，土地干旱导致的蝗灾。从这裂口的形状和深度来看，似是大战留下的痕迹。

这裂口要封住颇为困难，水流一直灌入，除了引发旱灾之外，还可能引起地壳压力增大，板块崩裂。星云与老者商议片刻，决计在裂口上方建一座水桥，让河水凌空奔腾而过，可解此祸，但这工程巨大，并非一时三刻可以完成。星云决定留下来建桥，老人的飞船则凌空飞去。

这凌空大桥下无根基，最窄处也要跨越千米，着实困难。思前想后，星云决定干了再说，先找了一处最窄最坚固的裂口之处，将下游地势削低，方便河水利用势差自动流过。这选址看着方便，实际用到了不少测量工具和计算方法，还要考虑诸多因素，耗费了不少时间。建桥的材料方面，新浇筑一座显然不太可能，正头疼之际，星云联络上了欧文，询问是否有什么妙法可用，欧文建议可以找找大型飞船残骸，或者去附近城市里搬救兵。星云依言，但四处搜寻无果，一筹莫展。后来欧文又联络到了一个水利专家，专家建议可以尝试用冰来造一座桥，不过峡谷气候温热，可能不太好控制温度。

星云得此妙法，喜不自胜，制冷方面，只要利用河水的落差进行发电，电力用来制冷就能形成永续循环了。说干就干，星云亲自打造了一台小功率水力发电机，安装在裂口之内，然后先用车辆代替水势进行发电，将数十台简易的制冷机一字排开边浇水边冰冻，不多时一座连接两岸的冰桥就初见雏形，接下来浇水成冰，适当修补，很快一座跨越裂口的冰槽就临空而立，冰桥下方各处挂着制冷机，通过水电机不间断地制冷维持温度。

然后引流至此，固化河道，将水电机正式安装其上便大功告成。溢出的河水受温度影响，不断加强着冰桥的厚度和宽度，使两岸连接愈发紧密。为了防止桥身过重导致崩塌，在桥的底部，还额外弄了一条加热带，当冰面延伸至此之时，就会受热熔化，通过冷热不间断的塑形维持桥身主体形状。

看着一条飞鸿凌空横跨峡谷，偶有河水挂帘而下，水雾映射出条条彩虹，景色巍巍壮观。那庄主此时又转了回来，是担心星云过于执迷，看此美景，也是不由沉醉，漂泊半生，也没见过如此景象，当即落下飞船，向星云道："你放心去吧，这座桥我替你看着。"星云也担心这些设备没人照料，便谢道："如此多谢了，只是您要从飞天院庄主变成飞天桥桥主了。"两人相顾大笑。

第八节　阴阳两仪任穿梭

完成河水引流后，峡谷内的水汽渐渐散去，虽然大势已定，也还需要对玄冰桥的实际运作情况观察一段时间。这日抽个空档，星云叫了小妖，驾着悬浮台，带上些照明和攀爬工具，准备到峡谷下面去一探究竟。一路往下，愈发漆黑，打开了所有照明设备，仍然有种被黑暗吞噬的感觉，大约下沉了两个小时，却逐渐亮了起来，再接着往下，突然两人倒飞着从峡谷口飞出，整个世界仿佛颠倒了过来一般，一样的飞天玄冰桥，一样的奔腾河水，还有老翁那飞天院，只是上下颠倒，前后倒流，宛如来到了镜中世界。那老翁知他们下去，在峡谷边一直观望等待，此时见他们倒飞而出，迎了上来。“？获收有可面下，了来出着倒颠么怎，术法么什了变是这”这言语也是颠倒的。好在星云和妖具有倒放语音和颠倒图像的能力，所以很快就适应了。“我们一路笔直下探，飞了两个多小时，却又回到了这里，很是奇怪，而且一切都反了过来。”星云答。三人都是不解，星云突然注意到小妖背着的骨矛，那原本火红的石头，变得黯淡了。这石头原是量子纠缠所致，此刻却无法接收到另一半的能量传递，可见已不是同一个时空。又看向自己的计时器，这里的时间也是倒流的。按此推断，这不仅是一个镜像世界，还是一个逆转的镜像世界。

原来洪荒之初，同时衍生了两条时间线，完全相同但相反地演绎着，一前行一倒退，以达到一个平衡。

“这敢情是一个超级量子纠缠世界啊，我们平常所捕捉到的，是由于混沌随机产生的同一时空中的一对纠缠正负粒子，一正一负正好完全对上。而这里，则是整个时空所完全对应的纠缠态，是天平的另一端，真是神奇。”

星云好奇地拿起了一块地上的石头，突然想到，在原来的世界中，应该也有一个一模一样的自己也正拿着这块石头的孪生态。所以要用这种简单原始的方法在同一时空中获得大量的纠缠态量子不太可能，但如果只是互换一下位置，还是能得到大量的反物质，就像现在自己悬浮在半空中一样，要花很大的力气才能保持不飞上去。“不好！”星云突然意识到一个很严重的问题，正如火石失去了热源，自己的量子电池也失去了能量支持，得赶快回去充电了。连忙辞别了老翁，从原路返回，顺手带上了那块石头。

回到正常世界后，看着手中不断往上飞的石头，以及和出发时相比基本没有变化的计时器，星云准备尝试各种可能性。他先将石头固定在了妖的骨矛上，两边重量相抵，形成了悬浮状态，以免一不留神就飞了出去。然后他找到了老翁，老翁所见所闻和他们所料一致，只说过了两个小时左右他们就倒飞了回来，然后又急匆匆地走了。星云细想之下，可能是因为时间倒转的关系，他穿梭的时候一正一反，时间先往前了一小时，又随着逆世界往后了一小时，回来时先往后了一小时，再往前了一小时，所以计时器的时间并没有变化。其间所发生的一切都像凭空出现的纠缠态量子，融合后又复归虚无了一般。而凭空消失的两个纠缠量子只是对外界消失了，它们本身并没有消失。

看着骨矛上的石头，星云突然想，如果带着老翁去那边住上个一年半载，他会不会变年轻一些？他应该仍然保持着自己所有的记忆，但却会越活越年轻。他回来的时候，这边的世界应该也是同步往前推进了相同的时间，只是老人身体变年轻的状态却会被保留下来。简单向老人说明之后，老人家只抱拳致了一声谢，就急急忙忙地驾着飞天庄从峡谷裂口处飞了下去，毕竟能返老还童是老人最大的念想了，至于颠来倒去的，慢慢适应就是了，最不济就待在自己的飞船里不出来。

星云又想到，如果从那里带回来一些金属，和自己的身体融合，那岂不是再大的质量也不会产生重量。说着便干了起来，由于两边是镜像世界，所以在这里找到合适的金属往下一扔，就等着两小时之后收获就好，不过时机得算准，不然可能就飞走了，两小时之后镜像老翁也应该来了，自己还能迎接他一下。

星云已经向总部汇报了这一发现和两界入口，用不了多久，星盟就会穿梭而来。上次发现的反物质世界，并没有逆时间属性，可能只是一个多元宇宙分支，这次可是找到了整个倒转世界，意义非同小可。等星盟到来，他在这个星球上的游历也就告一段落，要准备往别处去了，兴许要有一段时间见不到欧雅博士了，她应该会直接驾着实验飞船飞入峡谷。

两个小时很快过去了，预料中的金属只有一半飞了上来，颠倒老翁却没有出现。星云盘算着，心中一惊，难道穿梭时有一定概率会被相互抵消归于虚无？赶忙联系了欧文，没能成功，可能他正在进行星际穿越，量子通信器也不好使，一想到欧雅博士的急性子，很有可能直接扎进去，星云有些不敢想。忽然天空上方传来一阵涟漪，欧雅博士的实验船已经探出了半个船头，星云也来不及细想，驾着悬浮台马上迎了上去。只听扑的一声，直接被飞船迎面撞上，贴在了船头，原来这船是自动驾驶，面对一些小行星之类的阻碍，只要在防护范围，就不会随意停下，欧雅博士正忙着设定航线，哪有空看船头的异样。星云就这样被飞船笔直地顶着又冲入了峡谷，等欧雅博士想起来联络他的时候，已是半个多小时以后。当他回复说自己正在船头时，欧雅博士还在驾驶舱中环顾了半天，这才想起是指外面的船头，赶忙停下飞船，拉他进来。飞船就暂时停在异世界入口处，老翁的飞船也在那里，原来老头也是胆大心细，虽然急着返老还童，但仍谨慎地在入口处悬停着研究。听星云说了只收到一半的金属材料，众人决定先返回峡谷，建立封锁线，然后从长计议。由于异世界的研究可能旷日持久，欧雅博士用船上设备帮星云和妖重新熔炼了身体后，便让他们继续去游历了。

第九节　纳米大战融合怪

星云和妖离开后，启程前往最近的空间跃迁点，准备搭载公用穿梭机前往下一个星球。经过一处废墟时，无意间激活了一个移动机械堡垒，上面密密麻麻装满了各种机械装置，好在远程热武器弹药已经消耗完了，也没有智能主机控制，只是靠着庞大躯体和近战兵器在进行被动防御。星云看了妖一眼，妖一副你行你上的模样，驾着悬浮器在半空观起战来。星云无奈，只能将车上的各种冷兵器安置在身上，向机械怪走去，准备试一下自己的近战能力。

好一场狠斗，机械怪身上装置无数，各种攻击招数都预先调校得有板有眼，势大力沉兼具兵器优势，饶是星云已经接入了武学宗师的训练数据库，依然左支右绌，疲于奔命。开山斧已经砍了一大个缺口，被当成铁锤乱砸，无奈机械怪防御力超强，很难破防。就这么打了半个多小时，当开山斧哐的一下被完全砸断的时候，星云不得不暂时撤了出来，驱车暂避。

打不过自然还要再打，不过得先弄件能承受的兵器，妖显然不会把自己的骨矛给他练手，独角龙虽勇，毕竟是凡胎肉体，哪里能和机械怪硬碰硬。幸好还有欧雅博士，赶忙发讯求助。欧雅博士似乎十分繁忙，只回了一句“已解锁”，也不知道解锁了什么。

“中型纳米机器人已解锁，请选择控制模式：全自动（新手推荐）、半自动、手动。”旅行车载电脑传来讯息，以及中型纳米机器人的相关资料，星云选择了全自动模式，“请选择装备：手术刀、支架、锯子……”，星云一看，全是各种配套的手术器材，便随意挑了一些。“请选择进入方式：手动投放、自动搜寻、无人机投放……”星云选择了无人机投放。“无人机已就绪，将根据您的后续指令随时发射。”星云电子脑中出现了一个控制屏，选择了战争模式后，用雷达定位了机械融合怪，选择了主要部件肢解模式，便选择了发射。车外一架无人机迅速飞了出去，在机械融合怪上方扔下了数十个中型纳米机器人，手持着各类手术装备，钻进机甲缝隙就开始动起工来。可怜那融合怪从未练习过如何打蚊子，且现在只有简单的防御模式，无法抵御这手术级别的纳米机器人。融合怪眼见机体不断受损，开启了冲锋模式，向着星云这边快速冲来，意图反守为攻。

“是否开启大力神模式？”车体继续询问道，星云同时接收到了相关讯息，欣喜之余毫不犹疑地点击了同意。只见旅行车快速变形为一台机甲，车中敦实的全钢手术台，被安在一根车辆轴承上面，变成了一个巨锤，车辆底盘则变成了一面盾牌，怪不得这车的轴承设计得那么粗，星云边看车辆变形边想着。车辆控制室内突出了一个接触式控制台，星云将手插进去之后就可以直接进行控制。熟悉的感觉，瞬间又回来了，星云可是机甲辅助 AI 出身。机械融合怪还没靠近，已经开始不断分解，最后直接瘫倒在地，考虑到零件还可以回收利用，星云没有上去补上一锤，反而是取消了变形，之后上去挑选有用部件。先是十八般兵器，挑些大小合适能用的卸下来替换已经断裂的开山斧；然后是电子眼、扫描设备等常用部件；最后是两条大型机械手臂，上次造桥时用小短手平整着实费了一番工夫，有两条大手臂能省不少力气，捆住了安置在车底，也不影响变形。临走时看到融合怪身上的记忆卡，星云心念一动，便拔了下来。他和融合怪底层架构不同，数据无法直接传输，但小妖兴许可以。

回到车上后，把妖召唤了过来，把记忆卡插在了她的脑后，妖说道："这是融合怪的操作程序，还有一些解密协议，我的程序都是固定的，根据学习材料不同进行参数调整，新的程序只能作为外接应用，不过这个程序好像只有我能用。"星云半信半疑，那张记忆卡就先留在了妖脑中。"有什么你想要的部件吗？"星云指着融合怪残骸问道。妖不答，径直走到融合怪旁边，不知从哪里开了一道暗门，从里面拖出一台人形机甲来，却是个成熟女性的造型。星云讶然不已，自己开启了各种扫描也没能发现这货，差点错过了，应该是那张记忆卡的关系。不过嘴上也不服输，"这对你来说太成熟了，我先替你收着吧。"说着，就把那具女性机械体放在车上的储物柜里面，用密码锁了。

融合怪守护的是一处险要的关卡，两边山峰直插云霄，过了这个关卡，便是一条大道直通星际跃迁点了。两人一车继续前行，妖这段时间已经熟练地掌握了狐狸语，小狐狸也在妖的启发下，会了不少新单词，可惜智商有限。

第十节　蒙皮小妖开杀戒

星级跃迁点十分热闹，也许是整个星球最热闹的地方，有各种物资往来，小商小贩们临时摆的摊，还有各色人等从事着各种买卖。整个建筑也十分恢宏大气，足以容纳这许多生意。

星云平日里都是乘坐军事穿梭机，很少到这样的集散中心来。一般跃迁飞船都要三个月才会飞一次，如果乘客太少，可能会继续等下去，毕竟星际跃迁可不便宜，因此星云和妖在这个嘈杂的地方临时安顿了下来。跨星座的星际跃迁只有在首都星才有，其他星球都只有到首都星的短途跃迁，这里虽然是首都星，但建设刚刚恢复，只有与少数几个星座的首都星建立了跃迁连接，选择并不太多，最近的一班在两个月后，是通往L国的。两国以前贸易往来最多，环境也最是相似，有一些S国的难民还逃到了L国，此刻也陆续迁徙回来，因此航班比较多。

市场里货物甚是齐全，星云走进了一家机械改装店，里面有激光眼、金刚爪、喷火器、机械羽翼等各种改装部件，枪支刀具也不少，这些民用的小玩意儿虽然比不上军用的实际，但在新颖性上还是独具一格。研究了半天，发现装备了攻击性武器的话，与自己平民游历者的身份不太相符，用处还没派上，上飞船可能就会被拦下来。逛了一圈，最后挑了两件三防斗篷，和妖一人一件，方便隐藏身份和减少幻化要求。

路边一家成人用品商店吸引了星云的注意，里面摆放着各类拟真硅胶娃娃，都是按1：1定做的，虽然没有智能，不过已经能做一些固定动作，比如跳一段预设的舞蹈之类的，皮肤质感十分接近真人，还有皮下微加热装置。星云想着如果安一副人类的皮囊，更方便行事，于是便走了进去。店主一看有顾客光临，立马便迎了上来，热心介绍起各种款式。星云逛了一圈，拖着两大一小三具娃娃便离开了。回到车上后，他小心翼翼地把娃娃拆开，将里面的不锈钢骨架取了出来，然后自己钻了进去，连接上肌肉控制器，小心翼翼地尝试起来。经过两天的动作训练，星云和妖都已经能熟练地进行活动。

走到大街上之后，星云立马发现了一个新问题，路人都目光灼灼地盯着她，似乎自己是舞台上的模特一般，个别还流露出贪婪之色。他才意识到自己性别已经发生了变化，而且身材比例和脸蛋过于完美和魅惑。

没过多久，星云就发现有人尾随，目光中不带好意，不多时便把她们逼到了墙角，是一批附近的流氓，左近的商户被他们霸凌惯了，都不敢吱声。星云想着这倒挺有意思，自己还是头一回被欺负，只是如果在这里把他们全都放倒，过于引人注目，只能抽空先跑了再说。她用指刀快速点击扑上来的歹徒的脖颈处，恰到好处地将其震晕之后，便借着空当，拖着妖一路小跑开去。跑到一个隐蔽处，开启了拟态功能，瞬间便隐去了身形，顺利地摆脱了追踪而来的众人。走到一处角落又显露了身形，带着妖走到一个快餐店坐下，点了两杯饮料，准备观望下路边情况。才喝了一小口，两人就相顾诧异，从成分解析中明显发现饮料里被放了药。星云有些生气，这光天化日之下还有没有王法了，不过想到这是个文明刚被完全摧毁的灾后星球，便暂时按下了怒火。饮料被她们一饮而尽，然后起身离开，她们想看看到底是谁下的药。不多久，两人假装晕倒，很快便被套上了麻袋，颠簸间被送到了一处密室。

密室里是一个黑帮老大，黑老大看她苏醒得那么快，有些诧异，不过仍然镇定地说："不管你是人是鬼，到了这里就只有听话的份，可以少吃些苦头。"星云道：

“你这是开的赌场、风月场，还是做的人口买卖？”黑老大被星云的镇定惹笑了，便回答道：“这个跃迁站没有我不参与的，上到站长下至乞丐，全都要给我三分薄面，如果你肯顺从，看你姿色尚可，胆儿颇大，倒是可以留你在身边作个小。”看来星云这精心选择的外壳也被黑老大看上了。星云冷笑道：“那便留你不得了，此处王法未立，教化未开，但仍属星盟管辖，今日便代为正法了。”说罢，瞬间放倒了屋内守卫，大家原本见她们两个弱女子，也没有过于警惕。黑老大见惯了生生死死，面对这突然的变局，仍然保持镇定道：“错惹了好汉，还乞一条生路，日后如有用得着兄弟的时候，必当竭力。”星云本也没有杀心，便道：“留你一条性命，到了星际监狱需老实交代。”黑老大没想到星云准备直接送他去星际监狱，他的势力目前仅限于这个跃迁站内，如果是送给当地警方倒是好办，但星际监狱却是难逃死罪，嘴上答应了下来，暗地里却动起了心思，乘星云转身之际，猛然从抽屉里抽出一把枪，还来不及打，便被妖扔过来的烟灰缸砸开了脑袋，死于非命。妖邀功道：“看我厉害吧姐，被打中了皮囊就多了个窟窿，不好看了。”星云也是无语，刚才情景下也怪不得妖，只是一旦开了杀戒，今后不要误入歧途才好。

打开了黑老大的私人电脑，里面各种违法证据俱在，顺藤摸瓜清除了一批贪腐分子，也让跃迁站氛围清朗了许多。忙完已将近出发时刻，便开着车上了跃迁飞船，准备前往 L 国。

第二章 L 国

第一节　人狼共生妖满地

这 L 国还有个外号，叫作狼人国。除了人类居住外，还有启迪智慧的狼人聚居。这些狼人原本是家养的宠物犬，在各种场景下被主人开启了智慧，慢慢形成了一个特殊族群，并通过与野狗野狼繁衍的方式，在人类聚居地外出现了天生就开启了智慧的狼狗群。这些野生的智慧狼狗逐渐形成了自己的习俗，但由于语言不通，只知晓一些人类社会基本规范，有模有样地照搬照学，但未能全套沿袭人类文明，生产能力十分低下。由于天生亲人，模样又十分可爱，便在人类默许下渐渐发展起来。他们最讨厌别人称呼他们为狗头人，族群内都喜欢以狼人自居，还有人类私下叫他们汪星人，被少部分狼人所接受，但官方仍以狼人为唯一种族身份。

狼人中出了一个先知，为狼人定下了生存之法:“狼人需与人类为友，通过为人类服务获得回报与尊重。”在这条律法下，久而久之，L 国的狼人和人类便融为一体。狼人本身有群落，但更多的狼人为了生存，散居在人类城市中，与人类为友，也有部分智慧超群的狼人主要负责协调狼人相关事宜以及研究狼语文化。

星云等人进入 L 国之后，一只拉布拉多便快速跑了过来，冲他们汪汪叫了两声，星云由于学习过动物语言，很自然地便回叫了两声。这下轮到拉布拉多傻眼了，他是一名狼人，但还从来没有人类用狼语回应过他，平常主要负责帮助旅行者推推行李换口吃的，能听懂一些简单的人类语言。拉布拉多名叫哈卡，和他一起的还有一只比熊，叫雪球。他们刚才和星云的对话，一个问“要不要拖运行李”，一个答“我们没有行李”。哈卡小心翼翼地又试探着叫了两声，问道:“我叫哈卡，你能听懂狼语？”星云回答道:“哈卡你好，我会各种语言，而且很熟练，你的朋友叫什么？”“我叫雪球。”比熊也叫了两声，而且似乎非常开心，不由自主地蹦跶了几下。“你们愿意替我们当向导吗？我们第一次来 L 国，可以提供通用货币作为报酬，还有食物。”星云之前就听说过 L 国的狼人，不过是第一次见，也想多了解一些。哈卡和雪球自然是十分乐意，跑前跑后地招呼着。

一路上星云和狼人们不停地交流着，顺便也练习了一下自己的狼语，沿途的人类都是很好奇地看着他们，狼群则是有不少想围过来，都被雪球驱散了，既怕引起麻烦，也怕抢了自己生意。星云等人在哈卡和雪球的带领下，来到停车的货物堆积地，很顺当地便跟着上了车，完全没有陌生的感觉。“你们不是人类，身上没有人类的气味，不过我们并不在乎。”上了车之后，哈卡说道。星云嘱咐他不要说出去，在得到肯定的答复后，便从储物柜里拿出来一些存放的食品喂给了他们。L 国在战争中也受到了重创，又丧失了最大的贸易伙伴国，此刻经济也是有些萧条，哈卡和雪球看上去饿了好几天，狼吞虎咽起来，当然也可能天生吃相如此。小狐狸出于本能，对他们甚是惧怕，躲在角落里，他们也不搭理小狐狸，对于人类的宠物总会收敛几分，以免招惹到宠物的主人。

“你们平常住在哪里？”星云搭话道。“我们就睡在路边，哦不，住在狼人聚居地内，为过往旅客服务换些吃的，没生意的时候只能翻垃圾吃，哦不，乞讨为生，哦不，是领取些救济食品。”雪球回答道，其间被哈卡瞪视了好几次，改了好几次口。星云莞尔，看他们毛发尚且干净，想是为了照顾生意，专门修剪的，尤其是比熊浑圆的大头，发型保持得相当完好，很是费了一番工夫。“你们可以和我们一起走，不过不能欺负小狐狸。”星云道，两狼忙不迭地点头，终于有个落脚点和长期饭票了。“还有不能随处撒尿。”星云补充道。哈卡当场表示不满，自己可是有智慧的狼人，怎么可能干那种野狗干的事情，雪球则不动声色，毕竟跃迁点内并没有狼人专用厕所，有时忍不住也会偶尔标记一下。两个狼人平常就待在车辆后方，以免影响星云开车，偶尔会探出头来介绍路边建筑情况。

好不容易来到了繁华都市，星云他们首先便是想享受一下人类文明的成果，买了两张大剧院的票，演的古装剧狼外婆与小红帽。剧院里也来了不少狼人。狼外婆说的是狼语，小红帽说的是人语。星云买的是一等座，价格不菲，只是带着妖，哈卡和雪球就没有那么好运了，只能坐在最后方，能够进来已是不错。星云旁边坐着一个狼教授，虽然狼人都十分拮据，但为了展示自己的身份地位，往往喜欢将钱花在排场上，而且公众场合喜欢说并不顺溜的人语，看一次剧可能得花费狼教授三个月的薪水。星云坐下时礼节性地向狼教授打了个招呼，对方也礼节性地回了礼，但显然十分激动，身躯不禁颤抖了一会儿。

然后是颇为精彩的演出，配合上立体投影和适当的改编，整个舞台效果十分出色。演出结束后演员照例出来谢幕，不少观影的小朋友都冲上台去想要和演员互动合影。一个小朋友想走近道，从舞台正中直接跳上去，结果没有算好距离，绊了一下，眼看就要摔在地上，被狼教授眼疾手快地接住，还做了个吐舌头的动作，逗得小孩咯咯直笑。小孩的父母也马上跟了上来，一把接过了小孩，然后很不友好地推了一把狼教授，怒斥道:“离我孩子远点，你这扁毛老狗。”狼教授被骂了一句，虽然生气，却低着头默默走开。妖有些按捺不住，忍不住想要冲上去评理，被星云一把按住。退场时，星云原想邀请狼教授同行，却见出场人群明显分为两队，人狼各自分离。出场后，星云又找到了狼教授，好奇地询问，狼教授不答，只是默默走开。回到车上，一直远远跟着的哈卡和雪球解释道:“人狼表面平等和谐，其实还是尊卑分明，不少人类仍将狼人视为下等异物，并不平等相待。”妖心中有气:“人又如何，狼又如何，都是天地所生，我看刚才那两个人，还不及狼教授十一。”雪球道:“这些问题十分复杂，即便是人类中尚且分三六九等，又何况人狼天生异类，剥削歧视不可避免，我们只遵从先知教诲。”星云点头称是，未来能否达到人狼平等尚不好说，眼前顺其自然反而是对狼人的保护。妖仍然生气不语，星云一时也劝解不开，只能待她自己想通了。

说话间，小狐狸突然不见了，妖赶忙寻找了起来，想是刚才光顾着生气，没注意走丢了。星云委托哈卡和雪球帮忙寻找，印象中狗的嗅觉很灵敏，不知道狼人是否继承了。没过多久，三人就返回来了，哈卡有些严肃地说：“没找到，但是在失踪的地方嗅到了恶狼帮的气味。”雪球看星云并不知晓，补充道：“恶狼帮都是些彪悍的狼人，平时对人类不满，但又不敢还手，便将怒气撒在宠物身上，专挑走散的宠物下手。”星云一惊，那小狐狸一路陪伴，已经有了感情，落在歹狼手里，只怕凶多吉少，赶忙打开车用电脑，尝试调取小狐狸踪迹。由于加密制式不同，星云花了不少力气才锁定小狐狸的位置，妖明显已经有些等不及了，作为机器人，她的情感有些过于丰富了。快速驱车前往锁定位置，是一个废旧仓库，里面隐约传来狐狸的惨叫声。妖一个箭步冲了过去，一套棍法加矛法把驻守狼人打得无力招架，而且人类的外形也让狼人有所顾忌，一时间哪里识别得出。

解决了守卫之后，妖直接冲进了仓库，几人快速推进到小狐狸的位置，只见它的脑瓜已经被切开后又缝上，正在用外插的电极不断地通电，是以惨叫连连。众人上前把电极拔了下来，解除了狐狸身上的固定装置，小心翼翼地抱着回到了车上。让妖在四周警戒后，星云直接开启了手术模式，帮小狐狸处理伤口。

手术后大约过了一天，小狐狸的体征慢慢恢复了，三天后已经清醒了过来，开口说：“我要喝水。”虽然还是狐狸语，但星云感到了不一样，话语间明显已不是一只单纯的野生动物，想是恶狼帮用它做实验的结果。雪球对此也不甚了解，只说好像有听说过，也许长老会知道，长老一般居住在狼人聚居地内。

星云自然要弄个明白，便随着哈卡和雪球来到了长老所在的狼人聚居地。聚居地十分原始，以木头和兽骨为主要装饰，杂七杂八堆着些从垃圾场里捡回来的人类物件。见到长老后，星云将小狐狸的情况讲述了一遍，长老对他会狼语也是颇为意外，试探着问道：“你是机器人？”这长老显然经历过大灾变之前的时代，大概猜到了星云的真实身份。见星云不答，也不再追问，反而看向了小狐狸，口里念念有词：“吾辈何幸，得启智蒙；吾辈何忧，世代守护；吾辈何苦，开脑洗髓。既育吾辈，又何弃之；既育吾辈，世代相传；既育吾辈，何日得归。”

长老念叨完毕，将小狐狸还给了星云，说道："狼人先辈有记载，开启智慧需接受十种苦痛，分别为改胎、换链、注液、融生、插机、附加、催生、嫁接、转移、替换，这便是其中一种，想是恶狼欲效先辈之法，尝试给野生动物开启智慧。"星云又问道："附近部族可有与人类相争？"长老答道："谨遵先知教诲，吾辈世代与人类为友，以服务人类求存，不敢稍有异念，偶有精神错乱者，必举族灭之。"星云点头道："然汝等不通人语，纵有智慧，亦不知自暖之法。"长老答道："曾有人类大善，教授我族聪慧者知识，五年内可通人语，进而开始自我学习，但教习难度较大，时间较长，我族寿命又普遍较短，是以无法推广，亦有狼人钻研狼语，但时日尚短，尚无功绩。"星云心念一动，道："吾既会人语又会狼语，汝等又启智蒙，何不尝试教习？"长老听得此处，也觉十分有理，便聚集部众，约莫万来余人，前来听课。

星云怕人数过多，便要长老找了几个传声装置，方便区域扩音。是日开始用狼语讲习，三日后，众狼人理解进度不一，有所分化，正巧星云连夜赶制的单狼耳机和麦克风设备已经完成了百余套，便分发给众狼以观其效。星云可以同时接收多人的询问，以目前算力，同时和这百余狼对答并不吃力。众狼初次听狼语讲课，都十分专注，外加星云似乎能提供充足食物，节约了外出觅食的精力，进步都很快。转眼间半月有余，星云已经囫囵吞枣地传授了小学所有知识，考虑到众狼需要进一步消化，自己也需要继续游历，便向长老告辞道：“人语狼语转换并不困难，想必主要是因为种族差异，所以人类并无全部传授，汝等如今已获初级知识，日后生活应能更好适应，至于演算推理能到何种程度难以预知，我也是时候离开了。”长老感激不尽，答应继续照顾受伤的小狐狸，此时它尚不宜远行，而且这里有它的族类，相信能够得到很好的照料。哈卡和雪球已开始协助长老主持工作，此时也不便离开。星云和妖告别了依依不舍的狼人部族，准备前往下一个城市。临行前，妖为了缓解失去小狐狸的寂寞，找长老要了一只刚出生不久的小狼带着游历。

第二节　比医术医圣服众

话说星云一路治病救人，得了个医圣的称号，却惹恼了医师协会，协会一纸诉状告到了法院，控诉星云无证行医，扰乱市场秩序，请求法院查办。法院一查，星云从未获得医师证明，也从未上过医学院。又调查过往居民，一个劲地夸星云医术精湛，落实了他四处行医的事实。证据确凿，法院当即派出巡逻飞艇，没收了星云的旅行车，还象征性地罚没了他违法行医所得，只因星云都是免费治病，最后只缴纳了十元手续费。星云之后一经调查原来是医师协会搞的鬼，便扛了块医者仁心的牌匾，到医师协会讨要公道。

医师协会如临大敌，几个元老都亲自到场暗中观察，由当红主治医师团迎接挑战。事先收集了各处医院的疑难杂症病人，私下里由专家会诊后，准备在比赛当天刁难星云。

入门第一道先是医理考察，协会知他实战经验丰富，但未正经读过书，便找了许多冷门知识来刁难，连元老院专家都要翻经阅卷半天才能回答一二，自信能杀一杀这个年轻人的锐气。星云脚都没停，随口回答，轻松写意，唬得众人目瞪口呆，还以为真题提前泄漏。妖跟在后面却是偷笑，星云满身的记忆卡可不是吹的，纸上谈兵整个星盟都不是他对手。

第二道考的中医开方，星云只得先把牌匾放置一旁，在诊疗位子上坐下，面前依次排了五个病人，桌上只有纸笔以供书写，旁边坐着几个中医老者看他诊断。第一位病人上前，星云将其脸部特征、走路姿态、说话声音提炼后，与历史特征集相比对，然后开启 X 光透视眼进行了全身扫描，已然对病情知晓了七七八八，假意询问了几句病症表现，得到患者肯定答复后，将手指搭在其脉搏上，进行了心电图测量和核磁共振检查。开下药方后，患者又走到一名旁观的中医老者那里复诊，几位老者自重身份，对自己医术颇为自信，并未事前诊疗，与星云一样条件。很快星云这边五人都已完成初诊，五名老者仍然在一一诊断。五人诊疗完后，会商了许久，越来越冷汗直冒，过不多时，也不讲结论，直接一起扛了那块牌匾交给星云，送她去往下一院。一名老者显然是真心折服，也存了关心后辈的意思，边走边关照星云道:“女娃子啊，你医术精湛，放眼天下也没几人能胜过你，里边那些人也还算忠善之辈，只是在名分上还有些看不透，不服你这医圣称号，此去得饶人处且饶人，莫过分刁难。”星云回道:“只要还了我旅行车，不要刁难我继续游历行医，自是两厢无事。”老者点了点头，便坐在中医院内静待结果。

进入第三院正门，是个设施完备的医院，里面有几名医生已经在为送来的疑难患者进行治疗。星云由于没有上岗证，不敢随便让他动刀，只是让他协助诊断，顺带考量他功夫。星云对答如流，完全一副资深教授的模样，对疑难病症提出了不少解决方案，这些医生看过他过往的行医记录，知他在手术方面的技术堪称一流，也就没有必要验证了。由于略去了冗长的手术过程，很快便前往了下一院。

这里躺着五位被医院官宣放弃治疗的患者，都已经和医师协会签了生死状，同意让星云放手尝试，死生自负。这五位让星云也是倒吸一口冷气，看着满院可随意使用的医疗器械，让接待人员去把自己的旅行车先调过来使用，对方倒也没有拒绝。旅行车很快就送到了，其实一直就停在协会后院，星云将病患依次抬上手术台，关了门，妖照例坐着悬浮台升到半空守望。星云启动了车内的医疗纳米机器人，开始了漫长的手术过程。

就这样边观察边治疗了一个多月，患者都在逐渐康复，暗中观察的医师协会已经有些按捺不住，这一日由协会会长亲自迎接星云进入内院，原本最后的考场变成了授勋仪式，由市长亲自颁发了医师资格、协会荣誉会员和一面上书医圣的旌旗给星云。化干戈为玉帛，分宾主入座后星云感谢道："感谢诸位前辈厚爱，小女年幼，医圣一称愧不敢当，未来像我这样的高级医疗人才肯定会批量出现，只愿天下再无病痛。"众人连声称是，只是他们不知星云是有所指。星云又道："听说原本还有最后一场，却不知是何考验？”众人连道惭愧，看星云并无它意，只是想知道星云究竟会如何处理，便回答道：“吾等不才，本想试着让医圣完成一例换脑手术，辅以克隆技术，实现长生不老的医学终点。”星云听完沉默不语。

第三节　匡扶正义惩恶徒

话说先前救治的病例逐渐好转，都是千恩万谢，医师协会门外更是排起长龙，只求请得医圣施以援手。星云也不好推辞，只得没日没夜地救治病人。约得半月有余，这一日门前突然清静，正奇怪间，见一队人马簇拥着一名衣着鲜亮的公子前来，却是之前车祸受伤的一名病患，来人一个鞠躬，说道：“感谢医圣救治，今日刚能起身，立刻过来亲自拜谢，如蒙不弃，还请赴小院一聚。”星云也想出去散散心，又是知恩图报的病人亲自来请，不疑有他，便应允了下来。病人名叫宋德，就住在附近，家里颇有财资，为人也十分仗义，全不似一般富二代。

进得府中，只见一片繁华景象，星云独自游历至今，都是途径废墟、杂市与狼窝，是以对奢华生活只是略知一二，此刻亲眼见到，饶是机械属性，也被震惊不已，妖更是左顾右盼，欢喜之情溢于言表。四处参观一阵，星云与宋德便回到正厅用餐，宋德道:“听闻医圣喜四处游历，不知何故？”星云见宋德侧面打探来历，便道:“久居一处腻味，又想兼济众人，便出来四处看看，也无定处。”宋德道:“医圣心地善良，让人着实佩服，正巧我也喜在四方走动，不如结伴同行如何？”星云倒吸一口凉气，赶忙推辞道:“得蒙先生厚爱，只是平日里习惯独自走动，孤男寡女也甚是不便。”宋德听出了意思，便岔开了话题，张罗大家吃菜。

待用完餐，沏了一杯茶，宋德道:“医圣医术了得，救我于危难，宋某此生难忘，如有所求，必当涌泉相报。目前还有一事相求，望医圣不弃。我这里前两天来了一个兄弟，伤得颇为严重，不知医圣可否再次施以援手？”星云心想总算切入正题了，反正日常也是干这些，便应承道:“治病救人当属本分，还请宋先生带路。”宋德也不扭捏，便领着星云来到一处隐秘的房间，里面躺着一名男性，似是被施了酷刑，全身上下无一处完好。临近仔细查看，此人曾被注射了药物，受刑时痛苦翻倍，非常人所能忍耐，必有大毅力才能存活至今。星云看向宋德，宋德眼中似有不忍，仍然拱手道:“还请医圣相救。”

星云点头，她也想知道这人到底经历了什么。房间中医疗器械充足，吩咐妖去把旅行车开过来，自己顺便先进行一些处理。再次检查后计议已定，星云就在宋德家住了两天。临走前吩咐宋德万不可泄露此次手术，毕竟涉及换脑之术，并称自己过两天会过来复诊，宋德自是满口答应。

两天后，星云又来到了宋德府上，先去查看了病患伤势，过不了几天就能恢复知觉了，只是身体要痊愈还需要一段时间。回到客厅，宋德道：“实不相瞒，我乃L国中央情报局缉毒组组长，家父正是死于毒枭之手，因此立志禁绝毒品。刚才那位是我的副手，半年前我们谋篇布局，他去贩毒集团卧底，我居中策应，花了半年时间终于获得了毒贩名单和其老巢地址，他赶着回来送信的时候，被毒贩识破，我被撞差点身亡，他则被掳了回去，折磨了四十八小时，最后遗弃在我家门口时，已是这般模样。我得医圣相救，回来后得知这一消息，本想让他早日解脱，临下手时，看他喉结略动，我素知他心思，知他有话未说完，大仇未报，故擅请医圣到此，还望勿怪。”星云点点头，这手段过于残忍，她跟欧文学的性子，此刻也是怒火中烧，便道：“等他醒了，我跟你们一起去走一遭吧。”宋德不知她何意，但想医圣所言，必有深意，自己拼死保护她周全便是。

又过了半月，那名副官醒了过来，用还没能控制的手颤颤巍巍地画了一幅地图，写下几个名字，显然已经死死地刻在脑子里。

宋德此时已经基本康复，便召集了缉毒队员，全副武装地向毒贩老巢奔去，依照约定带了星云同行，远远地开着旅行车跟在后面，也算做个随行医生。缉毒队已经大致听说了队长和副队长的遭遇，都是一股热血含着，不将毒贩清除势不回城。

一众人驱车来到第一处巢穴，这毒贩颇为嚣张，整个罂粟花种植点就像一个小型军事基地，重火力凶猛，还有军用机甲守护。缉毒队虽然装备齐全，却都是特警级别，在准军事火力压制下被打得抬不起头。却见妖忍不住，抢过无线电屏蔽装置，踩着飞行器拿着骨矛一个冲锋，瞬间击倒了两名守卫，然后开启了无线电屏蔽装置，瘫痪了把门的两具自动炮台，缉毒队乘机而上，暂时立住了脚。门内毒贩见状轮番发起了冲锋，丝毫没有给缉毒队喘息的机会。

“激活中型纳米机器人，无人机发射。激活大力神模式。”星云既然跟来了，就没想隐藏实力，她可不想自己辛辛苦苦救回来的人，转瞬间又没了。几百个中型纳米机器人在无人机的精准投掷下，很快瘫痪了对方主力机甲，毒贩失去了机甲掩护，赶紧后退，天空中的飞行器被妖一跃而上砸了个稀烂，摇摇坠坠地往下掉，又被星云一锤子打到一边。看里面还有一个内堡，防守颇为结实，将两条机械臂装在外部接口上，举着盾牌，冲到了内堡下，靠着机械臂攀爬而上，抓到什么就往下扔什么，犹如一个大力魔猿。缉毒队看得呆了，这不是来给自己疗伤的医生吗？宋德也惊得说不出话来。星云打得兴起，从车上拿下来各类储备着的冷兵器，用机械臂凌空掷出，将远处的炮台一一报废，折腾到机甲几乎没电了才找了个地方掩护，等待量子电池自动充能。自己则跃了下来，捡起毒贩散落下的枪支，一枪一个，将自动步枪当成了自动狙击枪。妖看她打得愉快，也去捡了把枪。不一会儿，这个毒巢就化为了废墟。

另外几处巢穴外围也已同时被警力封住，以免相互通气放跑了罪犯。星云如法炮制，几乎零伤亡地端了所有已经发现了的辖区内的窝点。宋德激动得都有些语无伦次了。

第四节　幻境奇遇终为虚

星云剿灭众匪之后，回到了医师协会，门口挂着她自制的医者仁心牌匾，依然彻夜排着长龙。武力剿匪的事情被严格保密，缉毒队都是重情重义的汉子，绝不会给恩人添半点麻烦。不过星云一直被困在这里，欧文整日里借星云的视野，看到的都是各种伤残，心情也不太好受，因此便替星云申请了个机械替身，将这具皮囊脱了给替身套上，让星云带着妖隐身离开了。为了奖励星云的贡献，星盟军方专门给星云又配了一台旅行车，医生当的也够久了，资料已经足够星盟大批量定制机械医疗队赴各地执行医疗任务，这次可以先放松放松，看情况扮演些其他角色。

星云和妖暂时用拟态幻化换了容貌，星云选择了一个男性，妖则粗看分不出性别。随行的小狼，也已略长大了些。沿途开着新的旅行车，来到一处歇脚之处，虽然住在车里也没什么不妥，不过为了更好地融入社会，星云还是尽量尝试人类行为，也顺便让小狼下来放放风。

酒店似乎没什么客人，老板娘远远地就在路口招呼他们进去，办了入住手续后，点了几份巨型蚂蚁肉当晚餐，让小狼换换口味，看着装修豪华的酒店，总有些不真实的感觉。

看天还亮着，星云和妖便来到了酒店的游乐场中，妖吵着要去鬼屋，星云也觉得有趣，便应允了，先后带她玩了鬼屋、迷宫和洞穴探险。相比赶路的枯燥，这简陋的娱乐设施也算颇有趣味。

回到酒店住房后，妖嘟囔道，没想到这里物价那么贵，快赶上城里的两倍了。星云笑笑，这里地处偏僻，自然要贵些，突然发现不对，如此荒山野岭，怎么会有装修如此豪华的酒店？老板娘一人又如何照得过来？说着打开了 X 光透视眼，只见原本豪华的墙壁变成了断垣残瓦，整个酒店也只有所见的三分之一大小，原来都是和自己一样幻化而成。再看在前台闲坐的老板娘，又吃了一惊，哪里是个人，分明是一只穿山甲。

遇此怪异景象，星云便一把将老板娘抓了起来，穿山甲幻化的老板娘起初还想反抗，一看被精准地拎住了尾巴，知道已被识破，便老实交代。原来穿山甲是酒店主人的一只宠物，被强行进行了类人改造，幻化后帮着料理酒店事宜。后来酒店主人病故，就由她继承了酒店，因为不知道如何修缮，就按着之前模样将酒店幻化，只有床单被褥等软装才是真的。酒店原主人就埋在被封住的洞穴里。说罢，便带着星云和妖来到洞口，打开了封印，只见确实有一处灵位，还供奉着新鲜的食物。穿山甲又道:“动物天生就有灵觉，两位也是幻化中人，看我并无害人之心，便饶了我吧。”星云道:“此时没有，未来未必没有，你有这等手段，行起恶来，等闲也防不住。”穿山甲不语，想是接触的人少，干的也都是杂活，不知如何应答。妖道:“人是智慧生物，穿山甲也是智慧生物，为什么怕她行恶，却不怕人行恶？”星云道:“人行恶自有人来管，穿山甲虽是宠物，但并不亲人，只怕未来有变。”妖道:“如果凡有威胁就要灭除，那岂不是万千生灵都要覆灭？”星云道:“并不能一概而论，还是要看具体情况。”又转头对穿山甲道:“看你目前还算良善，也多有贡献，心念主人，给你两条路：其一，我去除你的智能，做一只普通的穿山甲；其二，我送你去法办，由人类来决定你的命运，是好是坏尚不能知。我所能做的，只有这些了。”穿山甲沉吟道:“我不想忘了这份记忆和温情，哪怕被千刀万剐，我陪你去人类社会走一遭吧。”

星云应允，便带着她来到一处城镇，交给了镇上的警察。警官去现场取了证，因为无法判断酒店主人的死因，担心智能生物效仿谋害主人，便判决穿山甲殉葬，所有功过一并抵消。行刑前，星云再次询问穿山甲是否愿意去除智力，或可保她一命。穿山甲摇了摇头，朝酒店方向又拜了几拜，慨然赴死。妖不忍心，央求着星云，不断抽泣。穿山甲被枪决后，妖冲上去紧紧抱住了她，穿山甲拼尽最后力气，扳下一块鳞片递给妖，呢喃道："小妮子，大娘命不好，这就要去了，能把我运回洞穴吗，我想再陪陪他。"说完便咽了气。星云也有些不忍，便和妖一起将穿山甲埋在了洞穴里，拜了几拜。小妖将穿山甲的鳞片镶在了骨矛上，沉默了好一阵。

第五节　遭埋伏小狼救主

驱车开过几个村庄，来到一处集市，贩卖各种手工艺品，造型都十分独特，妖看得非常欢喜，买了一串狼爪项链挂在小狼脖子上。星云见她多日来沉闷，今日难得高兴，她想买什么都应允了。来到饭庄小憩，本想点些肉食给小狼解馋，没想到只提供素菜，生拌为主，看小狼一脸嫌弃的模样，饮料倒是颇为齐全，有羊奶、马奶、各种茶饮，买了些羊奶，和着乳酪让小狼吃了。看到路边有卖羊毛斗篷的，虽然做工粗糙，但造型别致，用料扎实，便按着身材买了三件，白天当披风，晚上当棉被，一物多用。再往前走，是一处铁匠铺，售卖弓箭兵器，给妖买了一张牛角短弓、数十支箭，外加一个箭匣方便携带；还给小狼挑选了一把兽骨弯刀，整把刀就是用一整块兽骨打磨而成，略加了一些装饰，用来给小狼练习刀术颇为合适。离开铁匠铺，众人又来到一处药店，可能地处偏僻的关系，野生的各类草药不少，名贵品种也有许多，星云买了一些药材备用。药贩子见来了大主顾，神神秘秘地道："客官，还有好东西，要不要去看看，不过不在此处，需前往仓库。"星云寻思着，麝香之类在这里当普通商品贩卖，这好东西不知是什么，便答应了。

随着药贩子驱车前往仓库，行至一处山坳，突然一颗 EMP（电子脉冲）炸弹在车旁炸响，犹如电闪雷鸣，瞬间短路，即使星云有额外防护设计，此时也是因突然，能量耗尽被迫关机。醒来时他和妖被牢牢绑在一起，失去了幻化已显露机械原形，捆缚用的是上好的牛筋，而且关节都被锁住，一下子挣脱不得，一些外装部件已在爆炸中彻底损毁，却没有见到小狼，想是电子炸弹对他不起作用，得以得脱。

见他们醒转，外间转进来一众牛鬼蛇神，有马面、牛头、大鹏、羊倌，各类动物齐全。星云诧异地望着他们，问道:“你们都是智慧生物？为何偷袭我们？”有一只变色龙突然窜了上来，恶狠狠地说:“你个机械畜生，还有脸说，我且问你，百里外的穿山甲大姐可是你们害的。”星云这才了然:“吾等性命都因人类而生，仰仗人类而活，亦可为人类而死，她自有天命，又何必寻仇？”牛头道:“大家都是讨个生活，大姐供你吃喝，你却害她性命，还在这里狡辩。”旁边羊倌帮腔道:“人类吃我用我穿我，原本也是利益交换，吾等也经常交换所需，却从不曾杀生取卵，竭泽而渔，你却是吃完用完反而把主人挫骨扬灰，焚之一炬，实在用心险恶，吾等定要为穿山甲大姐讨个公道。”星云突然省悟，道:“刚才集市里的人，是你们幻化而成？”一只麋鹿道:“牛哥，这等忘恩负义之物，还跟他废话什么，直接砍了就是。”众生也都附和，那牛头点了点头，拿了一根骨棒，放在手里颠了颠，走到星云面前说道:“莫怪老牛无情，你的小姑娘还算重情重义，我们会替你照顾好。”说着，举棒便砸。

怎奈何星云钢筋铁骨，又得反物质加持，等闲骨棒如何伤得，那老牛打了几下，骨棒竟断了，星云却是毫发无伤。“铁皮，试试我这猪牙棒。”一名野猪人拿着一根棒子走了过来，上面镶嵌了好几根獠牙，又是叮叮咚咚一阵敲打，也是毫不见效。众生见星云刚硬如铁，都不知怎么办，便走到外间商议。星云原想接通远程通信器呼叫支援，没想通信器在爆炸中被摧毁了，只能干等。忽然门外一阵喊杀之声，却是逃脱了的小狼到附近狼族聚居地求救，嗅着踪迹赶来救人。众生物抵不住，纷纷散去。小狼跑到星云跟前不断地吐着舌头乱舔，过了好一阵才想起来要给星云松绑，用牙齿咬着牛筋一阵乱扯，最后还是用骨刀给割了开来。星云得救后，谢了众狼，众狼便自行离去。角落里堆着他们从集市上买来之物，也不知是从哪个智慧生物上取的材料现产现卖，妖毫不避讳，披了羊毛斗篷，背了牛角弓和鹰羽箭，拄着骨矛，活脱脱一个丛林猎手。小狼也是对羊毛斗篷爱不释手，当成了自己的窝，不肯丢弃。

再去往那处集市找人时，早已散尽，只留一地凌乱。在车上更换了损坏的零件后，便再往前去了。

第六节　探大牢夫妻相守

这边尚未了结，星云突然接到呼叫，平日里只有他向上汇报，极少接到主动呼叫，赶忙接了，是莉莎上将，吩咐他去大牢营救一名我方特工，不可泄漏行踪。接到命令后，星云立刻前往指定地点，丝毫不敢怠慢。目的地是L国最大最严密的监狱，L国似乎还不知道特工的身份，只是被人诬陷关入牢中，由于身份特殊，只有通过特定方式联络星盟才能识别身份传递消息，所以在牢中过了三年也无人知晓。此次由于星云游历至此，上级准备让他暗中保护，始终联络不上，方才发觉原来已经锒铛入狱。告他的正是在L国为掩护身份娶的妻子，平日里也是恩爱有加，没想到突然发难，实名举报他和狼人女子私通，败坏人伦。

由于监狱防守资料缺失，从内部探查后向外突围较为可行，星云也想先和特工接上头，是以在监狱路旁隐身埋伏，待囚车驶过时藏在车底，混入牢中。可惜狱中各种探测装置布设严密，光靠拟态隐身无法开展行动，只能又搭着囚车原路出来。一计未成又生一计，待到傍晚狱警交接班时，跟着其中一名狱警返回家中，观察了三天之后，将这名狱警打晕，假扮了他，然后光明正大地来到狱中，当起看守来。怕时间久了被人看出来，星云利用职务便利，迅速找到了那名特工，用秘密接头暗号互相确认了身份之后，将事先写在一张小纸条上的行动计划传递给了特工。接头完毕，星云借着身份去观察狱中各类防卫措施。晚餐时分，特工突然用餐盘砸向狱友，寻些理由打了起来，很快就被狱警制服，押着前往小黑屋。星云自然是第一个赶到的，也顺理成章地担负起了押送职责，送到小黑屋后，星云故意等另一名狱警先离开后，与特工交换了伪装，原来他额外带了几个简易的幻化装置，准备用替身法先送他出去，然后自己一人方便脱身。特工显然受过专业训练，配合默契，很快就脱离监狱回到了市内待命。星云则继续留在小黑屋内，为了不留痕迹，刻意在监狱中被关了半天才开始行动，待狱警来小黑屋提人，星云跟着狱警回到牢房，迅速将狱警和狱友打晕，然后找了个摄像机看不到的角度，和狱警换了身份，又用替身之法顺利跑了出来。

到达指定地点和特工会合后，本想迅速撤离，没想到特工执意要去原先住宅一趟，星云也只得由他，自己只是接到任务救他出来，没说限制他的行动。两人一起来到特工原先住宅，只见妻子抱着两三岁的娃正在讲睡前故事。特工并不知晓还有个孩子，一下子忍不住就从窗口跃了进去，四目相望，妻子有些惊讶，不知所措。特工沉声问："谁的？"妻子道："你既然逃出来了，就赶紧回星盟去吧。"特工有些讶然道："你怎么知道？"妻子道："我其实是国安局行动组的人员，那日得知你是间谍的时候，真想把你千刀万剐，可怜了我腹中的孩子。”妻子边说便温柔地看看怀中的娃娃，眼角有些湿润，继续道:“你这个没良心的，骗了我那么久，我不忍孩子背上有个叛国父亲的名声，便想了这条计谋将你送入牢中，国安局一般不会直接插手监狱事务。”妻子顿了一顿，又说道，“你今既然越狱，想必明日就会有人上门调查，速速离去吧，也是为了孩子。”说着便背转了身，似是不想看着他离开。特工也知此时不便久留，临走前问道:“孩子叫什么？”妻子背着身小声道:“守一。”

星云和特工隐身后，快速来到了指定地点，莉莎已经派遣了小分队前来接应。送走特工后，星云又去老宅隐身埋伏了起来，以防妻子遭遇不测，第二天果然有人来做笔录，并在四周安装了监视装置。就这样默默待了三天发现并无异常动静，便准备离开，没想到妻子突然说:“谢谢你。”原来早知他在此处，国安局果然有些手段。此时发声一方面表示感谢，一方面也是告诉他不要再来了。星云会意，悄悄离开了。

回到车上后，调出了三年前的资料，循着图片通过交通摄像头找到了那名狼人女子，其时过得甚是悲惨，被人类和同族所唾弃，只能在垃圾堆里找食物，夜宿街头。星云将她接了回来，暂时和小狼做伴，顺便询问了她和特工的关系，狼女一开始不言语，后来得知特工已被星云救走，泪流不止，泣声道:“我原是为执行L国潜伏任务而特别训练的星盟成员，辅助正式人员开展行动，但狼人在星盟并无身份，是以无从考证。三年前在女主人的指示下为掩护主人串供，现如今终于能救得主人一命，很是欢喜，这三年我日夜担惊受怕，唯恐主人真实身份被揭穿，是以不敢多言一语。”星云也是讶然，特工离开时并未提起此事，想是职业习惯。星云道:“那你有学过人类知识？”狼女道:“只会简单交流，星盟怕被人看出破绽，未进行系统传授。”星云便不再多问，欧文帮他托莉莎查询了一下星盟资料库，确实没有此狼记载，想是在派出之时就已经被人彻底遗忘，只凭着对主人的忠心在执行任务。

第三章 M 国

第一节　比邻星喜提新堡

星云完成了营救任务，虽然自觉天衣无缝，不过照惯例是要避避风头的。换了身份之后，购买了两张前往比邻星的跃迁票，这里不比 S 国的荒凉，跃迁班次比较多，等个一两天就能出发。比邻星是 M 国的大型经济星球，并不承认狼人的社会地位，因此小狼和狼女都只能待在旅行车内，乘坐货舱，抵达后还必须带上识别项圈。

比邻星富豪众多，很多都有私人穿梭机，可以随意进行星际穿梭，一般的武器也并不禁止，是否拥有私人变形机甲是这里区分阶层的重要标志，是否拥有小型星舰又是另一个区分标志。经济体系发达，商业活动频繁，文化艺术等第三产业也十分活跃。星云和妖到达之后开着破破的旅行车，都有些不好意思穿梭在庞大的私人房车队中，头上还飘浮着许多移动城堡，只是来跃迁站接个人。这奢华程度比星盟要强上不少。

星云尝试着向总部申请经费好“融入”社会，被无情地拒绝了，只回复了一句“可以自己赚”，也算是开了方便之门。星云反正闲来无事，便开始动赚钱的脑筋。

星云用自己所有存款在M国开了一卡通后，接待人员看他们资金量少，都懒得搭理他们，淡淡地说要获得交易资格，这点钱不够。星云抓耳挠腮，敢情自己在L国行医半载挣的全部家当连准入资格都没有，交易员看他呆头呆脑有点妨碍生意，便指点道：“那边有个地下交易市场，狼人和野生动物皮毛都可以卖个好价钱。”小狼听到后向他龇牙咧嘴，他也不以为意，知道带着项圈的狼人是不可能攻击到人类的。星云也不生气，带着妖和两狼去黑市碰运气。

到了黑市之后，他们很快就被拉客的人盯上，询问他们有什么好东西，犹豫间还是走了出来，看到路边显示屏上有招聘广告，便看了起来。能贴在黑市路边的招聘广告，自然不会是什么光彩的职业，星云思忖着机器人格斗大赛可以参加下，让妖假模假样地遥控自己，只要对手不是太变态应该都能赢。计议已定，带着妖来到了比赛入口，星云已经事先去除了伪装，往身上贴了些铁皮当掩饰，看上去就像一个简陋的机器人。

晚上很快到来，在这个全息影像已十分发达的时代，依然有很多人来到了现场，穿着打扮各式各样，就像万圣节一般。在这种嘈杂的环境下，穿了一身兽皮，背着原始弓箭，带着两个狼人的妖反而一点也不突兀，小狼好奇地四处打量，狼女则是警惕地观察着四周，兼顾保镖职责。从外部资料看，M 国暂时还没有开启智能的机械人，只有各类高度自动化的应用，从其发达程度来看，应该是受了技术以外的其他因素的制约，是以星云和妖并不担心被人识破。

与真人拳赛不同，机械格斗是允许使用各类冷兵器的，按照机器人的吨位、功率输出等指标进行了简单的分级划分，不过并不十分严谨，跨级对战的情况时有发生，也方便了主办增加比赛的趣味性。星云的输出功率一般，加上一身临时拼凑的盔甲，主办方压根就没把他太当回事，还以为是哪个有钱人家的小姑娘自己搭了个玩具想来试玩一下，随手安排在了新人组。

星云被安排在第一个出场，一般都是新人先比，作为热身赛，重头戏放在最后。对手是一个机械武士，身上背了六把刀，星云随身就带了一把维修用的多功能小锤子，就没好意思拿出来，赤手空拳迎战。对方显然将剑道技术全部预设了进去，由于人工操控的原因，方向和时机把握得不是很准确，变招也有点迟缓和机械，十分容易预判。星云玩心大起，双手虚握武士刀，和它对战了起来，虚拟的武士刀至少劈中对方十余次后，场下嘘声四起。星云不想第一次出场过于张扬，便一步闪过攻击后，顺势抽出一把对方身上的武士刀，略看了一下刀身造型和材质，颇为满意，紧接着一个侧移，把机械武士的脑袋一劈为二。没想到机械武士的设计者早就考虑到脑袋是重点攻击对象，主要装置都不在脑袋上，机械武士挂着一分为二的头颅，丝毫不受影响地继续发动攻击。星云又一个漂亮的出手，在对方肋下划开一道口子，露出了里面的机械电路，主控电脑似乎也不在这里。无奈之下，使出了九道连环刺，在对方身体上标准地戳了个九筒，对方依然站立不倒，看来是采用的分布式计算，就如章鱼一般，每条腿中都有一个独立的大脑和心脏。看了看手中的宝刀，竟然毫无缺口，材质确实非同一般，星云起了爱护之心，一个凝神对冲，干净利落地斩下了对方的双手，错身而过的时候取了剑鞘背在身上，这把剑就顺理成章地当作了战利品。失去了双手的机械武士已不知如何攻击，只能认输落败。

拿下了第一场，小赚了一笔，又留下来观看了后续比赛，发现自己这场真的只是开胃菜，真想打到决赛的话，至少要把欧文那台变型机甲开来才行。星云模拟了一下战斗场景，觉得还是见好就收为妙，赚了这么点小钱也不会有人来为难自己，便带着妖离开了。

路上遇到一个推销信用卡的，临机一动，开了个白金账户，网上申请了一笔信用贷款，很快就审批通过到账了，把钱通过星盟兜了一圈再回来，就兴高采烈地去找那个交易员了。交易员也颇为尽职，仔细盘问他们资金来源，星云默默出示了地下格斗场的号牌，交易员一脸了然，做了风险评估，询问了交易账户种类，星云要求所有交易种类全都开启，交易员有些愕然，好意提醒道：“挣点钱不容易，可以先玩点低风险的。”星云执意全开，交易员只能随他。

回到旅行车上，星云用车载电脑连接上各交易市场，突然发现妖好奇地看着他，便拨了十万给她练手。

两人就这样在车里昼夜不停地操盘，直到有一天，星云盘点了一下账面，发现自己已经可以用富可敌城来形容了。此时停在角落里的旅行车上，却显得有些寒酸了，妖有意无意地瞥了他两眼，以示不满，还说道："你看小狼连个奔跑的地方都没有。"星云虽然觉得家里好像不是用来奔跑的，不过能宽敞些也不错，便驱车来到了一处移动堡垒售卖处，销售员看他们开着破旧的旅行车过来，一身兽皮，差点没让他们进门，幸好一个销售人员因为近来业绩欠佳，外加独具慧眼，发现旅行车和移动堡垒的相似之处，觉得是个潜在用户，便让门卫赶快放行，自己亲自接待。

"贵客您好，不知您想要买个什么款式的？"销售问道。"不知道，从来没见过。"星云如实回答。销售倒吸一口凉气，不会是穷得叮当响来这里长见识的吧，压抑着心中的无名火道："我们这里最便宜的移动堡垒要十亿，给您安排全额贷款的话需要额外支付两亿元手续费，不知您能否接受？"星云道："不用贷款。"销售不怒反喜，这还真能吹，看你能吹到什么时候，"那边那个是我们的最新款，只要五十亿元就可以拎包入住，另加二十亿还可以加装小型穿梭装置，进行星际穿梭，不过因为是民用款，没有加装武器装备。""能变形吗？"星云问道。销售此时心里五味杂陈，你买个移动堡垒还要变形，怎么不直接买艘战舰啊！嘴上仍然温柔地回答道："不能变形，政府规定民用款的都不能变形。"星云应了一声，观察了一会儿道："这款设计有缺陷，那款不错，把具体参数给我看看。"销售此时心中一凛，新款确实有设计缺陷，正准备返厂重装，不知这土包子是怎么看出来的，应该只是运气好吧。不过再也不敢怠慢，拿出了另外那款的全套资料，详细地介绍起来。一番挑选后，星云选择了一眼就被震慑到的那款，妖也甚是满意，有种扬眉吐气的感觉。现场支付了全款后，便开着旅行车上了移动堡垒，也不理会销售人员的介绍，无线接入移动堡垒主机，身形化一就开走了。

在移动堡垒上的感觉相当不错，想起欧文也从未体验过，便连接了欧文，共享视野，两人体验着移动堡垒的各项功能，相当满意。妖则带着小狼和狼女跑上跑下，东窜西窜，玩得不亦乐乎。星云玩耍了一阵后，躺在泳池边的躺椅上晒太阳，看着小狼和狼女在里面戏水，上方实际是一个透明的玻璃罩，可以按心意显示各种内容，或者直接变换环境，颇为惬意。

第二节　遇强人千里送援

星云自得闲暇后，在家里教习妖和狼人武术、知识，过起了退隐生活。这一日正在清理近段时间积累的资料库，好腾些空间为下一趟旅程做准备，突然一具机甲不请自来，降落在露台上，走下个特种兵模样的人，裹得十分严实，向着星云道:“看你这宝地不错，就归了我吧。”星云有些好笑，这光天化日还带明抢的，还抢到自己头上了，便回答道:“如若不给，却待如何？”那人笑道:“那便看你有没有这个能耐了。”星云也是许久没有练手，在自己家中遭人挑衅，哪里会忍，一跃而起就是一个劈天手刀向对方砸去，同时开启了自反馈模式，对方如果是个假把式，及时收手饶他性命便是。哪知对方不躲不闪，抽出两截铁拐迎了上来，两人堪堪斗到一处，拳来脚往好不热闹。来人占了兵器之长，逐渐占了上风，妖眼见星云不敌，取了宝刀扔了过去，星云一闪身接过，又与来人斗到一处。两人喂过数百招之后，慢慢开始硬碰硬比功力，火花四溅，星云宝刀虽然锋利，对方铁拐却更擅长于碰撞，不多时，宝刀被铁拐砸断，星云只能后翻避开。

来人也不追赶，戏谑道:“还有招吗，没招可使的话早早离开。”星云暗中开启了旅行车，无人机带着数百个纳米机器人向来人发射而来，旅行车也开始变形。那强人收了双拐，看着漫天的纳米机器人毫不慌张，伸出手指，说了一声“定”，只见无人机和纳米机器人都被电光缠绕，定在空中动弹不得。此时旅行车变身的大力神也举着锤子赶到，星云跃身而上，那强人也上了自己的机甲，两边又狠狠斗在了一起。旅行车毕竟是民用改装版，那强人的机甲性能明显更胜一筹，不多时，又被他一个定字，将机甲困住。星云尝试用机甲手臂触碰了一下电磁牢笼，瞬间电流涌来，手臂一下便失去了控制，若非及时收手，只怕整具机甲都要短路。无奈之下使了个鱼死网破之计，用机甲撞击电磁牢笼，撞出一道缺口，自己乘势跃出。那人也跳出机甲，准备追赶星云，星云没了兵器，自知不敌，准备施个缓兵之计，先撤为妙。潜伏在角落里的狼女已然窜出，手持两柄匕首直袭后背，使出了看家本领，在铁拐间上下飞舞，招招直指要害，一边狼啸示意星云快走，小狼也抽出骨刀冲了上去，三人合力方才拖住了强人片刻。星云乘这个空当，从城堡边一跃而下，遁入城中不见了踪影。

退到安全处，赶忙用量子通信器与欧文取得联系，欧文也看不出强人来历，调派了潜伏在M国首都的特战机甲援助星云。星云取了机甲后，飞回了悬浮城堡，凌空叫阵让强人出来。强人见特战机甲到来，也是不敢怠慢，跃入机甲与星云斗在了一起。正斗到紧要处，又是一记绝招，特战机甲瞬间就被电磁牢笼困住，饶是星云身经百战，此刻也是无法可施。那强人有了上次经验，特意加大了电磁牢笼电流，星云已无法再用机甲撞击脱身。危急间，只见城堡上方一处窗口碎裂，狼女乘势跃出，掷下一根铁质灯柱，擦着星云的机甲而过，精准地将电流导入城堡地面，自己则一个跟斗窜入了泳池之中。原来强人制服三人之后，分别将其锁在楼上房间，去了武装，倒是没有伤害，狼女见星云危急，情急之下想了此法。星云得此空隙，立刻变形飞走。

逃了出来之后，又联系了欧文，欧文也是一筹莫展，电磁天生就是机甲的克星，而且在M国的家底也就这么点。正巧莉莎过来看望他，听闻此事后，神秘地一笑，说道:“我这里倒是有个新型实验武器，两天内能送到。”星云不知她卖的什么关子，便耐心等了两天。两天之后，一个神秘人给了他一个包裹，打开一看，是一把电磁枪。用电磁枪打电磁盾，这倒确实是个好主意。救人心切，星云熟悉了一下操作后，就又赶往堡垒索战。对方见他又来，不急不缓地上了机甲，也不再缠斗，一个电磁牢笼就向他罩来。星云有新武器在手，对着电磁网就是一枪，磁场扰动产生了综合效应，电磁牢笼一下子破了一个大口，也就失去了效用。对方见星云有了破解之法，也不慌张，在电网发射器上调整了几下，喊道:“定身！”只见一道道电流在星云机甲表面一厘米处交织，不出片刻就又将星云的机甲困住了，这次包裹得更紧，完全动弹不得。星云见还有后招，心想这次是真的栽了，也不知对方意欲如何。

只听那强人哈哈大笑，却是慢慢松了束缚，放出了妖三人，向星云说道:“莫慌莫慌，小弟在这里先赔个罪。”听得星云莫名其妙，强人又道，“我实是欧雅博士派来送货的，这机甲就是给师兄的礼物，安装有最新研发的电磁束缚网，欧雅博士关照找机会测试一下，我一时童心大起，就和师兄练了两手，怕师兄留手测不出新武器威力，是以没有事先告知，如今医疗车也已经修好了。”星云听他叫师兄，已知他来历，同僚间互相切磋，火气自消了几分，又见妖等人毫发无伤，一脸笑意，知他所言不假。

几人言谈甚欢，回忆这几日动手场景，都说得头头是道，颇有不打不相识之味，强人师弟道:“冒昧损坏了师兄宝刀，特将双拐奉上，我回去再弄一副便是。”星云也缺称手兵器，便没有推辞。夜深，来人告辞，星云将其送走后，又联系了欧雅博士确认。欧雅博士道:“你们越来越调皮了，还好没有伤到人，这次你多赚了一把电磁枪，也算是补偿吧。”星云盘算了一下，不止一把电磁枪，还有欧文雪藏的特战机甲和师弟孝敬的超合金双拐，也算收获颇丰。第二天，星云在城里找了一个地方把双拐融了，重铸了一把武士刀、一把弯刀、两把匕首，给自己和狼人都换了装备，把电磁枪给了妖。

第三节　扮妙龄智擒歹徒

这一日陪小狼对练完毕，四人正坐着欣赏夜景，忽然见一男子从大桥上跃下，砰的一声砸在水里。星云自然不能见死不救，开着机甲快速飞到了上空，定位后用绳索吊着妖下去把人救了上来。返回时简单诊断了一下，高空跳水震断了四根肋骨，内脏也有些损伤，启动医疗旅行车简单救治后，性命无碍。

等男子悠悠醒转，众人问他缘由，只听男子说道：“老婆天天抱怨家里穷，缺衣少房，我被唠叨得受不了，外出找活时受歹人蒙骗，加入了犯罪团伙，专挑落单女子下手，抢劫财物贩卖人口，良心受到谴责，只想一死了之。”星云吓了一跳，道：“如能把犯罪团伙一网打尽，你也可以赎些罪孽。”那人答道：“我只是下等打杂望风之人，并不知晓他们的行踪计划，不过晚上扮成独身女子，在桥边徘徊，大概率能遇到他们。”星云依言，幻化成了一个妙龄女子，穿金戴银，夜晚去河边散步，让狼女暗中跟踪，妖远处观望，以防歹人有什么特殊手段，抵敌不住。

走了两圈没见人来，便索性靠在岸边栏杆上吹风。暗中的歹人果然沿着围栏悄悄潜了过来，临近了猛地跃出，一手电击棍一手蒙汗药，手法极为熟练。星云虽然怕电，不过普通电击棍奈何他不得，蒙汗药自然也不起作用，但仍假装昏倒，还抖了几抖。歹徒见得手，招呼了远处策应的几人，麻利地将其抬上了河里的一条船，突突突地往外驶去。星云在船上留了跟踪器，暗自记下了几名歹徒的容貌，被转运了两三次后，到了一处郊外别墅，想是临时关押女子的地方。里面还有三个女子，衣衫凌乱，身上隐有乌青，此刻哭哭啼啼，萎靡不振。听看守所言，凑齐十个就会被转运到国外。星云见已无法继续追踪，也不能看着无辜少女再受欺凌，便不再伪装，制服了看守后，呼叫机甲前来支援。一路顺带将记录的歹人和犯罪工具收缴，由跳河男子和三名女子指认，人证物证俱在，后续便交由警方处置。

第四节　三公主亲显神威

话说星云剿灭了一个犯罪团伙，又收服了几个黑帮，走脱的几个骨干整日里寻思着报复。这几人都身穿外骨骼机甲，行动迅猛异常，很不好对付。几人靠着城里残存的眼线，很快锁定了星云的住宅，并发起了攻击。几颗小型 EMP 手雷开道，瞬间瘫痪了包括星云在内的所有防御势力，狼女和小狼拼死抵抗，很快被打晕了过去。几人看着宕机褪去了伪装的星云和妖，以为是普通的防御机器人，便带走了狼女和小狼，留下一部通信器，等正主自投罗网。

待星云和妖醒转，发现不见了狼女和小狼，用通信器联络了几名逃脱的骨干，被告知要独自前往某地，不得找帮手。星云和妖知道对方有 EMP 手雷，不敢擅自前往，便联系了欧文请求支援。正巧安娜执行任务返回，来探望实验中的欧文，听闻此事，便自告奋勇接下了这趟差事，对她这名超级特种兵来说，和地痞流氓打架真的还称不上任务。

安娜有自己的专属卫队，个个都是万里挑一的好手，装备齐全，此次自然随安娜一同前往。小队乘坐专属的特种穿梭机，很快便悄无声息地抵达了M国星云的悬浮城堡内，向星云进一步了解了一下情况后，便幻化为星云的模样赶往指定地点，小队成员则非常有默契地开展随行支援。没过多久几人便返回了，原来通信兵依靠电波锁定了黑帮分子的具体位置，强攻手和狙击手配合直接端了对方窝点，救出了被关在笼子里的狼女和小狼，安娜都还没来得及到达指定位置，任务就已经完成了。

安娜此时已经是天鹅星系最高统帅，星云只是欧文的贴身秘书，态度自然毕恭毕敬了。不过安娜把星云当成了自己人，示意他可以放松些，然后转头饶有兴趣地对着妖看了几眼，说道："你也算S国遗留的唯一火种了。"妖并不知道自己的身世，只知道是星云从一个矿洞里捡来的，茫然地点头附和。几人在城堡内欢唱还不过瘾，又让星云领着前往当地最大的酒吧继续游玩。

没过多久，安娜召唤星云进去，问道："听说你去了反物质世界，和我说说。"星云连忙一五一十将情况汇报了一遍。安娜沉思了一会儿，又说："那块石头呢，让我看看。"星云赶忙让妖带着骨矛过来，把从反物质世界带回来的石头交给安娜。安娜把玩了一会儿后，用力捏了一下，石头瞬间裂成两半，然后又自动复原，安娜笑笑说:“果然全是反的。”就顺手将石头还给了星云，然后趴在桌子上睡着了。过了大约一个多小时，一名特战队员走了过来，向星云示意了一下之后，便凑到安娜耳边轻声说:“要出发了。”安娜缓缓抬起身来，理了理衣服，对星云道别后便踏上了已经停在酒吧门口的隐形穿梭机离开了。

第四章 E国

第一节　高科技星际矿工

物质世界是由无数个不停运动的细微粒子通过随机运动和相互碰撞构成的，温度越高，这种运动和碰撞就越激烈，只有在绝对零度的情况下，运动才会停止。平常在这种连续的随机运动中，宏观表现是连续的、稳定的，而我们认识这个世界的方式，也有意无意地会忽略一些不稳定的空间特征。但由于随机性、热分布不均匀等原因，空间并不总是平稳的。在星云的机械眼观测下，这些不稳定的空间特征十分明显，经常在周边环境中短暂出现，或大或小，而且这些不稳定会由于一些原因加速或扩大，只有在某一临界值之下，才会进行自我修复，超出了临界值则会引发连锁扩大效应。

经过不断地尝试练习，星云已经能够逐步掌握扩大或者缩小某一空间不稳定性的方式，主要通过在恰当时机改变局部温度，或者通过局部震荡的方式加速分子间的震荡运动。由于这种不稳定是由基本粒子的运动导致的，因此通过这种方式引发的崩塌也是粒子层面的，从宏观层面来看，表现为具体物质消弭于无形。

这项技术是人类自身所无法掌握的，且不论观测能力，即使能够观察到这些细微特征，我们也不会去记录每一项细微差异，因为脑容量实在有限。星云目前已经具备了初步的细微观察能力，如果能够进一步提高运算量、存储量和观察精度，则能观察到更多的空间不稳定性，在极致情况下，将观察到空间不稳定性无时无刻不存在于每一个空间点，区别只是大小和单次时长。空间不稳定性的出现也存在一定的规律，在不同精度的识别下，这些规律也并不相同。

星云向总部申请了小型激光发射装置，用来秘密测试。实验还是很完美的，星云已经基本能在有限的次数下完成某一块领域的局部粒子瓦解，因为对不稳定的短暂性和预判性不足，还不能做到过于精细的掌握，从微观层面来看操作起来还是十分粗糙，不过已经实现了从无到有的跨越，而且能将破坏控制在一定区域内。用这种方式来维持空间的持续和稳定要求更高，而且成本极大，所以初期探索还是主要在破坏方面的应用。

有了理论和实验基础后，自然是要在实际应用中检验了，M国的大都市显然并不合适，因此星云便告别了都市生活，前往星盟内的各大矿星，对各种物质进行测试，顺便帮助采矿队完成开山、凿井、切片等工作。这些工作正常都需要投入大量设备和人力才能完成，如果能通过较小的能量诱导空间不稳定性从而引发粒子瓦解，将极大地降低采矿成本，尤其在无人居住的矿星。由于矿星条件恶劣，不一定具备生物生存条件，因此星云只携带了妖前往，小狼和狼女留下来看护悬浮堡，他们虽不具备正式身份，不过各类设备都能熟练操作，城堡内也有充足的地方锻炼。有时也会需要悬浮堡接待一下星盟组织成员，成了一处临时的避难所。

星云乘坐专用穿梭机来到矿星后，第一项任务就是开山，一座绵延百里的山脉下，分布着星盟所需要的矿物。星云需要做的，就是在已探测到的矿脉附近静待自己可以观测到并利用的空间不稳定性出现，然后进行诱导，引发局部空间粒子崩塌，慢慢形成一条可以通往矿脉的路径。工作开展得还算顺利，不过星云能使用的方法有限，唯有将有限的方法进行多次组合，来获得一种并非最优但有效可行的方式。随着对这条矿脉空间不稳定性的熟悉，很快星云就能熟练地开山凿路了。星云有时候想，如果能进一步加强观测精度，也许有一天能实现人工创造纠缠态量子，说不定能随时打开反物质世界的入口。

就这样矿星连着矿星的流转，星云边积累实验数据边给星盟做免费苦力，危险性是有的，有时候引发的空间粒子瓦解效应太过庞大不可控，直接吞噬了一大片区域，如果自己在其中，可能也就不复存在了。

星云也尝试主动制造空间不稳定，不过耗费能量巨大，而且微观世界各项作用因素十分复杂，在观测精细度和控制精细度达不到的情况下，成功率非常低。好在不稳定性随处都有，而且频率也不低，因此利用不稳定性已经能够满足大部分需求。

大概半年之后，当了半年多矿工的星云终于在欧雅博士的批准下，将所有数据传回总部，由其他分体接替，他自己则准备前往 E 国继续游历。

第二节　漂浮者和净化者

E 国是个边缘小国，唯一一颗首都星因为生命周期接近尾声外加过度开采，已不适合居住，所以大部分 E 国居民都生活在各色各样的空间站上，资源从附近星球上获取，能源主要依靠太阳能。自从巨无霸级星舰问世后，部分条件较优的居民就搬迁到了星舰上居住。由于其对空间站的认识颇深，目前全宇宙 60% 以上的空间站建设都有 E 国设计师的参与，大部分设计师完成建设后，会留下来参与运营维护和升级，因此 E 国居民实际上遍布了全宇宙，人们私下称他们为漂浮者。

随着空间站居民越来越多，规模日益庞大，空间站自身的各类设备已很难满足扩张的要求，因此出现了许多第三方专业维护星舰，在各空间站之间巡游，比如净化者大型母舰，能一次性清理空间站长期积累的垃圾，提供最新生存物资，之后将垃圾倾倒在垃圾星上，然后去邻国补充淡水、食物等物资。

星云搭载专用穿梭机，和妖一起来到了 E 国。一下穿梭机，就被商贩盯上了，他们这些外来客带来的东西，在空间站里都是宝贝，尤其是妖披着的那身羊毛，挂着的牛角弓，都是稀罕物品。妖自然不肯售卖。入住旅店后，发现空间还没穿梭机宽敞，星云安慰妖，也算有个名义上的落脚点了，反正也没有睡觉喝水的需要，就没有进去，直接去空间站闲逛起来。

这个空间站比较小，只有几十万人口，空间站里人都很友善，毕竟那么大点地方，总是少惹争端比较明智。由于大部分地方都要安置专用的维护设施，所以居民实际生存的空间相当有限，人员就聚集在几个比较大的空间中，而且可以根据具体活动临时改造。

星云和妖的到来很快就吸引了大家的注意，这平静的空间站中任何风吹草动都能被人们谈论半天。一名长相清甜的女子迎了上来，向星云搭话：“初次见面，我叫小田，是这里的原住民，你们是从哪里来的？”星云也客气地回道：“刚从矿星回来，我们是来游历的，到处看看长长见闻，没有什么特别目的。”小田道：“这里好像没什么特别的，我对这里很熟悉，带你们参观吧。”星云点头同意。小田又问道：“这是你的女儿吗，看着好可爱啊。”星云看了妖一眼，计算了一下各种身份组合可能带来的影响，最后回答道：“不是，她是我远房表亲。”小田微笑着注视了星云一会儿，似有所悟，便带路道：“先带你们去看看星空吧，那里我最喜欢了。”沿着迷宫一般的过道七拐八拐后，来到一处落地玻璃前，窗外是一颗硕大的星球，火红色，还有一群土黄色的星带，如此近距离地观看行星，还是非常震撼的。小田介绍道：“这是空间站主要依赖的资源星，上面出产的黏土能卖个好价钱，平常就靠这些黏土从净化者那里换取生存物资，这些黏土还可以做成各种工艺品，只需要通一会儿电就能坚固无比，非常神奇。看，这是我自己用黏土制作的小玩意儿。”说着，便拿出一只长了翅膀的独角马，递给星云，一边继续道，“好想有一天骑着飞马四处翱翔，整天待在这里闷也闷死了。”星云接过独角马，习惯性地进行了一下物质分析，发现这是一种同位素，通电之后就会获得电子变成另一种物质，是以物理性状会发生改变，原理十分简单，不过要制造起来还比较困难。星云把独角马递还给小田，然后看了一会儿窗外，能看到远方非常微小的采矿船在往来作业，自己虽然当了半年矿工，但这种星际采矿的方式倒是未曾尝试过。妖非常熟悉他这副表情，这半年来每次采矿时他都会这么静静地凝视分析，妖已经受够了无聊的采矿生活，连忙拉扯了星云一下道：“我们去看一下这里的交易市场吧。”星云收回了目光，转头看了一眼小田和妖，点了点头。

小田也颇为喜欢这里的交易市场，兴高采烈地带着他们前往，路上介绍道：“我们这里主要的交易物品就是各种黏土制作的小玩意儿，你们如果有带来什么新鲜玩意儿，也是很受欢迎的哦。”又是一阵迷宫般的七拐八拐，来到了这里最大的一处空间，里面有各式摊贩，也有用虚拟投影仪展示产品的卖家，还算活跃。黏土的摊贩主要用投影仪展示各种可塑造的物品形状，面前堆着一摊黏土，应该是客人选择后直接现场制作。黏土制品虽然方便，但仍然有不少物理缺陷，只能用于一些日常用品的制作，客人也可以选择自己动手，作为一项趣味活动。

既然是这里的主要产品，自然要尝试一下，星云和妖分别支付了费用之后，便领了一大摊黏土，搞起雕塑来。星云这雕塑手艺可不是吹的，脑中构图，精准复现，不一会儿，一个一模一样的小田就出现了，惟妙惟肖，惹得小田一阵惊呼，眼中闪动着奇异的光芒。可惜家里面没地方放，小田悄悄问道："能不能搞个缩小版的，两三寸长就可以。"星云应允，一个拇指大小的小田顷刻间又捏好了。因为还不知道通电的具体做法，就交给商家去后续处理。转头看向妖时，却是愣住了，她雕刻的是一个背生双翼的恶魔，显然就是将欧文一撕两半的那只，确认了她只是无意为之，也不点破，就带着她继续闲逛。路上也有许多人询问妖的羊毛和羽箭卖不卖，看来确实是抢手货。交易市场还有一些日常生存物资，星云和妖没有需要，小田介绍道："这里的水都是净化者运来的新水，里面含有生命所需的微量元素，所以比较贵，我们平常都使用循环利用的旧水。”

离开交易市场后，又来到了一处娱乐场所，居民们平时在这里玩一种叫作“舞天”的游戏，关闭了重力系统后，大家在失重的情况下争夺一个水球，要将水球完整地运到己方基地才算赢。星云怕暴露身份，便没有参与，只是观看了一会儿墙上展示的精彩比赛瞬间。像他这样的新来者，短时间内一般领悟不了游戏的精髓，玩起来也不会尽兴，是以小田也没有邀他参加。

然后又来到了空间站的展示区域，里面陈列了空间站历史上的重要时刻，还有一个空间站的全息投影，小田就着全息投影介绍起整个空间站的构成，然后指着几个接口道：“这些是扩展接口，可以从通用型空间站组件提供商那里买一些空仓安装上去，就可以有自己的独立空间了。”说完一脸羡慕，星云从来时入住的旅馆就知道这里的居住条件十分不理想，看来小姑娘想要个自己的房间已很久了。星云有意无意地问道：“一个空间仓多少钱？”小田一下来了兴致，看来颇有研究：“要看具体大小和功能，如果自带淋浴、空气净化等功能的比较贵，如果只是一般空仓的话大概在一亿元。”确实不是一个小数目，即使这个空间站后面就有一整个矿星，但仍要维持日常运转，很少有人能支付这样一笔费用。小田继续介绍道:“这里的松散结构是用来存放黏土的，用移动式的贴片挡住它们不乱飞就可以。”空间站后面有一个大网兜，原来是干这个用的。

看完空间站后，小田说道:“我家里比较小，还住了爷爷、奶奶、爸爸、妈妈和两个妹妹，就不带你们参观啦，我们去酒吧坐坐吧。”星云点头同意，名为酒吧，实际上只是一个大食堂，出售标准的水和营养剂，水分为新水、旧水、回收水等不同品质，价格也不同。小田一咬牙，买了两杯新水给他们喝，自己则买了一杯回收水。星云好奇地问道:“回收水是什么？”小田闪烁地答道:“回收水就是从工业废水里面提炼的水分。”搞得星云和妖一阵反胃，连忙将自己的水递给她说:“我们来试下回收水吧，从来没喝过。”小田感激地看着他们，然后说道:“其实也还好啦，有时候净化者来得晚了，连回收水都没有，那才叫一个惨。”

三人闲坐了一会儿，妖问道:“要不要去我们的飞船上参观下？”小田点头同意，十分好奇。星云想再研究下黏土，就让她们自己去了，反正自己能远程控制，妖也不可能开着穿梭机跑了。两个小姑娘参观了半天也不见回来，星云已经把黏土玩了个透，便先去旅店看了看，感觉要挤进房间颇为困难，便放弃了，也向穿梭机走去。原来两人一直在研究穿梭机里面摆放着的各类矿石样品，都是星云这半年开采时到处收集的，看累了就在机舱里面躺着说话，能有这么一个私人空间，而且相对来说十分宽敞舒适，小田早已乐不知返。妖没了小狼陪伴，在无人矿星上陪星云采了半年矿，早已无聊得冒烟，此刻有了玩伴，也是十分开心。经星云应允，小田就临时在穿梭机上住了下来，穿梭机有三层楼高，足球场般大小，各类生活条件都十分到位，房间有许多剩余，空间也很宽敞，多住一个人完全感觉不到拥挤。

第二天，小田提议带他们去矿星上看看，不过可能要他们自己开穿梭机，她并没有交通工具。星云采矿的习惯还没完全根除，也不管妖幽怨的眼神，便请小田当向导开着穿梭机去往矿场。小田的爸爸就是一名矿工，所以她对矿场颇为熟悉。黏土除了星球上有，在环绕星球的行星带上也有不少，矿工们为了省去起降的麻烦，一般都在行星带上采集，除非偶尔有大单，才会批量去矿星上采集。采矿的运输船后面都拖了一个大网兜，前方三条机械臂分工负责固定、开采、搬运等工作，一般一周可以集满一兜，然后返回空间站交货，其间就住在运输船上，条件十分艰苦。星云看着他们作业，觉得颇为有趣。其间小田认出了爸爸的飞船，让星云飞过去打招呼，只见一个中年男子在那里发呆，突然见到女儿明显有点惊讶，隔着宇宙空间也没法交流，就草草结束了这次会面。

又过了两天，正好空间站一位居民预定的空间仓到了，星云便驱船过去看看，只见一个堪比空间站大小的庞大机体悬停在远方，上面装满了各类大大小小的通用空间仓，一架小型飞船此刻正拖着一个空间仓飞过来，安装交付大概需要两天时间。星云驾机围着融合怪绕了一圈，便返回了空间站，在酒吧里遇到了融合怪上下来的人，便闲聊了起来。这些空间仓都是在一个生产用空间站造的，造完之后就由他们拖着到处跑，边送货边零卖，他们主要是负责临近二十个空间站的空间仓新增、维修、拆除等工作的，常年漂浮在太空中，要补货也都是母舰派人送来。谈起各类空间仓，他们也是熟门熟路。他们听说星云是来游历的，便推荐道："你应该去看看吞噬者，那家伙可厉害了，这两天正好在作业。"星云听他介绍，便存了去看一下的心思。

临行前，妖试探着询问："可以让小田和我们一起去吗？"星云也没有拒绝不过这茫茫宇宙，要再回来可能就难了，他们经常在宇宙间遨游也没注意到，对小田来说，这将是一次天翻地覆的冒险，也算是星站居民的成年礼，当一个人离开自己长大的空间站的时候，她就正式成为一名漂浮者，可以自由婚配。出发那天，不少人都来相送，小田精心打扮，将自己的黏土雕像赠予父母，两个妹妹更是执手含泪，宛如送嫁一般。

第三节　一方水养一方人

小田上了飞船之后，主动打理收拾，兜了一圈，发现全是自动设备，使用完毕后自动归位，宇宙中也没有灰尘需要擦拭，而且翻遍各个角落也没有发现旧衣服需要清洗，不免有些疑惑。妖听她询问，也不急着解释，心想上了这条船，总有一天会发现真相，也不急在一时，拉着她去堆放矿石的仓库玩耍，因为目前属于空仓状态，所以场地十分开阔。用环境拟态了各类设施，两人玩得不亦乐乎，小田惊讶地发现，这里的拟态竟然都是可触碰的，妖也不知其所以然，只觉理应如此，再深究下去，自己的拟态幻化可能也要露馅儿，便扯开了话题。

两人玩累了，就幻化了一处落日海滩，小田感叹道："好美啊，我们空间站里可以模拟的环境和物品太少了，大多是一些星辰奇景，自然风光可能连爷爷都许久未见了。”妖说道：“这也没什么好看，只是大家都喜欢，所以我也就喜欢了。孕育生命的条件十分苛刻，而且十分容易消亡，可能以后所有人都要搬到空间站居住。”小田说：“普通的空间站比起巨无霸星舰来，并没有战略价值，所以投入很少，不可能建得太大，只能做到勉强生存。只有少部分星际跃迁周转用的空间站或者防御型空间站，才会集成许多高端设备，建设得也比较完善。”妖问道：“为什么不在资源星上建设密闭空间呢，那要宽敞许多。”小田说道：“那样净化者就要登陆后才能补给，成本太高，我们的货物也没办法在宇宙中直接交付。”妖问道：“你们有没有想过把一个资源星改造成宜居星球？”小田回答道：“有啊，专门有改造者星舰，在各处寻找适合改造的星球，不过好像性价比不是很高，改造完成后也很容易被别人占领，所以目前都没有什么实质性进展。我们习惯了空间站的生活，也无所谓了。”

妖道：“其他空间站你去过吗，都是什么样子？”小田说道：“我小时候去过一次，不过没什么印象了，听从其他空间站嫁过来的人说，每个空间站文化都不太一样，E 国政府主要负责国内空间站的整体维护、新设施的研发等工作，对每个空间站并没有办法管理得太过细致，所以有些空间站的文化一旦偏了，就有可能走向极端，等政府知道时也很难纠正过来了。”妖好奇道:“比如说呢？”小田思索了一阵说道:“比如我妈妈来的那个空间站，特别推崇耐受能力，经常比谁不吃不喝的时间长，还会受到表彰。”妖吐了吐舌头，又问道:“还有呢？”小田又回答道:“听说还有个空间站被九个恒星包围，一直是白天，当地人喜欢没日没夜地沐浴在阳光之中，也不睡觉，闭着眼睛干坐，相信可以从太阳中吸收能量，净化自身，从而达到永恒。”妖感到有些好笑，为了适应环境还真是衍生出了各种变异的文化，“还有呢？”小田见她问个不停，心想不搬个厉害点的出来恐怕停不下来，就神神秘秘地说道:“听说有个空间站所有人都把自己改装成了机械人，说那样消耗最小，都弄得不人不鬼的样子。”妖知道如果技术不成熟的话，人机结合会有多么折磨人，便不再多问了。

小田看没有家务可做，就找星云要了个工具箱，四处改造飞船。漂浮者对太空设备都十分熟悉，一些小修小补能降低整体能耗、增加舒适度以及宇宙适应性，随着她改造得越来越深入，也越发对这艘飞船好奇起来，总感觉它是活的，有时候不小心敲错了地方，会有各种各样的情况阻止她继续下去，等找对了地方又一切进展顺利。小田有时也喜欢穿着太空服，一个人坐在飞船外面遥望星空，可能这是属于漂浮者独有的享受宁静的方式。

由于飞船储能有限，每次跃迁都没法过远，隔段时间还需要去附近周转用的空间站补充能源，每到一处空间站，星云就顺便给人看看病，交换些随身携带的物资，至于站内各种文化，他并不会去干涉，反而都是入乡随俗。欧文也是眼界大开，感慨一群人在一起关久了什么事情都有可能发生，现在星际网络又被人为切断，只怕地域文化要越演越烈了。

路过的空间站，只要小田愿意，都可以随时留下来，不过小丫头还不知道星云是个机器人，似乎打定了主意跟着飞船。星云和妖一路上喝了不少空间站的回收水，也慢慢开始适应了漂浮者的生活，知道在形形色色的表象之下，有许多共同的规矩维系着E国整体的运转。

第四节　吞噬者与白矮星

继续按着之前融合怪员工的指引，星云不久便来到了一处吞噬者的附近，远远只见一个庞大的八爪形机体，犹如章鱼一般，正包裹着一个小型星球，不断地吞噬。八只巨大的爪子主要用来固定机身，同时充当地天连接通道，方便人员下去观察。吞噬管道则负责将行星打碎了吸入，后方的大型机体负责分门别类处理运送上来的各类物质。星云只在星球上开过山，但这种直接采集一个星球的阵仗还没见过，星盟也从未有过相关技术，只有 E 国这样的漂浮民族才有可能研发。小田也是第一次亲眼见这个景象，震惊得说不出话来。

吞噬者周边防护周密，没有特殊许可，民用船只是不允许靠近的，星云等人只能悬浮在周围，远远地看着吞噬者作业，也有不少参观者前来观看。这一过程大概要持续半个多月，然后就是消化整个星球后零售物资，顺便探查下一个适合吞噬的行星，等清仓完毕后，便可以出发继续作业。一般吞噬一次可以出售十年以上，所以相对短暂的吞噬过程较难见到。

采集过半的时候，星核已经露了出来，散发着高温，这吞噬者也是厉害，将这些热量也都吸了进去，作为消化用的动力。吸收完星核，整个矿星就快速冷却下来，失去了“生命”，然后八爪合围，整个吞了进去。如果遇到较大的行星，则需要从不同的点不断减小行星的体积，最后才完成星核的吞噬。

几人饶有兴致地看完了整个吞噬过程，都颇为感叹，在后方通过视频观看的欧文、莉莎、尤莉和安娜等人，也是颇受震撼。

吞噬完毕之后，警戒就松了许多，毕竟还要接待买家。周边的防御飞船，放开一个通道，允许外部民用飞船进入八爪章鱼内部洽谈生意，星云便也混了进去，穿梭机一副矿船的模样，也十分契合这种场景。

到达章鱼内部后，先由导航飞船领航，逐一参观里面庞大的矿石加工机械。程序与一般矿石加工相差无几，但胜在机器庞大，每一次动作都有毁天灭地之力，越到后面越精细化处理，以求更好地利用获得的资源。最后被领进了自助参观区，里面陈列着刚采集到的各种矿物，已经被分门别类、初步提炼，可以现场下单。有条件的可以直接拖走，没条件的就要等批量发货了。尤莉委托星云购买了一批物资，相比市场价要便宜不少，星云自己则购买了一些激光发射用的水晶，这属于消耗品，多备一些总没错。小田去销售处领了许多免费的样品回来，从表层到内核，一并放入穿梭机的展览室中留作纪念。妖则买了一些杀伤力比较大的物质，星核内部重金属物质比较多，有些还带有破甲效果，借此升级了一下自己的羽箭。

八爪鱼内还提供吃住娱乐等设施，方便远道而来的买家暂时休息，不过由于矿石加工过于嘈杂，星云和妖的听力设施又异常敏感，所以并没有逗留太久，便离开了。他们也想从远处再看一看，一颗行星被吞噬了后，对整个星系会有什么影响。由于目前被吞噬的质量仍然在八爪章鱼体内，所以空间的扰动还可以控制，通过逐渐向外运送的方式，来平缓吞噬对整个空间的影响。不过由于吞噬行动，空间不稳定性增大了许多，机会十分难得，星云就悬浮在太空中，观察那些不稳定特征，一看就是两个多月。

两个月后，星云突然想到了什么，打开星图，锁定了最近的白矮星，吩咐小田最近不要往窗外看，然后给自己和妖更换了防强光的机械眼，便向白矮星出发。他发现大范围空间粒子崩塌后，虽然变成了肉眼不可见的尘埃，但这些粒子仍然存在，而且当质量足够大的时候，会呈现出些微的内敛现象，所有粒子在整体随机运动时，都会向某一点移动。但目前观测到的内敛都比较轻微，聚集的粒子很快就散逸开来，布满整个空间。和欧雅博士商议后，星云决定前往质量最大的白矮星附近观察，那里空间不稳定性较强，质量也比较大。

他们很快就来到了白矮星附近，那逼人的热量让飞船无法靠近，只能在远处停下。但由于观察空间不稳定性需要较高精度，正踌躇时，小田忽然想起了什么，提议道：“黏土变硬后防热性能非常好，可以造一副盔甲套在宇航服外面，以前空间站的很多客户都用它来给飞船外层镀膜，我这次带了不少黏土过来。”她还不知道星云是机械人，不需要宇航服，不过她的这个提议非常好。星云用硬化后的黏土测试了一下防热性，能抵挡住三千六百度的高温，并能阻挡一些高辐射粒子的穿透，超过了就会逐渐软化退回原来的状态，失去防热效果。如果能持续通电使得软化速度和硬化速度达到平衡，大概能抵挡住四千八百度的高温。

星云让小田回房间休息之后，用黏土造了一身盔甲，就准备出发到近距离观察。飞船虽然无法长时间靠近，不过短时间飞过来接个人还是可以的，而且飞船也已经镀上了一层黏土外壳作额外防护。

星云就这样在三千六百度到四千八百度之间的高温区域徘徊，观察实验着高质量状态下，形成的高密度崩解粒子的内敛情况。大概过了两个多月，在一次实验中，粒子突然快速内敛，中心出现了一个小型黑洞，加速疯狂地吸收着周围粒子，星云见势不妙，一个轰击打散了刚刚成型的黑洞，让粒子又飘散于无形。向欧雅博士汇报后，博士要求尽量复现这一场景，好获得更多观测数据。星云后来又形成了两次黑洞，一次黑洞形成后，在外围还出现了大量的纠缠态粒子，显是黑洞的吸引力外加粒子崩解现象引发了虚空的不稳定性，凭空出现了大量正反粒子。不过黑洞形成得过快，星云来不及继续观察，就只能先将其打散了。

欧雅博士又计划了一次更大的实验，裂解整个白矮星。在无数次的尝试后，终于成功了一次。只见周围粒子都向黑洞疯狂涌去，扭曲的空间造成了更强的空间不稳定性，进一步引发了粒子崩解。随着黑洞影响范围不断扩大，整个白矮星已经受到影响，开始慢慢崩塌，星云眼见自己已经无法逃离，便开始上传资料转移意识。好在欧雅博士已经为他配备好了备用身体。欧雅博士还在专心分析着实验数据，没空搭理他。不过由于缺乏进一步的数据，所有观测设备都已经在黑洞形成过程中被摧毁，实际情况也只能通过有限的数据进行不断地模拟推测了。

走出实验室，见到了欧文，星云热情地拥抱了一下，习惯性地观察了一下欧文的身体，发现竟然没有空间不稳定性的存在。欧文说道：“既然回来了，就先休息一段时间吧。”星云问道：“需要我再变回小盒子的模样吗？”欧文看实验室里空间不是很大，一个机器人杵在那里有点碍事，便点头同意。至此，星云的短暂游历生涯便暂告一段落，从哪里来，又回到了哪里去，继续快乐地当起欧文的贴身小精灵。